一个人的修行

储似华 著

中国书籍出版社
China Book Press

图书在版编目（CIP）数据

一个人的修行 / 储似华著. -- 北京：中国书籍出版社, 2018.12
ISBN 978-7-5068-7181-5

Ⅰ.①一… Ⅱ.①储… Ⅲ.①散文集—中国—当代 Ⅳ.①I267

中国版本图书馆CIP数据核字(2018)第294064号

一个人的修行

储似华　著

策划编辑	王志刚
责任编辑	王志刚
责任印制	孙马飞　马　芝
版式设计	添翼图文
出版发行	中国书籍出版社
地　　址	北京市丰台区三路居路97号（邮编：100073）
电　　话	（010）52257143（总编室）（010）52257140（发行部）
电子邮箱	eo@chinabp.com.cn
经　　销	全国新华书店
印　　刷	北京温林源印刷有限公司
开　　本	880毫米×1230毫米　1/32
字　　数	240千字
印　　张	8
版　　次	2019年5月第1版　2019年5月第1次印刷
书　　号	ISBN 978-7-5068-7181-5
定　　价	42.00元

版权所有　翻印必究

自　序

要出一本散文集，原本以为是很容易的，二十多年来陆陆续续向外投稿几百万字不止，只要从中挑选一部分，再新添一点基本上就是一本了，这样的集子对自己是一个总结，也是一种纪念，这是如今文友普遍喜欢的法子。可浏览了一遍以往的文字，我失望了，以前的文字怎么都不能收录了，那只是曾经的真实，至少不是当下活生生的我。就像一个人学乐器一样，上台表演时，你不能拿着刚学时的练习曲奉献给舞台吧，你捧给观众的必是一颗热腾腾的心，一颗正当下感悟的心，唯如此，你才能和你的读者互动交流，才能彼此相亲啊！所以不是嫌弃以前的文字有多么不好，而是它不新鲜了，它脱离当季了，它只能收录在个人文档里，留作纪念，而不能以公开出版的方式去见我的读者了，这是我对所有阅读我文字的人予以的尊重。为此《一个人的修行》这本集子里90%的文字都是近两年撰写的，95%的文字都是第一次公开发表，它较集中地反映了自己最近一段时期真实的生活、真实的情感。

写字就如生活，一篇篇、一天天不知不觉地这样过去了，到了自

一个人的修行

己给自己的截止日期，粗粗一算，整本集子也有20万字。一直觉得自己挺懒的，每天也就用一点零碎时间在涂写，没成想居然结了这么大一个果。就算用再薄的纸张，这本集子也太厚了，失去了美观的比例，于是忍痛再进行第二次删减，尤其是在"内心深处的自我"这辑里，删除了一些自己与亲朋们的诸多交集，他们每一个人在我心中都是一部传奇，我答应他们在我有生之年一定编一部独具一格的家族谱，来记录几个家族近百年的兴衰成败。整本集子经过两个多月的整理后，就形成了现在的样子，这形状与我目前真实的状态极其吻合：急速地缩小了人际交往的半径，把极大部分的时间和精力放在与自然、与灵魂的对话上。

这次没有劳烦别人写序。写序这件事，起始应该是极好的一个主意，本意是旁人先以读者的眼光对作品给予综合性的介绍、评价和引荐，如今已经渐渐变了味道，变成了各种味道都混杂的复合体，不论其间有多少暗心思，就写序本身也是一种变相的逼迫，逼迫旁人逐字看完你的文字，并写一大堆溢美之词的感想，就算要提出不足，还得再三斟酌用词，务必体面过得去。这份差事着实是难为人的，难怪一些人高高挂起"绝不替人写序"的免战牌。而对自己来说，央人写序也是极尴尬的，你自己生养的孩子，硬要先给别人抱抱，然后问：养得好不好？这实在是很无趣的事情，原本只是为自己、为子孙、为岁月留下的精神信息，不要掺杂太多其他的成分。谄固可耻，傲亦非分，对此我只求单纯简约、萧然自远，便好。

我很庆幸这本集子的最后一些字是在湘西敲定的。我不敢向人说，自己特意去给沈从文扫墓的，那样太文艺，太不真实，我只是选了这个冬至将至的清冷时节，在《一个人的修行》即将发行之前，要在先生的墓前坐一坐而已。熙熙攘攘的凤凰没有一个地方值得我留恋，那些美景在我眼里只是美景而已，沿着沱江一直走到下游，先生的墓地就在半山腰，没有特意买什么祭品，就在山脚的破墙缝里，发现了一大株野菊花，一笑替我拔了它，我把它整理成一束鲜花的模样，端端正正放在先生的墓前。先生的墓碑是一块天然五彩巨石，和整个山体同属一种材质，象征着他从山里来，又融回山里去的寓意，巨石上刻着先生的手迹：照我思索，能理解"我"，照我思索，可认识"人"。抚过巨石上每一个字，手掌心有一丝灼热，文字是抵抗时间的长矛，越久越尖锐。愿先生怜我还有半分勤勉、半分聪慧，开我文思，启我才蒙，助我涂好后半部人生点画。

从《南枝苑诗歌结集》到《一个人的修行》，自序围绕着创作心得谈了很多观点，有些今天对照着看还颇具矛盾和对抗，这就对了，昨天的欣喜，不一定是今天的欣喜，昨天的愁苦，怎会是永远的愁苦？一个人且行且进的生命旅程中，没有对错，只有成长。

但愿千帆阅尽，永远是曾经少年。

2017年冬夜于湘西悠然时光

目　录

自　序 / 1

目　录 / 1

  我的文玩情结 ……………………………………… 1
  细眼看文玩 ………………………………………… 1
  葫　芦 ……………………………………………… 4
  核　桃 ……………………………………………… 8
  崖　柏 ……………………………………………… 11
  红珊瑚 ……………………………………………… 15
  菩提子 ……………………………………………… 17
  琉　璃 ……………………………………………… 20
  奇石共赏 …………………………………………… 22
  旅行和捡石头 ……………………………………… 24
  藏　石 ……………………………………………… 29
  小雅风情 …………………………………………… 33
  步　摇 ……………………………………………… 36

自然的馈赠 / 39

  瓶花二三事 ………………………………………… 39
  且品且说茶风流 …………………………………… 42
  茶事知多少 ………………………………………… 45

一个人的修行

焚香一线越千年 ……………………………… 49
香人自语 …………………………………… 52
百花齐香只为我 …………………………… 56
迷迭香 ……………………………………… 59
植物微语 …………………………………… 61
草木机缘 …………………………………… 64
腊 梅 ……………………………………… 67
兰 花 ……………………………………… 69
立碗藓 ……………………………………… 72
桂 花 ……………………………………… 74
牡 丹 ……………………………………… 77
瑞 香 ……………………………………… 82
紫 薇 ……………………………………… 84
再写玉兰 …………………………………… 87
果实和宇宙 ………………………………… 89
草药园 ……………………………………… 93
一棵树 ……………………………………… 97
小 河 ……………………………………… 100
春 天 ……………………………………… 103
小林间道 …………………………………… 106
一段绿，便能生一段梦 …………………… 110
夜想随记 …………………………………… 112
微雨细丝何须归 …………………………… 115
中山路的燕子 ……………………………… 117
云水谣 ……………………………………… 120
一只蚊子 …………………………………… 123

情到深处 / 126

有一种心安叫不知道 …………………… 126

一件"六一"盛装 ……………………… 128

从桑葚说开去 …………………………… 130

4：50分 …………………………………… 134

婆母大人 ………………………………… 137

母　亲 …………………………………… 141

宝黛问答 ………………………………… 144

内心深处的自我 / 147

人生若只如初见 ………………………… 147

细　福 …………………………………… 148

生命是一种序 …………………………… 152

《牡丹亭》 ……………………………… 155

荟萃园 …………………………………… 159

节制力 …………………………………… 163

转弯处 …………………………………… 166

相　遇 …………………………………… 169

一个人的修行 …………………………… 175

一样的渺小 ……………………………… 181

年事杂记 ………………………………… 184

我的自由 ………………………………… 190

话说共振 ………………………………… 193

感知的能力 ……………………………… 197

读书和写字 ……………………………… 200

琵琶词 …………………………………… 203

家常的力量 ……………………………… 206

一个人的修行

缓一缓就很好 ·················· 210
人在钱前 ····················· 213
凉薄的世界里 ·················· 215
自作多情 ····················· 218
认真地老去 ···················· 219
半旧的女人 ···················· 221
暗恋桃花源 ···················· 223
白与黑 ······················ 226
让自己更丰富 ·················· 228
十二优伶,悲花绽放在观园 ········· 232

注释 / 246

参考书目 / 246

我的文玩情结

细眼看文玩

贪嗔痴，本乃人之本欲，一旦透射到文玩上，便如虎添翼，如火添柴，愈发肆无忌惮了。进入文玩世界最多的是两种人，一是世俗眼中功成名就的显赫人士，二是出世不得志却不甘心的清高人士，他们都在功名富贵上无所进展，于是另辟小径通幽，重燃欲炽，在浩如烟海的文玩世界探寻秘访，生出的痴爱执着，成了人生另一种精神寄托，不管以什么样高雅的方式盖脸，底下沸腾的仍然是赤裸裸的欲望。古人云：甚爱必大废，多藏必厚亡，对喜爱文玩的人士来说，这是最好的警醒了。

刚开始文玩就是文房四宝——笔墨纸砚，自古以来，玩笔墨的人，花花肠子多，简简单单的几个物件，根本载不动如此丰厚的文化需求，于是文玩先是扩展到书房其他配套的器具，再后来拓展到一切带有文化气息的物件，无论大小巧拙，无论材质贵贱，只要是承载了主人的一种精神，一种品位，经由岁月的洗礼，它就是文玩。日久生情后的物件，

一个人的修行

与主人气息相通，形影不离，再多的金银钱财都不能将它与主人分离，于是普通的一件器具，就有了文化附着的价值。从这个意义上说，世间一切有条件显像的物质，都有资格成为文玩。

它是大人的玩具，孩童玩具玩的是新鲜，大人的玩具玩的是持久。女人骨子里有一种不愿长大、不愿衰老的孩子气，所以女人喜欢花样翻新，不管是衣饰还是用具，心性大抵如此，而男人能更理智、更清醒地承认现实，承认年长之后该承担的、该留下的，到了一定年龄后，男人心性稳定，灵门磐固，此时文玩就是他们精神寄托最好的玩具了。故在文玩市场闲逛，几乎清一色的中老年男人，他们眉间有岁月的托付，嘴角有洞察人情的法令，无论手里如何急急盘玩，心中始终深潭般静寂平和。

有一年父亲回沪探亲，见我把玩一对猴头核桃，忍不住说我两句：没见过一个女人爱这些的，瞧着总觉得不成体统。我说：是的，女人玩这些，确实不风雅，但你的女儿一半是男人。老父听了当场就愣了，许久他才感叹：像你妈！我一直认为，夫妻间最长久的恩爱来自于相互崇拜，或许是母亲22岁的年华实在太短，所以所有的光辉都集中在22年里释放，在父亲的眼中，母亲是无与伦比的，她才情纵横，行事果敢，有时柔情似水，有时铮铮铁骨，她是他心中永远璀璨的明珠。所以母亲自戕后，还在襁褓里的我，父亲就为我取名"似华"二字，世人皆以为"似水年华"的用意，其实说得白一点，就是取了我母亲名字中一个"华"字，希望我像母类母。友人提醒他，孩子和母亲都用一个"华"字，会乱了辈分，那时的父亲悲痛欲绝，哪里会考虑这些，"似华"二字，是他的念想，是他恍惚间的精神慰藉。所以，当他说一句：像你妈，我知道并不是母亲也爱文玩，而是对女儿整体风格的概括，是一种极高的赞扬。

得了他的赞许，我便大胆向他兜售文玩的理念。在我看来，浅浅浸淫于文玩，至少有五处受益。

第一是锻持心。当今简直是一个发酵的时代，日新月异的变化，让身处其中的人们，怀着汹涌的惶恐，人生苦短，机会难得，万事万人唯愿速成，于此时，与一件文玩天长地久，不求速度，只求恒久，便显得尤为难能可贵，在一寸寸时光的炉火中，一下一下，锻打一颗持久心。

第二是造静心。一般心浮气躁的人，不可能花时间仔细打量别人，不愿意花时间认真倾听别人，更不要说认真对待毫无生命特征的物件了，而乐意和文玩在一起的人，无论他在端详、把玩、遐思，整个人都必须是静态的，放大镜下、强电光下，他专注于某一个细微，有时就连呼吸都是屏住的，那种宁静是人与物的默契，他们之间的对话沉默而充满欢喜。

第三是识物性。物器他有品性、特性，甚至还有脾气，浅层接触和日夜厮守之间的区别在于，前者了解功能，后者了解量能，当一件文玩成为一个人身体不可分割的一部分时，你会从他身上感知自然界的能量，那种力量让人学会谦虚、低头和恭让。

第四是练辨眼。有文玩市场，就有市场价值和价格，千奇百态，良莠不齐的文玩市场，就是缩小的大千世界，形形色色的真假之辨，美丑之辨，好歹之辨，都在训练一个人的眼力。我一直以为，慧眼是一切智力的开端，是所有慧根的先兆，文玩给了你一次次试错的机会。

一个人的修行

第五是舒筋骨。不管出去逛多大一个圈,都要回到生命的圆心,这是中国文化特别强调的逻辑,养心、养性、养生,中国人文化中离不开一个"养"字,文玩就是"养"的突出表现,人养物的同时,物也养人,手掌间的玩物就是按摩神器,舒筋展骨,活经通络,是中老年人绝佳的运动选择。

拔高了文玩的意义,夸大概括了文玩的益处,老父、衮衮自然都被我收编到文玩爱好者队伍中了。但也因为洞析了文玩之外的意义,故我对其也确定了一些原则,一是不需要非常破费,花点小钱,只买个乐趣。二是不设定喜好范围,有什么就盘玩什么,把文玩当做磨砺性子的一种修炼。三是不唯真货,买了赝品也无妨,不苛求火眼金睛,略有鉴赏区分能力即可。四是一切浅尝辄止,不做过多纠缠,藏品既不多也不精,随遇而安。

有了这几条宽慰自己的理由,再游刃于黑洞一样奥妙的文玩市场,便不觉得深不见底,秘不可测了。

葫 芦

最先喜欢葫芦,就为"福禄"口彩,年龄渐长,一天天中意喜俗的东西了,不但喜欢,还不讳言,把以往年轻时藏起来、装起来,生怕被人家讥为乡俗的那种担心,一股脑儿地扔掉了。本以为葫芦只是植物果实,种植广泛,价格便宜,就算遇不上精品,作假的概率也很低,然而，事实却不像我想的那么简单。

记得那天正参加一个正儿八经的会，我也正儿八经的发着言，可我的手在口袋里插着，手里隐秘地暗捏一只葫芦，在手指间灵活盘动，内心正为可以神不知鬼不觉开小差暗喜时，突然只觉手指端一震，我心里一紧，莫不是"龙头"断了？手指的惊诧立刻传递到说话的嘴上，原本流畅的思路，也如断了一般，竟然结巴得说不下去了，会场的人都惊异地看着我，不知道发生了什么情况，三秒钟的缓冲后，大脑才恢复正常工作，结结巴巴、潦里潦草地结束了发言，立刻起身溜出会场去。拿出葫芦一看，果然，葫芦顶端那节"龙头"已断，当初买下这枚葫芦时，就是冲着这柄"龙头"奇异的造型去的，老板看我喜欢，怎么都不愿降价，说口小屁股大，"龙头"高昂，似要腾跃临飞一般，那是吉兆，也是绝对的极品，几百个都挑不出这一个。我实在扔不下这份不舍，软磨硬泡以150元的价格把它买下了。盘玩得兴头正高处，就发生了今天的一幕。仔细看"龙头"的断裂处，这才发现这节"龙头"是胶水黏贴上去的，在葫芦的嘴口嫁接"龙头"，就把10元钱的一个葫芦，翻15倍出手了。想想老板在我背后，数着钱，心里骂我戆大的场景，让人郁闷得要吐出血来。

经过了这次教训，日后每遇特别奇异的珍品，我也遵循"多看多问少出手"的玩家原则，静静地做一个看客了，在西藏路文玩市场就曾遇到了这样一幕。这是一枚我见过的最小的葫芦，还不到3厘米，袖珍得简直不忍心上手，老板用手心托着她炫耀，只让我们过过眼，根本不让用手碰，人群里没人敢问价格，只是一味地研究产地和品种，挤在人群中，听几个老克勒讲解也没有什么新鲜劲，即退出店来，跟在我后面

5

一个人的修行

出来的是一位老大爷,我便搭讪问他感受。在文玩市场玩友间没有陌生感,随便搭讪随便玩笑,那里的热心人也很多,常常倾囊相授其中玄机,所以在各种摊前,你可大胆地搭讪,大胆询问路人。这位大爷见我问他,便来了谈兴,悄悄地对我说,这是人工变异品种,有些造假卖家,在葫芦生长期喷上药物,使葫芦发育变异,就是上海人说的"长僵特勒"的意思,不但日后盘不出血丝,上不了包浆,就是在手上长期把玩,也对身体有害的,所以店主不让大家上手。如果将其拿在手里用鼻子闻一闻,没有动过手脚的葫芦有自然的葫芦香味,而经过这些药水喷射的葫芦就不会有清香了。闻此言,大骇,卖家就是抓住了人们喜欢变异造型的稀缺心理,乘机哄抬价格,牟取暴利,一枚老老实实的葫芦里真的包藏着祸心啊!

从此不再追那些稀罕的葫芦明星,就玩10元一枚的普通品种,只要葫芦形体优美,色黄如金,便是不错的选择,经多年把玩摩挲,葫芦通体挂磁包浆,紫润光洁,让人爱之弥厚。也不再刻意要求"龙头"大小、长短和造型,一切随缘。

葫芦是所有文玩中最具有神秘力量的,它是本土道教极具代表意义的器具,如铁拐李等众多仙风道骨的人物,挂一枚葫芦,是其最基本的配置。葫芦皮尽管不算厚,但即使强光也不能穿透它,常说的谚语:不知葫芦里卖的什么药,就是无法看穿的意思。一切未知的事物,都会带着神秘感和极强的震慑力,全然不知便是一种恐惧,它站在精神胜利的制高点上,估计这一特性,即便是妖魔鬼怪也慌了神,看不透摸不着,对他们来说也是恐惧的,所以葫芦也是最厉害的法器之一。

葫芦嘴小肚大,非常符合中国人养气蓄能的期盼,也是聚财和聚气的意象。同时它的独特造型和特性,也不断让人产生更多的联想。它其实就象征着母亲的子宫,古代神话中就有记载,葫芦是诞生始祖的母体;葫芦籽是万物的种子,它爱生长,能蔓延,多果实,是子孙繁衍的象征;葫芦笙声是祖先的声音,可以传到千里之外;葫芦也是先祖灵魂的归宿地,古代就有用葫芦盛装先人骨灰的习俗,都是受了很多神话传说的影响。代代相传,葫芦成了人们心目中增寿、降瑞、除邪、保福、佑子孙的吉祥物,逐渐形成了以传播道教教义为主的葫芦文化。

笑儿和婷儿即将举办的大婚仪式,半场是中式的,我便强烈要求买一对合卺酒杯,说得通俗点,就是买一对葫芦,卺即是葫芦,纵向剖开,两嘴用红线缠住相连,合起来一个葫芦,分开后就是酒杯。孩子们和司仪都不以为然,而我却坚持认为,大婚礼仪中,合卺比拜天地更重要,男子一半葫芦为禄杯,女子一半葫芦为福杯,"合卺"之意便是夫妻灵魂合体的美好寓意,在我的坚持下,一对葫芦终于出现在他们人生最重要的场合。

一位朋友精明能干,一辈子却也屡遭排挤和压制,临退休前向我告别,说看破世事,准备去国外孩子居住地定居,我送他一瓶酒,很普通的黄酒,只是瓶子造型是葫芦状的。他拿在手里有些不解,如此廉价的礼物值得带上飞机吗?我问他是否记得《红楼梦》的贾雨村被称为葫芦僧,所判的案叫作葫芦案,他点头,我说葫芦就有糊涂模糊的意思,你以前太清醒了,到了孩子那里,如要和睦相处,必须做一个难得糊涂的父亲。他恍然大悟,告别时他喃喃自语,称这是他这一生中收到的最好的礼物。

越往深处探寻,越被葫芦的魅力牵引,它渐渐被我引进了生活家常。

一个人的修行

核 桃

　　文玩核桃是从食品类跨界过来的，没成想在文玩界一鸣惊人，不但抢占了重要的一席之地，而且成为文玩爱好者入门修炼的基础配备，故被大家亲切地称为"掌珠"。核桃成为文玩起源于汉隋，传于唐宋，盛于明清，两千年来在文玩界有不倒翁的美名。乾隆为核桃写下"掌中旋日月，时光欲倒流"的诗句，还曾钦命"花中花"为核桃绝品，尽管此类品种现已灭绝，但能得乾隆如此器重，可以猜想文玩核桃在当时社会的风靡程度。

　　收藏和把玩一对文玩核桃，门道极其繁多复杂。文玩核桃一般分为三大类：铁核桃、楸子、麻核桃。由于铁核纹路相对粗犷，花纹也不够细腻，楸子呈纺锤型两头太尖，手盘绕圈不方便，所以近几年文玩市场流通最广泛、最为常见的便是麻核桃，麻核桃又按产地、造型等细分出狮子头、虎头、鸡心、公子帽、官帽、满天星等十几种，让人目不暇接。有些名字都是商家自取的，让人听着新鲜别致，干的就是老瓶装新酒的买卖。

　　小海是专做核桃生意的，从3元、5元一对地摊货起家，如今已是6家连锁店的老板了，每年10~11月便到河北保定去摘货，一整棵一整棵包买下来，树上核桃数量多少、配对程度、皮质品相都有凭运气的成分，有点像赌石，核桃剥开青囊，好和坏就是今年的收成。小海说第一次他用12万元包买下整片核桃树时，开囊时的手都在颤抖，那是他外借的10万元的债，十几年前的十几万，对他来说就是天文数字，一旦赌输了，他说去死的心都有。好在上天眷顾，那一次开出了十几对上万元的精品，再加上那时文玩市场火爆异常，他不但全部还清了借款，还赚到了生意的第一桶金，之后的三年，年年有精品收获，此后生意越做越大，成了核桃商家中的大咖级人物。

我逛文玩店，通常也不买，也不问，大多是蹭鉴赏，如若店老板看我喜欢，主动介绍几句，或者教我一招，我便又蹭到了学问。和小海结识便是如此，他看我既不买也不走，便问我看中哪对？我反问他：哪对最好？他狡黠地回答：我这里哪对都是最好的。我最后指了一对，捏在手里端详，他问：这一对好在哪里？我说分量瓷实，底座肥大稳定，筋儿棱翼分明，肚脐眼小微缩。他见我也能说出一点门道，就又问我：有哪些不好吗？我说这应该是闷桩狮子头，二个花纹对称度不够，而且拧花太少，直纹太多。他听完大呼一声：今儿个遇到懂行的啦！我暗笑，前几天刚跟师傅学的，今天撑足了现卖一回。而后他如遇知音似的，打开了话匣子，说了今年行情的走势，也说了自己的创业史，还献宝让我看了他今年新收的一对满天星，简直堪称绝配，星子都呈五角方向斜射出去，虽密密麻麻，却井然有序。他说每个精品，他都要用心取一个名字，既让卖家有一种个性化的认知，同时也是对这些宝贝的尊重，那对满天星还没想好叫啥名，怕糟蹋了它。我想起有"东风夜放花千树，更吹落，星如雨"的词句，就把"如雨"二字剔选出来，问他好不好，他又大呼一声：哎哟，我的姐，就这名了！从此，每每光顾他的小店，我只看不买，他也从不向我兜售。而我也有特别的任务，一是给他的宝贝

一个人的修行

取名，二是听他天南地北地聊核桃。

后来，"如雨"终于被买走了，才3000元，我有点吃惊，问他如何舍得，他说他卖核桃先试人，拿出一对普通的核桃让顾客玩，如果客人一上手就把两核桃盘得哗哗直响的，那么好的精品他就不拿出来了，就算客人看中精品，开很高的价，他也咬死不卖的。俗话说：铁球不分家，核桃不见面，大凡精品核桃都需要文盘，即左右手分着玩，这样哗哗武盘的，再好的星尖都被捻断了，那天来的老先生真爱核桃，而小海卖核桃就如嫁女儿一样，唯愿自己的宝贝有个好东家。在小海那里，我明白了核桃的呼吸规律，懂得了包浆形成的原理，还知道收藏核桃原来如收藏邮票一样，还能成套系，按照棱来计算，从1棱到8棱就是传说中的八仙过海，小海只收到5种棱，他说他要收满全套。在小海那里，我还懂了不少核桃界的行话，如问多少厘米，就问几个几，回答5个3，就是5.3厘米，凡说厘米的，就知道是圈外人。小海说到这一截时，我忍不住自己大笑起来，说自己就曾经栽在黑话里，一次去玉石市场打洞，那人颠着玉块说：一个洞一块钱，我心里暗呼：太便宜了，好心加价说：给你5块钱吧！三块玉石三个洞15元，那人瞥了我一眼说：一块钱就是100元。当时的我差点窘到泥里去。

后来再去小海店里，突然换了店家，新店主说原先的老板大概吃到了一批"唔坑"（假货），折了一部分买卖，只得收缩战线，转让了生意较冷清的店铺，专心去市区发展了，临走时关照，如我来找他，柜台里让我随意挑一对核桃留作纪念。我不属于多多益善的人，痴迷核桃却不以占据为目的，痴迷才能清醒地看到附丽在核桃身上的意义，才是不为任何物所占据的象征，这一点是我在文玩路上渐悟的心得。自己贴身有一对就足够了，尽管我怀里揣着的，比不上柜台里的任何一对，但从玩乐的本质上说，二者没有好坏高低之分。

我谢绝了受赠的好意，其实也有点赌气的成分，小海终究欠我一个郑重的告别，休想用一对核桃来弥补。在我心里，再好的物件，终究抵不上眼睛对着眼睛，真诚地互道郑重的那一刻。我沮丧的是失去了一个消遣聊核桃的好去处，怎能让获得新玩品的喜悦来填补当下的沮丧呢？我自己不允许自己。

有时候人经历一些事情，不是为了看清事情，而是让人看轻事情，就如一对核桃，不仅是为了看清它，更为了看轻它。往回走的路上，把一对核桃盘得哗啦哗啦地响，那声响带着金石的硬朗和嘣脆，像阵阵爽朗的笑声，管它文盘还是武盘，我和核桃都爽朗地笑了，这便是了。

崖　柏

我还是信服一见钟情的，情所钟者，不是那一见，而是早就情缘深种，只是"机巧"一见，此与彼之间早已遇伏了太久的渴望，一下子被激活了。没见时，感觉有，却说不出道不明，一见，便恍然大悟，就是，就是这个。遇见崖柏，就是这个感觉。

崖柏是文玩中的沧桑男人，每一块崖柏都是一段传奇故事。由于它生长在悬崖峭壁之上，根系在岩缝中几乎毫无泥土和水分，只靠叶子的光合作用和吸收空气中的有效成分维持生命，为此，它的生命力之

11

一个人的修行

顽强堪称植物界的金刚。被风削,被雷劈,伤病流血,让它周身都长满了疤痕一样的瘤子,那些沉默的雀眼瘤痕,就如男人脸上的伤疤,异常迷人。

当然木材中但凡有节瘤的地方,都是最出彩的地方,那里坚硬如铁,光洁如玉,花纹变幻莫测,流光溢彩,例如黄花梨的回流鬼脸纹其实也是独特的一种瘤变,又如金丝楠木的流水纹、小叶的火烧纹,它们以世人公认的美,占据了难以撼动的鉴赏地位,所以,论木质、论美纹、论色泽,在奇木收藏界,崖柏只能是二流的地位。

我以为,让崖柏得以逆袭的,是它的芬芳气味。那芬芳没有胭脂味,一股子浩然之气,你说它粗犷,它实幽然素雅,如一着长衫的男子,素净的面容,身上自带一种悠然的气质。你说它素淡,它却久御不散,如隔壁悠扬的琴声,时不时地飘传过来,隐约真切,从不间断。所以我从不说崖柏是香的,怕"香"这个约定成俗的意思,辱没了它,混淆了它,无法准确无误地表达它特有的气息。近年盛传崖柏香味的药用,据说能提高血液含氧量,被誉为"空气维生素",当下有一种香疗中就是柏味保健治疗,让病人在崖柏熏香中自然睡眠,能杀死癌细胞。这些说法或有夸大成分,但崖柏五行属金,能助肺气,合皮毛,其气味能安魂、定神倒是早有记载,《本草纲目》和《中国药典》中都论述过崖柏兴阳道的医用功效。

极爱冬天的午后,贴身藏一块崖柏,案前神思倦怠,眼冒金星之际,毛衣里隐约有柏香传来,我心领神会地深呼吸,吸到极致,却不愿马上吐气,将那芬芳久久地锁在胸腹之间,那里有一种挽留和依恋,挠心挠人。如此隐秘的愉悦,就如一滴墨汁,突然入水,一时间墨花飞舞，长袖婀娜，我如盛开在水里的一朵睡莲，大大的伸出一个懒腰的姿势。

这几年，文玩市场出售的手串、把玩、挂件，绝大部分都是侧柏，一大批次货冲击下，崖柏市场几乎面临崩盘，在满地摊都是崖柏的时候，走动少、阅历尚浅的我，基本上再也见不到真正大块、野生、绝品的陈化料了。如此的心念才转过没多久，就和崖柏有了一次结结实实的相遇。

去年初夏，被派出两天小差，一天报到，一天会议，这类出差极其辛苦，极其无聊，是十足的苦差。这次会议选在当地比较普通的宾馆，大堂很陈旧，大堂通向电梯的走廊很昏暗，就在进电梯的一瞬间，我一眼发现了转弯角落里陈列着一块崖柏，它被封在一个玻璃罩里，其实电梯合上前看了几眼，也不敢肯定它就是崖柏，只是它的名字在我心里跳动了一下，让人有了满满的期许。放下行李后，第一件事就是返回大厅，隔着玻璃罩，把它从上到下细看了一遍，崖柏，绝对就是崖柏无疑。它的木纹理上下扭曲着，如小时候玩的一块罩糖，周身散发着玉润的光芒，尽管整体没有什么明显的象形图案，但是陈化的痕迹非常显著，我的头手伏在玻璃罩上，就如隔着玻璃窗，探视自己亲人一样，玻璃冰冷的，隔绝着声音，隔绝着气息，隔绝着它与我之间的灵魂互动，那种远，是恨得让人咬碎银牙的远，我围着它团团走动，如一只急迫又无奈的小兽。询问了总台，小姐们听崖柏二字一脸茫然，我只得补充说电梯口的那块枯木头，能否打开玻璃罩，近距离看一下，姑娘们立刻冷了口气，一人说何时有这块木头她都不知道，一人说从不知道谁能打开，一人说要请示她们经理，追问如何能见到她们经理，答晚上或许能

13

一个人的修行

见到，我凉了半截心，却又不甘心，于是留了房间号，央求她们务必转告经理，能有机会看一看。

其实那样的一个晚上，我是没有任何心思去做任何事情的，那份期待让人坐立不安，去卫生间，甚至耳朵一度有了幻听，以为床头电话响了，立刻跑出来，结果什么声音也没有，这样折腾了一阵子，终于沉沉睡去。第二天忙碌到退房那一刻，才又不死心地追问前台，讨昨天的回音，前台小姐说她刚接班，不知道前一班的情况，正失望时，里面走出一个中年女子，像个管事的，她接过话头转告我，那木头不是店里的，是经理朋友暂时在此借放，过几天就要搬走的，据说是已经卖了去抵债的。

和它告别时，周边乱哄哄的，吵闹得失去了告别的基本氛围。而我内心的氛围是自闭的，是浓烈的，我坚信我和它之间是有因果的，它经历了怎样的周折，从悬崖峭壁上被采下，又如何几经转手来此暂居，而后它又将去往何方？最后结局又如何？这些谜团，即是我们因果之间的无明状态，那无明，就是机缘。或许是这份机缘，非要让我跑着一趟苦差，来见它一眼，稀罕它一晚，这是缘的吩咐，只是我看不清其中的深意罢了。

很多年过去了，依然忘不了那一瞥那一眼的认定，忘不了认出它的狂喜，我甚至能想象它的芬芳环绕着我，把我牢牢收服。

所以，崖柏对我而言，既是清心的良友，也是药志的益师，有时还是我情于万物的药引。

红珊瑚

在文玩的世界里游荡，伤我最深的是珊瑚。一次次被骗，一次次失望，心底里总会升起一种希望，这次总该是真的了吧，就是这种信念，逐渐进化成前赴后继的执念，后终在郎木寺的佛院前彻底放下。

初期被骗完全是可以原谅的，初入门道，谁不得交学费呢？更何况是如此稀少珍贵的珊瑚呢？为此，曾经买过被冠以珊瑚名字的塑料，也买过染成珊瑚红的岩石，每次都痛下狠心，潜心研究珊瑚的特征、产地、色泽，以及各种仿制品的基本特征，感觉已经胸有成竹之后，开始在市场试眼，果然很有成就感，一般珊瑚隔着柜台，就能一眼看出真假，仿制得逼真的，只要拿在手里，掂一下比重，查看一下色泽，在强光下看一下纵向纹理，心里基本就有了把握。几年看下来，居然没有一次遇到真珊瑚的，师傅告诫我，不要心存侥幸，如今的文玩市场压根没有真珊瑚。

而在郎木寺，我一头栽了进去。

藏传佛教徒视红色珊瑚是如来佛的化身，他们把珊瑚作为祭佛的吉祥物，也作为装饰神像的宝石，故在郎木寺景区见到一些碎边角料的珊瑚，便是再正常不过的事了。是这个念头牵引，让我坚信在这里应该能淘到珊瑚。果然在一个小巷深处的小店里，一眼见到了一盘散货。

店主是一对憨厚的夫妇，汉语说得极不流利，慷慨地让我用最苛刻

一个人的修行

的方式试验真假。首先它们不是海柳、海竹的仿制品,也不是珊瑚礁注胶填充染色货,它们的横向年轮如此自然,构成的同心圆宛如一串串岁月的省略号,一副历经沧桑、欲说还休的模样,珊瑚独具的孔隙和小白点瑕疵,更使我有了七成的信服,用钢刀搓下的粉末,细细察看,坚信它们不是贝类的合成品,于是我请求店家给我一碗滚烫的开水,这是我所掌握的辨别真假知识的最后一次确定。一颗珊瑚缓缓入水,瞬间颗粒表面的气泡细密如丝,那是宝石密度较高的体现,更加证明了这株珊瑚的结构紧密,年份久远。正当我内心狂喜之际,突然中间穿孔处飘出一缕红丝,尽管极细极少,瞬间淡化无影无踪,却给了我一份疑虑,天然珊瑚再怎么浸泡,也不会有色丝出现,莫不是染色珊瑚?老板娘急急忙忙地解释,这是切割时的残留粉末,绝不是染色剂,她说染色剂是源源不断出来的,而她的珊瑚绝不可能再有红丝,果然,浸泡二十分钟,珊瑚红亮依旧,美艳如初。我在手里端详着这些红色的精灵,良久,仍举棋不定,不是为昂贵的价格犹豫,而是那株珊瑚的完美和剔透,让我恐惧,还有那水中瞬间飘过的一丝红,确实让人心存疑虑。老板娘见我如此,索性将话挑开了,她说他们全家都是信佛之人,300万元一株红珊瑚全部供奉给了寺庙,把最好的宝石给了菩萨,留下这些残枝末梢,但凡进小店能相中这些珊瑚的,便是寺中菩萨同享宝石的有缘人。于是她当着我的面,以菩萨的名义发了个誓,誓保这些珊瑚是真实无欺的。

我有能力怀疑珊瑚的真假,但我却没有胆略怀疑誓言的真假,于是我打消了最后的一丝犹豫,毅然将它们收入囊中。

事后的结果,自然是大家都能猜到的。师傅说我买来的是雪珊瑚,经过高染仿后有着红珊瑚一模一样的外观特征,但二者的价格云泥之别,他感叹如今的造假工艺已然登峰造极。我陡然想起那个在佛前的誓言,即便是生意人有天然的狡诈戏份,但那一口唾沫一颗钉的虔诚神情,仍然使我浑身战栗。看着手里的这些珊瑚,便觉吾之罪沾染了无罪之物,让这些珊瑚成了人性丑恶的物证。

蚌病成珠,树伤结香,我的这一次红珊瑚乌龙,机缘授意,逢意点化,让我彻底放下了一抹红色的贪婪。自己解脱了,但内心不安加剧,那日店里,月儿笃信我的专业,也跟着买了少许,不知这些假珊瑚在月儿那里是否露出了狰狞,我不敢问,也缺乏勇气向她承认,只是每每见她,和她浅浅拥抱之时,心里念着阿弥陀佛,愿她能感知我心之惴惴,我心之谦谦,以及纯良背后的胆怯和懦弱。

永别了,我的红珊瑚。

菩提子

在五印大地生长着一种平凡的贝多树,因佛祖释迦牟尼在此树下证道成佛,贝多树被认为圣树,改名菩提树,成为佛教的一个标志物。菩提即为觉悟,佛门中人都用菩提子作念佛数珠,来增无量智慧。几年前,菩提子从佛门念珠功能开始,渐渐向文玩界扩散,并迅速蓬勃发展起来,几乎是一夜之间,成了炙手可热的明星,一开始我误以为菩提子就是菩提树的果实,待初入门道后才知道,凡是热带、亚热带坚果植物种实,打磨和穿串之后,都叫菩提。

一个人的修行

而一开始，和所有的初玩者一样，以为无穷尽的拥有，就是无穷尽的快乐，然而，欲门一开，哪里会有快乐呢？

先是入了贪婪的迷沼，但凡具有珐琅质地的，就是文玩上的精品，且菩提种类有300余种，金刚、星月、莲花、白玉、千眼、凤眼、血丝，一时间好不热闹，再加上同款又取了不同的艺名、昵称，辨认得让人眼花缭乱，一头雾水。越是一入侯门深似海，人的贪欲愈加炽烈，看到一种新品种，便蠢蠢欲动，非想占有不可，没多少时间，七七八八收了不少，猛地发觉，此处竟是个无底的黑洞，终没有填满的时候。

而后又入了执着的陷阱，买了各色菩提，终极目的是要盘玩出样的，面对一大堆菩提子，每天需要盘玩的任务非常繁重，一有空闲时间，手上不是刷，就是搓，且严格按照各串菩提的作息时间，依次分不同阶段或武盘，或文盘，一时间恨不得生出千手千眼来，恨不得生出个私人助理来，帮忙排个每日盘玩计划。玩友间还天天比对，看谁的宝贝最快包浆，看谁的手势无敌，那痴迷执着的劲头，仿佛此生只为盘玩这些菩提而活着一般。

公公去世三周年做了一次道场，去参加时才知道请的不是庙里的和尚，全是居士老太太，免费到老家帮忙超度亡灵。午间休息时，我便坐在她们中间闲聊，见我手腕上缠着菩提念珠，都以为我是同道中人，我惭愧地回答她们，自己属隔岸仰瞻，只是盘玩一些菩提的俗人而已。而我注意到那个领诵的老太太手腕上缠绕的那串不知何方物件，非常眼生，想必是极其珍稀的菩提子，便向她请教赏我打眼一观，她洒然脱下递给了我，只见端在手里，念珠比我想象中要轻得多，长长的细卵型珠子，早已红润油亮，不但具有了珐琅性的光泽，通体还有一道道竖纹，可以说是一件极品文玩，但它叫什么呢？老太太说，年轻时家里遭了变故，故信了佛，自制的这串念珠，就是乡下自己野地里采摘的，农村田埂上普通的草珠，跟了自己几十年了。天哪，这是草珠吗？草珠也可以如此美艳。小时候凡有一点农村经历的孩子，谁没有玩过草珠呢？用它挂在钢笔上、书包上，有些人家还用它串门帘，我们有的叫回回珠，有的叫它薏米珠，就是田野里最低贱的草籽。当我向她献媚似的说，这串手珠经过她几十年的盘玩，如今一定很值钱，绝对是文玩极品时，她微微闭一闭眼，浅浅地抿了抿嘴，她说她不知道什么文玩，也不知道盘玩技法，更不识价值千金的菩提，她只是以此珠计数念经而已，值不值钱都是念经的工具。我愣在那里半天说不出话，她见我沉默，以为我还在稀罕她的念珠，又石破天惊地说道：施主你如真喜欢，就送给你好了，说罢，就作脱手状。我连忙一把按住她，我知道她能舍，但我有什么能力得呢？我哪里有功德可以承接和被授予呢？

念珠的本来功能就是念经计数的，除去这个功能以外，便没有了贵贱区分，这是佛家弟子给予我最好的点拨。吾心自造的藩篱，幸被刚才的一番对话点醒了，这便是我此时最大的受惠啊！

从此，陆续散尽菩提子，只留一两串置在手边，借它们盘磨心境，谛玩恒心，剔弃心中一切芜杂。

一个人的修行

琉　璃

　　第一次遇到琉璃的名字就迷上了，尽管知道它就是类似于人工合成的水晶，目前市场上很多琉璃都是添加了金属元素的玻璃水，倒进磨具里批量生产，它们个个被打磨得晶莹剔透，通体闪耀着宝石般光芒。但在文玩界，凡是人工合成的便不属于文玩了，文玩的自然属性严格排斥一切太完美的人工制造。

　　尽管如此，我仍不能丢下琉璃。在我眼中，琉璃是诗歌，它千年传唱着浪漫和风情。琉璃中的色彩如一段音乐，起伏迂回，潜蛰回响。每一块琉璃都是有脾气和格调的，不管是蓝绿色系还是红黄色系，都表现得极为沉静，七彩似乎是被训练过一番，一律的低调沉吟。看一块琉璃，于它的干净中居然能读出一种沧桑，万籁俱静的样子，暗藏着超然觉醒老者的眼神，那眼神大隐又大悟，风骨翩翩又幽幽。娟娟曾送我一款琉璃，在瑞兽的头部发现了它的呼吸，极小极小的一颗珠气，照理说这是整件工艺品的败笔，就算是玻璃产品，也不允许有明显的气泡，但我却不作践它，反把此当成人与物彼此关注的气口，心念如此转过，再看那珠泡，它瞬间充满了灵动和飘逸，仿佛一眨眼便要腾化而去似的，那小珠泡简直就是小兽的灵魂。

　　琉璃相传是公元前493年范蠡在锻造王者之剑时发现的，这种物质经过了烈火百炼，有水晶的阴柔之气暗藏其中，是天地阴阳造化达到极致。范蠡将它随剑一起进献给了越王，越王念他铸剑有功，原物赐还，并将此物质命名为"蠡"，范蠡将"蠡"打造成一件首饰，作为定情之物送给了西施，这是世界上最早的琉璃饰物。同年战事蜂起，西施被迫前往吴国，临别时，西施将"蠡"归还范蠡，而她的眼泪滴在"蠡"上，感动天地日月，"蠡"上的眼泪长年不干，一直在流动着，后人称之为"流蠡"，今天琉璃的名字就由此演变而来。

一段凄美绝伦的爱情故事，一曲震烁古今的史家绝唱，西施泪，英雄魂，给琉璃背负了太多太多的文化暗语，所以，琉璃是女人的眼泪，男人的魂魄。琉璃除象征爱情以外，更象征着财富和权位。由于范蠡本身官拜卿宰，灭吴隐居后，弃官从商，三次成为全国首富，三次将财物散发给百姓，他锻造琉璃的盆器，相传成了聚宝盆，琉璃成了财富和权力的信物。所以，《史记》曾记载下这样的评语：居家则致千金，居官则至卿相。佛教传到中国后，奉琉璃为至宝，暗寓琉璃为东方净土，光照天地人三界，经书中这样写道：愿我来世，得菩提时，身如琉璃，内外明澈，琉璃因此被称为佛家七宝之冠。

一个人喜欢一个物件，如能忽略市场的经济价值，而热爱其本身的话，那此物必然具有超越经济价值的文化价值了，人与物便两两相照了。

琉璃和我，都是火里来、水里去的秉气，都是灵动霓彩、天工自成的脾性，今生相逢相知过，便知足感恩了。

奇石共赏

从自己懵懂喜欢，瞎淘瞎买，到跟着赵老师玩石赏石，一眨眼竟有七八个年头了。赵老是小城玩石界的名人，只要是奇石圈里的人，竟然没有不认识他的，按他的鉴石标准，石以原为贵，一块值得鉴赏的上品，都该是原汁原味的天然模样，不可有一点修饰的痕迹，凡是削过、磨过、矫正过的，都属于有遗憾的，他完全可以容忍一件作品存在天然的瑕疵和不足，但不会为了追求奇巧而改造石头。他的宁拙勿巧的理论深深地影响着我，以至于我固执地只喜欢原石，并将一切石雕作品排除在奇石范畴之外。

理论上说世界上所有的岩石都是原石，它们都有望成为奇石，为此，奇石的种类之多之繁远超我们正在研究、鉴赏、收藏的品种，甚至超出了我们的认知和想象。按矿物类别、生物进化类别、陨石、有机质等大类分，我国是种类最为齐全的奇石大国之一，所谓"地大物博"的说法一度被人们批为谬误，神州大地或许其他物质未必丰富，但就奇石来说，绝对称得上地大物博。所以藏石的起步阶段，我便给自己定了个规矩，玩石以认石为主，藏石为辅，只要认识它的产地、质地、名字等要素，这块石头便算我藏了。常常在奇石市场逛圈，根本不是为了买，无非是为了讨名字，问问、摸摸、看看、聊聊行情，在门外静看了几年石头后，本地奇石市场上的品种基本能认个八九不离十。

我的文玩情结

鉴赏一块奇石，最基本的手法就是"四看"。一看质，这是作为一块奇石优劣最基本的属性，就是我们常说的质地，包括硬度、纹理、紧密度、比重、光滑度等，一般硬度强、纹理清晰、细腻紧致且比重大的便是佳品。二看色，这与个人喜好有太大的关系，每个石友都有自己不同的审美喜好，有人偏爱艳丽，有人偏爱素雅，甚至还有地域审美分化，例如同样的戈壁风凌石，北方市场喜欢黄风凌，赞它们古朴雄浑，极具大漠气质，而到了上海市场却喜欢白风凌，赞它们玲珑剔透，具有洁白纯净的素士之风。三看形，外观形状是入门级研判的重要标准，很多人看一块石头，第一个念头就是在找相似，看它像什么？最兴奋的就是看到象征着吉祥的花鸟鱼虫兽形石，而这些年商家和炒家入手造假的就是象形的奇石，可以这么说，市场上那些越神似的，造假的可能性就越大。我从一开始就没有以神似程度来喜恶某块奇石的习惯，反而觉得你把它比作像谁，本身就是埋没了它，玷污了它自己属于自己的权利，它就是它，一个独一无二、举世无双的它。四看座，这个概念刚听赵老师传授的时候，非常不以为然，不就是一个底座吗？再怎样也是个陪衬，还能功高盖主不成？直到自己多次经历了原石配座，这才发现其中的奥妙。从理论上说，一块原石最多有18个不同的角度可以摆放，哪一个部位是支点就决定着底座的凹嵌图形，所以，制作底座第一步便要选择最低支点，这绝对是考验一个玩家综合审美和想象力的。同样一块石头，不一样的摆放就能显出截然不同的风貌。那年父亲带来一块白风凌，其状如厚瓦，表面洁白如玉，纹理优美，四个周边全成玉化镂空，横着放，看不到纹理，竖着放，损失一个边的镂空花纹，这是极其艰难的选择，老父、赵老师和几位石友最后决定竖着放，他们说：只好牺牲

一个人的修行

一个边，做成一块精美的石屏风，我实在舍不得那些岁月风沙雕琢的玲珑，捧着它、围着它，反反复复摆弄，终于找到了一个斜面的角度，我向围着桌子的石友们描述了我的创意，那是一本翻开的"书"，底座架子可将它斜斜地高高托起，面和边可以全部展现。就这样，这块白风凌就成了一本无字的石书，如今它凝固在我的书桌前，终年打开着，向我展开的是天地书写其上的无限奥秘。

老到的石友们还告诫我，鉴赏除了四项硬指标外，还需研究产地以及量产稀缺程度，不同产地的石料，就意味着不同的市场价格，再品相良好的石料，如满市场都是，也就没了收藏价值。一开始，我对这些观点都深信不疑，且严格遵守，直到有一天看到这样一句话：石头是大地的舍利，整个人如被电击到一般，我突然醒悟，所谓的鉴赏标准和收藏规则，都是狭隘的、私小的自以为是和自作多情，石之美丑贵贱即是人之美丑贵贱，地球上每一块独一无二的石头，你遇上任何一块，都是过往岁月对你的叩访，你迎出门去，与之相握相拥，没有寒暄，没有客套，没有功利，如能一见如故、引为知己，便是你与之的一段果缘。

旅行和捡石头

如今身边亲朋好友外出旅游的真是太多了，夸张地说一些人一年二百多天是不在家的，天南地北到处跑，如问一下他们旅途中的见闻，大部分都茫然不知所云，他们只是拿旅行当成时尚的生活方式，或者当成麻痹自己，打发时间、解决精神无聊的工具罢了。

我之认定的旅游是交换。世界之大，不同地域便有不同的信息能源，每个地域的光照时间是不同的，土地富含的矿物质是不同的，为此每一个地域的磁场、电波、气温气候都是不同的，不同的地域便孕育迥然不同的山川植物，乃至于那里的气息都是各有特征的，生活在那里的人们以及留存在那里的人文历史，也都包含着那个地域独有的特质，这些特质湮没、散播在每一个角落，一个外乡人如果在意自己的感官刺激，便能轻易地捕捉到这些差异。旅行，就是从生养自己的这片土地出发，拿自己的信息能源和远方的信息能源进行交换，将自己熟悉的、习惯的、掌握的、固有的，与那些不熟悉、不确定的、不了解的事物去交换、去对比，去彼此体悟，在体悟中可以印证自己存在何处？何状况？何阶段？你踏过任何一处锦绣河山，就是在书房里诵读思考，大自然一切美景都是经文典故，都是如来，都是大道，你可交换思考角度，用另一样的心去参度。你呼吸那里的空气，接纳阳光，就是去接受不一样的磁场、电波，遍尝当地的食物，就是去吸取当地的日月精华，一切食物与你之身体都曾经有缘，他们或久别重逢，或生疏隔离，你喝一口浓烈的腊酒，嚼一块膻味的羊肉，把自己的身体器官交换出去，去体验那些和你之间的微妙受用。当然，最重要的是把思想交流出去，换回一些新鲜的、恍然的、诧异的种种认知，这也是我在路途中极爱和小贩、黑车司机、导游、老板等搭讪的缘由。更有收获的是，旅途中还能看清一些人和事，一场远距离的旅途，可以将普通朋友发展成密友，也能将几十年的密友降温为点头朋友，这也是能量交换的结果，信息不能对称、观念不能匹配，人与人之间的情谊就会悄然改变。记得风儿有句定论：一

一个人的修行

起旅行过还能继续做朋友的，才是真朋友。

你抱着交换之心去远行，你换回来东西多到拖不动的时候，你第一个念头就是要回家，你满溢了所有之后，你之心便不想在外远游。所以，旅游的本质是回家，你去交换、去体验，而后坚定了自己要回家的心，相互对印之下，你愈发离不开生养你的故乡，你愈发对你之故土充盈着无法割舍的爱，无论远方有多少诗意和美好，你带着想自由、想飞翔、想看世界之宏心出发，你有不甘久居井底之不满，统统都归结到对归家归根的迫切心上。这一点，外在的形式上、程度上，每个人表现的或感受的都有些区别，但在精神逻辑上，这是必然的趋向。那些旅行太过频繁的人，我古板地以为他们是把躯体赶在路上，把灵魂安放在家里的缘故吧。

怀着交换之心，每次外出，便想要带些固有的物体回来留个念想，拍些照片？买些当地特产？都不是我想要的方式，我记得勇强部长以前集邮戳，每到一个地方，就到当地邮局盖个邮戳，尽管羡慕这样诗意的举动，但衡量之下感觉自己力所不能逮，几番思量后，我终于选了一个既方便又省事，还符合我兴趣爱好的办法——捡石头。石头是这个世间最古老的物质，它见证了斗转星移和岁月流年，它隐含了多少信息能量，你无从所知，但你却能坚定地相信它，这里有皈依力量，这是古老的物质所特有的秉性。

旅行途中要捡一块石头，理论上说极其容易的，山上河边，甚至马路牙子边，哪哪没有一块石头呢？坏就坏在人的功利心、贪宝心、区别心，这些私欲作祟，人心便开始浮动，开始举棋不定、千挑万选了，最好捡到有经济价值的，或样貌奇特的，或色彩美艳的，也自省过，这样不好，但每每捡起一块石头的瞬间，一刹那、无意识地挑选了最符合私欲要求的石头。有些石头途中不知怎的就遗落了，我便自笑，你存了携人之心，人家还没有追随之情呢，凭什么远离故土、跟你回家呢？也有将玻璃当宝石捡回来的，一次在小岛沙滩，捡到一颗晶莹剔透的珠子，水晶般的盈亮，带着墨绿色的光芒，阳光下里外通透毫无杂质，这个珠子成椭圆形，外表已被海水沙子冲刷得滴溜滚圆，该不会是一颗天然水晶石吧，那是价值不菲的宝石啊，我的心为之一阵狂跳。回家后仔细鉴定后才发现是啤酒瓶底玻璃，长时间打磨后形成的了这颗神似珠宝的"水晶"，有些小失望，但并不懊恼，或是爱之漂流瓶的碎片？或是海边狂欢后一个见证？反正被捡回的都是我的宝物。

在西夏王陵里捡了一块石卵，印象最为深刻。那是一个黄昏，夕阳染得西边金光辉煌，我远离大部队，只和自己的影子一起默默前行，这种时分走在王陵墓道上，即使是一棵路边草都会发出感叹，我相信每一尊石雕在我路过的时候，都对我有一番诗意的凝视，我们彼此敬意、微笑，都明白各自的内心早已一片汪洋，波涛汹涌，远处的贺兰山呈黛绿色，它蜿蜒起伏，翠屏叠嶂，或许是夕阳在背后勾勒的缘故吧，这是我见过最美的山岚。在三号陵前，我弯腰捡起一块卵石，大小正好一握，因太阳照射的缘故，那卵石是热的，它在我手掌里与我互递着彼此的体温，我感觉它是活的，有生命的，它正带着那个王朝的盛衰和悲喜与我述说。握着它走出陵园，犹如握着一团火，一路上我的血液一直燃烧着，一如西边燃烧着的夕阳，天地间充斥着苍茫，吾之心充斥着无名的感动。所以，我常常不喜爱合着一群人去旅游，你得应酬人群里各种招呼，你就稀有安静和思考的时间，更不能痴痴地笑，傻傻地哭了。旅游

一个人的修行

是一半发现风景,一半发现自己,一个人的旅行最大的收获是体验精神上的无拘束,此时的孤独,无价。

我捡石头的毛病,不知怎的传染给了裘裘,他去西藏回家,行李箱里居然躺着一块好几公斤的大石头,它表面黝黑、坑洼不平,形状也很普通,裘裘神秘地向我介绍说:这是陨石。并立刻向我演示它可吸住铁器的特质,我狂笑,如真是陨石,那就是上亿的价值,还能让你捡到?我们家是要发特级宏大的财了吗?笑归笑,还是很认真地查询了各项资料,证实它不是陨石,裘裘还不死心,一定要带去给赵老师验看,老师一看就笑了,哪是什么陨石,就是一块普通的藏青而已。这一出陨石大戏才算落下。

今年组小团外出,意外地遇上了老杨,老杨是我同学的丈夫,第一次见,原本该生分的,却因为他也是个爱捡石头的,一下子把我俩的距离拉近了。这一路上我俩成了走哪捡哪的搭子,尤其是到了河水岸边,我俩基本就是粗瞄一眼风景,随后就低着头用眼开垦"宝藏"去了。刚开始,我们还在车上向同伴们显摆捡来的成果,后来发现基本上没人正眼瞧的,礼貌似的在各人手里传阅一遍,很快就回到你手里了,其间连个提问题的人也没有,直接用沉默剥夺了我们介绍石头的机会,这让我们俩有些扫兴,但不碍事,至少还有我俩可相互询问不是吗?各人喜好自由、互不干扰也是文明和谐的标志嘛。稍有空闲时间,我俩就开聊各种捡石经验,老杨向我显摆他前几年捡到了一块陨石,吸铁性、表皮碳化、比重等各项特征都符合陨石要求,他准备拿到专业机构去做鉴定,哈,又一个做着陨石梦的男人啊!前几天通了一个电话,问起他在黄河边捡的那块山河图石是否做了底座,他叹息道:没上飞机就被他老婆扔了，行李箱超重，第一个清理的便是捡来的破石头了。

我大笑，瞬间感觉自己是最幸福的，既是一个可以随心所欲捡石头的女人，还是一个可以做主行李箱先扔什么的老婆，真好啊真好！

藏　石

家中藏石不仅要控制数量，而且需留意颜色，最好能配齐红黄黑白绿五行色，其他四种颜色配起来还是比较方便的，就是绿色的不太好找。前几年收过一块孔雀石，可惜体态娇小，稍大一点原石并不好找。有一次看中一块内蒙的戈壁葡萄玛瑙，上半部分碧绿晶莹，颗颗葡萄饱满有序，可惜的是下半部分墨子太多，用行话说叫：有点脏，即便如此，因整块石头造型气度、质地品相都算上乘，老板死咬着大五位数不肯松口，想着再等等、磨磨，等了一周再去，那块石头已经易主了。老师一再关照我们，即便再喜欢，挑石头也不能急，即便被人先一步挑走了，也不能存下次下手要早的心思，这都是藏石经历中磨砺性子的好方法。

不急不躁中终于收到了一块树化玉，市场上树化玉是极为普遍的，产量也较多，最多见的是乳白色的，棕褐色的，偶尔也有一些绛红色的，而绿色的树化玉极为罕见。形成不同颜色的树化玉主要和这些要素有关，树木的品种、树木埋的深浅、玉化的时间、燃烧程度、当地土质富含的矿物质等等，一场地壳运动下，形成什么样的树化玉，完全是天

一个人的修行

的意思。一般乳白色和棕褐色的都处于浅表层，它们要么从未燃烧，要么燃烧碳化过度，且是自身木质较松软的树木，故这些化石出土后，都需要进行第二次加工，打磨抛光，去除外层碳化，抛光成玉化的模样，如此美是美了，可树的样貌破坏了，树皮、树纹等特征基本消失，成了一块名副其实的石头。这次收到的这块树化玉堪称上品，它通体翠绿，凡是有艳丽颜色的，基本上属于坚硬树木种类，埋得深，燃烧温度低，时间久，且有矿物质长期化学反应的结果，故这些品相的树化玉出产很少。家中这块藏石不但树洞、树纹、树皮清晰可见，且通体玉化，由于没有任何后期抛光处理，保持着树桩原始的木本结构，验光灯下，美轮美奂，娇翠欲滴。它每一面都是那样灵动多姿，远看近观，美不胜收，瞧上一下午，能数出很多趣味盎然的象形小景，最大遗憾是配底座的时候忘了安装转盘，如今每过一段时间，我便要熊抱着它一百八十度转一次，让它也换个角度看看我。

　　家中若有藏石，还需讲求大小搭配，主次分明。见过很多石友家的藏石，一律都是适合放在几案上大小的石头，且因数量多，石品过于重复，观赏摆放得到处都是，不但毫无主题，杂乱无序，整个藏石行为流露不出精神痕迹，既不显露主人的审美脉络，也不能发现主人的经历游猎，最极端的例子是，某位石友连卧室里也放着石头，这确实是贻笑大方的事情。我固执地以为，但凡家中藏石，摆放需遵循主次之序，张弛之道，或大如擎，或小如握，我严格遵守的基本原则是：决不买类似尺寸的、类似形状的、同一质地的藏石，即便它再好，雷同就是稀释，除非将原本的石头送人，才请新的石头进来，而一般在家养过的石头，是断然不舍送人的，那是自己的孩子。人说，你的生命在哪里消耗，你生命的寄托就在哪里,每一块养过的石头,都寄托着自己的生命。

搬新居时狠狠地寻觅了一番,我需要一块具有一定体量的藏石,作镇宅之用,而这样的角色,唯灵璧方能担当,文震亨在《长物志》里评到:石以灵璧为上,奠定了灵璧四大名石之首的地位。灵璧产量丰厚,种类繁多,但要觅到一块中意的却是一件难事,老灵璧太端厚,白灵璧太精巧,磬石、碟纹、回纹等小品种灵璧又没有体量,直到看见这块七彩灵璧,第一眼就认定它一定是我的,它仿佛也等了我亿万年一样,专等着我来领它回家,这句话是那位转售的石友和我道别时说的话,他说他开采这块灵璧时,经历了千辛万苦,一路颠簸从山里运回,十几年来多少次眼看即将转手,都是在最后的关口莫名其妙告吹,而我一眼看中后,没有价格纠缠,没有节外生枝,就连最后吊车吊装都顺利得一步到位,它绝对是属于这个家的。

灵璧形成于8亿年前,因火山岩浆而演变成变质岩,这块七彩灵璧因富含不同的金属矿物和有机质,而形成不同的色彩,其主基调是红褐色,间杂着白、黑、黄多种颜色,变幻多端,富丽堂皇,是为第一大妙处;从不同的角度和距离去观赏它,其都有不一样的造型,远观,整体是一只昂首高歌的百灵雀,正面、左右侧、上下面去观赏,它时如奔腾骏马,时如憨厚棕熊,忽如远航而归的神龟,忽如安静面壁的高僧,你每天摩挲着它,你都有新的奇异发现,是为第二大妙处;雄浑见长的灵璧并不追求漏透,但这块灵璧在中央天然形成了一个大洞穴,像是一枚天眼,不但呼应着天和地,也呼应着人和物,仔细查看,发现其上下共有大小暗穴十几处,大小洞穴首尾相连,自成一体形成了呼吸流,人的整个头伸进去,在里面轻咳一声,便有振幅回声出现,是为第三大妙

一个人的修行

处。真正的美妙，是不能言的，每当我伏在它的大肚腩上，人便能获得超能量一般，不管心里有多少不如意，都能满血复活。人的生命系统就是一个信息处理加工器，在它冰冷温度的刺激下，我常常分泌出足够多的脑咖肽，让自己对自己的一切产生欣喜、快乐乃至幸福，感觉自己和它，此时正活在刹那，尽管前后皆是黑夜，那也无妨。

与大之蔚为壮观相比，藏石中的精小件也是不能忽视的。例如九龙壁、大化石、长江石、昆仑石、戈壁石、菊花石等各有千秋，只要机缘到了，都是居家不错的选择，如能藏一些精品小件如南红、玛瑙、绿松等作手把件，也是一件极雅趣的事。最近几年，老父送了不少产自新疆戈壁的好把件，他在农贸市场买菜，如看到牧民在地上搁着几块捡来的石头，他都要凑上前去，想尽办法将它们买到手，阿克苏地区盛产各类奇石，也真让他收了不少精品，因疆沪之间路途实在遥远，他常挑一些微型的手把件寄来，金丝黄玉、吉昌玉、温宿彩石等，件件让人爱不释手，即便是一般的泥石，在大漠深处磨砺了上百年后，通体也散发着迷人的光芒。我的原则是小件也要日常展示，让其见日拜月，还需常与人摩挲戏乐，方不辜负你收藏它时的初心，故那些小件，很多都让我制成了毛衣链，一块浑朴的戈壁红玛瑙坠在胸前，并不比一块人工雕刻得精美绝伦的羊脂白玉逊色。

所谓雅事，寻得都是浅浅淡淡、不经风不历雨的感觉，风雅偶得才是味道，深了痴了便俗了，石藏也需如此，浅尝辄止，才是最好的境界。

小雅风情

自古琴棋书画谓之大雅,花鸟鱼虫则为小雅,大小之分,说白了就是普及性的意思,琴棋书画毕竟是小众的,光有一颗雅心,却无雅才,就入不了对面的高门槛。花鸟鱼虫则不然,它属于大众的,但凡稍有一些情趣的人,皆可为之,无门槛地一脚踏进去,一圈逛玩下来,便能发现其中门道甚多,其情操和审美不自觉中得到了淬炼,称之小雅绝不为过。

先说蟋蟀,便让我想起我的外祖父,夏日纳凉的院子里,他有讲不完的蟋蟀故事,外祖父讲故事其实就是一段评书,每每说到蟋蟀相斗厮杀的精彩片段,外祖父开动起所有的声音、动作、表情、眼神加以演绎,一个人能演活一场子所有情节,只见他忽而双手后作翼状如翅膀舞动,忽而鼓着腮帮子学胜利者鸣叫,忽而大叫一声"不好"后戛然而止,瞪着眼睛默不出声,几十秒之后才缓缓轻轻说出结果,这些都是吸引人的套路,把我们一群孩子哄得服服帖帖,天天围着他的榻椅前,追听蟋蟀故事,而他的蟋蟀故事总是层出不穷,如今细想之下,其情节发展脉络大同小异,无非是今天主角叫铁将军,明天换成了"癞痢头"而已,但那时的我,痴迷沉浸不能自拔。也是因为捉蟋蟀一事,让我第一次有了女孩的自卑,表哥表弟被允许半夜跟着大人去捉蟋蟀,不让我去的理由是,我是一个女孩,并荒诞地宣布:如果女孩去捉蟋蟀的话,

一个人的修行

"二枚子"就会变成"三枚子",虫将军统统不能参加战斗了。为此,幼小的我很是受伤害,再也没有钻进床底下逗玩过泥盆里的蟋蟀,外公给蟋蟀"豁浴",我也再不凑近看一眼。

如今四十年过去了,秋意渐浓的霜夜,听闻院里蟋蟀声声,脑海里全是外祖父慈爱的笑脸,那段童年的往事窸窸窣窣地抖搂出来,没有了一点的戾气,剩下的全是追念和幸福。近日有幸被潘、陈二兄邀请观看一场秋虫大赛,又勾起了我对蟋蟀的独特情怀。潘陈二兄对蟋蟀的激情自然也来自于童年,那个年代长大的男孩子,谁没有玩过蟋蟀呢?人到中年闲出时间来,重回精神故乡是人作精神回望的必然驱动,其中重温儿时的游戏便是最典型的代表,故他们二人每逢节气一到,便开始张罗秋兴之事。他们斗虫排场虽然简陋,但前期的准备工作以及赛前诸事却一点也不含糊。等我弯七弯八找到他们的所地,红蓝二队"战士"们早已完成了喂食、洗澡、称重、分播、清场等各项工作,只等我这个局外人来看热闹了。为了给我一点兴趣,二位仁兄将裁判助理的工作分派给了我,一是检查上场的将军二者分量是否相当,上下相差不能超过2克,二是每一回合的那队将军振翅长鸣,宣示胜利之时,在本上记录战况,分别用红五星和打叉予以标识。就这么两个任务就把我忙得有点晕边,有一次将胜负标识标错,被潘兄一眼逮住,可见我这个助理的大致水准了。经过11轮大战后,潘兄以6:5险胜。其实哪里有什么输赢?一场虫斗,我们全是愉悦的赢家,甚至于我们之间的愉悦都是严肃的,但我能感觉到流淌在我们之间的快乐是缓溢的,它尽量保持着宁静和严肃,但它持续不断地从心里滋蔓出来,那喜悦有质量、有温度,即便是多年过去了,那一晚的愉悦感仍能让人如此真地忆起。

兴趣爱好是一种传染病，你和什么人在一起，就有被传染的可能，况且我生性爱闹腾，传染的几率就更大了。譬如，一段时间常和美云家走动，她家颇先生养了一大缸热带鱼，于是跟着颇兄学养热带鱼，这一养就是二十年，从刚开始的红灯笼，几十个品种轮番尝鲜，死了买，买了死，最后总结出一条铁律，养鱼务必要懒，懒得喂食，懒得换水，甚至懒得理它，你一懒，鱼儿的世界便安宁祥和了。悟出此理后，我家的一条蓝曼龙居然养了7年，从二分币大小的个头，养成一条如小鲤鱼似的威武，还有一条发财鱼也活过了8年。还譬如，我家妹夫爱养各类金蛉子、叫蝈蝈，一来二往的，我也跟着迷上了，他常送一些让我把玩，一回两回的，心里的那份虫宠便落下了，每逢节气一到，便有惦记劲了。之所以没有写很多细节和曲折，实不相瞒，我有点不好意思多写，因为贪玩的是我，而收拾打理的是裘裘，每每将玩意弄回家，其实最后都成了他的工作，换水、清洗、修泵、买电热棒、买毛豆喂食、打扫虫舍，一系列繁杂的后勤保障工作，都是他在一边微抱怨、一边尽全责地过程中替我完成了，而我只是顶个玩的兴头，看看逗逗乐乐罢了，如再肆无忌惮谈论养殖经验，也实在太厚颜无耻了哎！哈哈哈。

最近，我又在捣鼓假山小盆景，还觅着了一截松瘤根疙瘩，准备植种金钱菖蒲，这次向裘裘立了保证书，混泥、选盆、修枝、翻根、植苔、浇水等全由自己完成，他笑而不语，那笑意让我想起了老谭，我想之所以安迪能时而任性，时而淡定，就是因为身后有了一个永远都在的老谭，而我也是，因为有一个永远都在身后默然支持的笑意，我才有如此的资本，去任性、去笃定，去追寻一个又一个惊喜，乃至荒唐。

世间欢迎老谭。

一个人的修行

步 摇

云烟似坠，烟眉如黛，绾青丝以步摇。冬日午后，读这样的句式，突然深陷其中，不能自拔了。"步摇"二字，反复念于唇齿，心神都随之摇曳荡漾了。不得不承认，有些物件，就是名字取好了，一个普通的簪子，以步摇论之，就如画龙点睛一样，整个画面活泛了，意象瞬间灵动了。

世人对万物命名大致的规律主要以功能或材质取名，让人掌握用途和了解材质，此为物的本源，是物质层次的需求。而有些事物却以引申意取名，让人浮想联翩，顿生意境，此为物的内涵，是文化层次上精神满足。而步摇二字，便是精神命名的典范，其玄妙之处，在于不是自我感受而得名，却以旁观者的视觉，凝望女子莲步婀娜，发簪因而摇曳生出一番遐想来，如此得句可谓巧夺天工。读步摇二字，我们仿佛就在观望一个美丽的背影，并随她翩翩远去，隐约间居然还能感受到轻轻的叹息声。这便是文字的神奇力量。没有去考证，但就凭步摇二字，就敢武断臆想，这个名字必然出于闺房，也必然出自风雅才郎之口。

古代女子的装束有时不仅仅是美，其中还含有塑言礼行的成分，是教化的象征，耳环和步摇的初心，应该也是提醒女子不可行动轻佻，务必仪态娴雅，娟静沉稳，珠坠轻摇，莲步轻挪，方不乱心，不滥情。为此，步摇应该是从贵族、书香人家中流传出来才是，逐渐演变成各式各样的模样，各式各样的材质。戏文里最普遍的就是金银玉珠翡翠之类，这些都好，却不是最好，我所中意的步摇应该是木质的，簪头镂雕简易的如意同心，以浓重低沉的木色，配以长长艳丽的流苏，真真是红粉佳人、宝剑英雄，实属上乘榫合。

记得童年时候，曾经独创了地瓜茎"步摇"，将地瓜的叶茎整根摘下，折断成一小节一小节，不扯断茎皮，让它连接每一个小节，变成了坠珠状的摇穗，并保留最后一握根茎，插于小辫中，而后故意猛烈摇头，便自我感觉"茎珠"摇摆的美来。在美丽的面前，人类将调动所有的智慧，竭尽所能，因为它不是别的，它是"美丽"。对一个八九岁的女童来说，也是如此，这份自创的天分，无疑是对美如痴如醉的追求和觉醒。当我珠插满头地跑回家中时，却被外婆厉声地训斥了，爱美那时是有罪的，罪的名字是爱漂亮。大人们一致大声谴责我的爱漂亮，似乎是一种学坏变质的倾向，她们正在挽救我。而我在心里抗争，抗争的显著表现是认错，一个手无寸铁的孩子做深刻检讨，其本身就是抗争，假装认错的实质是一个孩童式的狡猾，这份狡猾也是抗争。一颗爱美的种子一旦在女子心里发了芽，千斤巨石都不能阻止它生长。

一直想自己手工打造一支，却实在懒得如此操劳，终于求助于万能的淘宝，在五花八门的步摇店里逛了个透，许是看花了眼，许是那阵风已过，心里竟然凉了许多，等快递小哥送货上门的时候，竟一时忘了那天胡乱地挑选的是哪两支？全然没了佩戴的念头，即使小表妹玲玲认真教了结簪的手法，我也无心听讲。心里是明白的，一支步摇，只是一个念想，一个女子思慕风情的一段线捻，内心早已风烟俱静的人，簪一支要取悦何人呢？莫说无人，就算有人，也没有了取悦的欲心，这才是步

37

一个人的修行

摇的悲哀。我问小婷是否喜欢,愿送她一支,她回:不会戴啊!我心里笑了,就是为了戴,才拥有吗?有些物件是用心收藏的,送你步摇,就是送你一个祝福,做一个背后永远被人凝视,被人欣赏的女人,该是多么幸福的事情啊!

这是古渡口我自己寻找的梦,自己的情节,自己的感悟,孩子们哪里能够知晓呢?

写下这篇文字时,为了渲染气氛,配合心情,在后脑勺上胡乱地插了一支。哈哈,非常好玩!有人说簪上一枝步摇,就会遇上前生的自己,今夜入梦可有似曾相识的女子渡梦而来?期待期待。

自然的馈赠

瓶花二三事

老友邀约去学花道,八节课5000多元培训费,她说,在那里可正经学习花道的流派、规则、造型,以期陶冶情操,将原本散落的审美感觉上升为艺术鉴赏和创造。我本懒散之人,一听这些目的意义就晕了。花道对我而言就是好玩,要将原本好玩的一件事,变成学习,多少会冲淡玩乐的兴趣,毕竟我又不想要什么花艺证书,也不需要旁人认可多高的技艺,还是自顾自在家偷着玩好了。

因为是玩,就随意多了,花草品种没有要求,裹裹修剪各类植物,残枝剩花都是我练手的天然材料。家中有株名贵的茶花,年年花开满枝,朵大如碗,曾戏名贵妃,今年盛放之时,也选好造型插在瓶里,邻居叹问:你怎么舍得下剪刀?我暗笑不语,开在枝头是生命,开在瓶里是供养,当生命成为供养,就是她的涅槃和祈愿,供花和奉香不仅仅在寺庙,在佛前,也可在心间。邻居又追问:何不剪那些贱长的花草,不

一个人的修行

让人心疼？我大笑答道：我的瓶里只有四季情义，没有高低贵贱。不错，红梅冷傲、幽兰谦谦、牡丹灼灼，月季娇好，和栀子花、仙客来、三色堇、孔雀菊、迎春花有何区别呢？一样的物心，一样的绽放，大自然给了他们平起平坐的位份，我有何资格硬要予以区分呢？所以，我家的各色花草挨着季节、轮番登场，都是我案头的主角。秋月请桂神，春风邀李枝，夏夜约竹君，冬晨携梅郎，风花雪月之后，再把满地尽放的大吴凤草拥抱成基友，把走失的狗尾巴草、冬青树领进家门，她们也极尽讨好之能事，缤纷了我的岁月。当然，除了花草，我对插花的器皿也没有要求，觉得家里哪个器皿般配就选哪个，有时一个蜂蜜瓶、窄口酒瓶也可以，完全是信手拈来，完全是心血来潮，如此标准下插得的瓶花，自然没什么标准和要求，只是埋头捣鼓，单纯摆弄，不计美丑，不论优劣，大不了随口向裘裘问一声：好看吗？他一万年永远一个答案：好看。他的答案仅仅每每如此，毫无新意，但我仍自陶于他的赞美，在一边满足自得去了。

微信晒出组图，老友留言：还是摒不住要去学习花道吧！我说：没去学。她说：那你如何掌握了副枝摆放？如何明白后方的见越？如何以等边三角形诠释了天地人的格局？闻言，我得意非凡，她说的术语，我不甚明白，也无刻意为之，一切遵循人自然而然的审美，遵循植物美丽的本性，在三维空间中将大自然等比例地缩小了，等比例地再造一遍而已。真心是我师，天地自然也是我师，万丛花草皆是我师。保持平衡、安定、静泊便是我的初心，而这样的初心就是花道的雏心。学习花道，学习的根本是能插出艺术的作品来，还是能悟出积极的快乐来？我不言，唯拈花微笑。

自然的馈赠

　　培、剪、插、修、赏只是一种仪礼，经此去悟一切道，胸中的气韵、内心的澄明在曼妙的构图中，渐渐明朗起来，让人有一种被通灵的召唤，浑身充满了喜悦，对自然和生命的礼赞，在"静、雅、美、真、和"的意境中显出原形。

　　写了一段太高尚的格调词，随即后悔，说好的不要意义的，意义少，或者干脆没有什么意义，那就是人类的精神奢侈品。精神什么的实非本求，倒是花草品种认识了不少，这才是真真的好呢。说起对花草的启蒙，不能不提源源这位奇女子。记得七八年前和源源一起上山，随手指认一株，她皆如数家珍，习性怎样，花果如何，都能娓娓道来，简直是个植物的万宝全书，她或低头嗅一嗅，或把叶子搓一搓，眼里满满的欣喜，那时我只是崇拜她的全知，如今回想她的神情，她的欣喜是老友重逢，是唯恐旁人轻视或者辜负的倾力献宝。一个女子的草木情怀竟能如此让人怦然心动，这也是我那次归来开始关注植物的由头。源源成了我的植培顾问，对我的不耻下问，她极力称赞，甚至在电话里夸张地、决绝地说：哪有爱宋词、写词曲的女子不爱草木的？被她这样一说，我便坐实了爱花草的名分了，不爱好像真的不行了。

　　"一点官黄，人间芬芳，最怕痴心贪爱，直叫世界都香"，就是这样了。

41

一个人的修行

且品且说茶风流

饮茶启蒙来自于裘裘，那时的他总带着一个大口径的摩卡咖啡的包装瓶，杯口布满了些许茶垢，杯中茶叶隐约没到颈脖，被他悠悠着抿一小口，苦得直咋舌，立马要含一点白开水，漱一漱口不可，这样的一个人，被他今天骗一口，明天哄一口，承受力显著提高。先是不再漱口了，再后来专喝他喝淡的末泡茶，我把它戏称下午茶。突然有一天我说：不喝你的了，我独自泡吧。裘裘坏笑：女茶客。

二十几年后，我潜心体悟"女茶客"三个字后，自说自话将饮茶人分成四个不同层次：茶客，茶人，茶师，茶圣。刚刚开始饮茶的人称为茶客，这个称谓是非常妥帖的。对茶而言，初来乍到之人，就是远道而来的客人，渴了坐下喝一杯，喝完一抹嘴就走人，不思量，不品鉴，只是解一解生理或者心理上的渴，故喝茶成瘾，无茶不欢，茶是越喝越浓，茶越喝越杂，东南西北有什么茶，喝什么茶，从不苛求什么器皿，也不要繁琐的仪式和功夫。第二层茶人，茶人不是客，而是主人了，于是就有了自己独特需求，喝什么茶是固定的几种，甚至什么品牌也是固定的，什么茶配什么水，什么茶配什么器皿，甚至烧水的炉都十分讲究，一切道具都精致到无以复加，在仪式上更是下足了功夫，没有一丝懈怠。第三层茶师，能为师者，自然非常人可比，他们潜心研究茶文化的每一个细胞，参与茶的采摘、炮制等各个环节，深谙茶的秉性脾气，能正确品鉴出各类茶香和气韵。张岱在论茶一节中曾记载，尝一口便能得知泉水、井水、江水、河水，仆人偷懒取了河水想蒙混过去，也被他立马识破。记得余秋雨也在论茶文章中提到，几人同时在隔壁泡茶，端进屋里分别让他品鉴，他居然能说出哪杯茶是谁泡的，读来有点不信，直到认识了老言之后，方觉世间真有神人，一排五个不同杯子，老言先观色，再闻香，喝一口，立马说出杯中茶汤是第几泡，令常人叹为观止。第四层茶圣，他们以茶观天地，觉自然，悟生死，他们早已舍弃了对茶一切物质属性的追求，返璞归真，不需要精致，不需要刻意，只求简简单单，就地取材，木杯也行，粗陶也罢，随便一把茶叶，都是他们内心修炼的道场。这种围绕茶展开的生活方式上升为对自我的灵魂修炼，并以道的称谓点缀它，这便有了宗教的成分。我不知道他们的谁，但我知道，世间必然会有这样的人，或者曾经有过这样的人。

因为，茶本来的使命就是复活，而人就是为了看这场复活，创造了茶，创造了茶仪式、茶文化。茶只为修炼而来。

人寿有限，天地永恒，人由此而产生了渴生惧死的思想纠缠，这些纠缠中留下了智慧的祈愿和破解，其中最全面、最完整的莫过于哲学和宗教，他们以生与死为终极命题，筚路蓝缕，为人类开辟了一条自我救赎的精神通道。哲学主要教我们如何面对生，宗教主要教我们如何面对死。而它们有时候太高远，有时候又太赤裸，智慧的先古发现了一个又隐秘、又雅致的通道——茶。普普通通的树叶，经过不同工艺加工之后，可以存放较长时间，只要以火助于水，水助于土，那一片树叶的生命就会复活，他的绽放就是涅槃，带着隔世的异香复活在另一个时空间，人们多么渴望自己的生命犹如这片树叶一样，在茶的复活中，想象

一个人的修行

着自己的重生,这是怎样令人欣喜的联想和祈愿啊!茶为木,水火金土都围绕着,负责让他休克、长眠、保鲜、再唤醒他、重生他,所以,要懂茶心,必要研究水火金土的辅助作用,你就会渐渐明白制茶工艺和泡茶环节中,有很多必须遵守的传统规矩,他们相生相克衍生出来非常深奥的意义。例如采茶为何不能碰金属,必以女子采摘为佳?炮制和泡茶中最好用柴火,才能得阴阳之火?为何最上品的茶具永远是陶瓷?为何铁壶煮的水最好喝?凡是水木金火土齐全了,新的生命就可以孕育了。明白了这一切的关系,以后的每一泡茶,都能让我喝得意味深长,喝得抿嘴微笑了。

　　茶的妙处还在于它体现了一种时空序,这个序既包括有序,也包括无序。有序的是规律,茶叶生长、采摘、炮制,一直到成为杯中的茶汤,这是一个可以预见的必然,就如人一样,必然要经过出生、成长、衰老、死亡,自然之中存在着大规律。而无序的是变化,每棵茶树不同,采摘时间不同,气候不同,炮制略有差池,炮制各个环节稍有异样,就会有千万亿万种不同结果,就如千奇百怪的人生百态一样,所以,人们最爱以茶一切比拟人生,茶之沉浮看人世穷达,茶之浓淡品人间冷暖,以茶之道通悟人生之道。

　　由于逐渐懂得了茶背后的象征意义,为此,对它始终充满了无上的敬意,在我的杯中,茶无贵贱,也无特别的好坏之分,既不专宠一类,也不搞情有独钟,只要是茶,喝下的便是欢喜。通常是家里茶罐里有什么茶,就喝什么茶。近几年,还开始简单制作一些花茶,梅花、月季、菊花都是上好的原料。前年起,和裘裘一起种植佩兰,一年中有5个月,茶杯中都弥漫着佩兰清香,这些劳作演奏着茶的快乐,成了我表达草木情怀的深情独白。

茶事知多少

休假日的清晨,与简单的早餐相比,一壶茶便显得极其隆重了,按说,我常用的几款茶具也是极其家常简单的,茶叶也不是什么贵重稀罕的,我说的隆重只是心情而已,或备一点水果,或三五样小吃,更要跑到院里,摘今天正当令的鲜花相配,有时没有鲜花,便剪一枝铜钱草也可以,或者摘一片红透了的槭树叶子也行,反正看着啥欢喜,就唤来作陪。第一口茶汤喝下去,必要"啧——哎——"的一声,那声响里是无尽之快乐,快乐只存在于你正感受它的时候,我如斯感知了,便得了无限之快乐。继而我又想,明明是无以名状的喜悦,何以用哀叹的语气词呢?或许人之悲喜系出一源,极喜极悲之时,所用的一切言行都归一了。

饮茶之喜,我们最常夸的就是香,一句:茶真香啊,其实并不全指气味,还包括了口感,和回甘后的味道和气息。所以,我个人偏好鉴茶之香功。论香功,六类茶中,绿茶的香是最亲近自然的,这和它全不发酵的工艺直接相关,又因为不同的杀青方法,绿茶的香功也是有很大差异的,主要分:蒸青、炒青、烘青和晒青四大类。

一次因主要客人未到,聚会推迟开席,无聊之际便关注起茶杯里的活物来,眼前的这杯茶汤太过于青绿,香气很闷,先微有涩味在舌尖缠绕,后有淡淡回甘,这定不是龙井和碧螺春了。问服务员,回答说是湖

一个人的修行

北老板带来的家乡茶,听说湖北,定是施恩玉露了,叫她拿了茶叶包装罐来看,果是施恩玉露。其实先前我并未尝过施恩玉露,只在书本上看过蒸青茶的基本特色,蒸青茶因蒸汽高温杀青,故香味并不高扬,干茶显得深绿,茶汤比一般的绿茶更加青绿,蒸青茶中最杰出的代表便是湖北施恩玉露了,蒸青茶在国内并不流行,我们国家蒸青茶大部分都是出口的,据说去日本喝抹茶,基本都是蒸青茶了。这次偶然的相遇,让我有了一次难得的体验。

绿茶中最值得托付时间的无疑是炒青类的了,炒青茶中最铁的当属龙井了,我喝了二十几年的龙井,依然没有相厌的趋势,即便近几年各类茶品轮番地喝,但龙井就像大米饭,从不稀罕,却一天也不曾离开。以前写过不少赞美龙井的文字,如今反而写不出什么了。你用尽力气极力赞美的东西,它一定还在你体外,你足可以隔着距离欣赏,能感知到赞美的对象,如它已经相融于你本体了,你便拿不出角度来欣赏赞美它了,就如很多人爱吃母亲的某个拿手菜一样,说不出好在哪儿,就是那个味儿让人放不下,这已然是精神意义上的依恋了。

烘青茶中我偏爱猴魁,论香味、论耐力,猴魁都和龙井相去甚远,但它那大傻样,让我有说不出的疼爱。茶之所以上升为文化,就是因为它全方位演绎了人们的喜怒哀乐,世间诸事诸相都能在茶里找到象征。初见猴魁,就被它的粗实模样给吓到了,像个毛头小伙似的,傻傻愣愣地杵在那里,憨厚得不行。每条猴魁足有7~8厘米长,一般茶具都不适用,我是专门选了个方形玻璃直长杯,将猴魁一根根在杯中竖满,一杯子松松落落的正好48根,你说谁喝个茶还数茶叶多少片?喝猴魁就能行,就在你起起落落安放这些茶条时,你已经被自己的仪式心撼动了,感染了，这便是茶的另一种引人入胜的力量。

烘青茶中还对六安瓜片情有独钟，这也是这几年才熟悉起来的。绿茶鉴别中极其重要的就是嫩度，所以很多明前茶就格外金贵，但凡嫩芽新尖都是绿茶中的特级原料，而唯有瓜片不同，真正特级的瓜片是谷雨茶，清明前后不急于采摘，而是在谷雨至夏至之间才是它最佳的采摘期，清明、谷雨、夏至这三个节气中，必有连续10天以上的晴天，而大地并未完全回暖，昼夜温差还很大，此时的茶树经过阳光的照射和夜间降温后，叶脉的张弛会加大，积蓄的能量便更多，所以真正懂茶的老顾客，即便是选购其他绿茶，都不会买死贵死贵的明前茶，谷雨茶向来是性价比更高的。这一点上，瓜片尤其突出，新鲜茶叶采摘不要新芽，只等叶子"开面"的老叶，烘青时新老叶子还要分开烘焙，越老的叶子反而更加金贵，因它需要火温从低到高分三次烘焙，所以烘焙工艺极其特殊，没有劲道的鲜叶禁不住如此的火功。如果你的杯盏里的瓜片白毫披拂，这绝不是鲜叶的茸毛，而是最后老火烘焙出的白霜。喝瓜片时，先观其霜裳，再赏其色，续品其汤，后回其甘，都有绝佳的心理享受过程。瓜片的茶汤绿中泛着清澈，味中带有一点焦香，最令人赞叹的是他的回甘，这是绿茶中少有的回甘最明显的茶品。我常把瓜片比作人之中年，不经历一定的年岁，不经历重重浴火，哪里有杯盏中今天的清澈和甘静呢？

因这阵子捣鼓木珠手串，所以结识了老朱，他是木匠，在龙胜路开着一家木器加工作坊，常没事去他那里看他车木珠，向他讨教木材的鉴别知识。一来一往的就知己上了，他便送我一包他自制的土茶，问他叫啥名，他说没名儿，就叫茶。茶树长在他老家屋前有几百年了，他记得

一个人的修行

他爷爷在世时就说是祖传的神树，每年春季采摘了叶子，洗净晒干，全家一年四季泡茶喝。他给了我大大一包，还是用黑色塑料袋装着的，像一包垃圾，回家打开查看，黑乎乎的，简直就是霉干菜。心里犹豫了一阵，还是决定泡一壶尝一尝。茶汤介于绿茶和红茶之间的老黄色，第一口就觉得粘牙，舌根还微微发颤，那是苦味的作用，正因为这一抹经久不散的苦味，让这味生晒茶后劲十足，虽然尝口并不讨巧，但杯盏里有阳光的味道，那是令人欣喜的。尽管我后来再次品尝它的时候并不多，但它的出现凑全了绿茶四大门类的最后一种——晒青茶，让我对晒青有了一个直观的体会，这是了不起的一块七巧板，没有它，你尝再多的洞庭碧螺、庐山云雾、黄山毛峰、信阳毛尖、顾渚紫笋都是没有用的，那都属于在一个小区域、小门类里兜圈子。

如今的这个时代，信息带着物流，四通八达，再天高水长，你的心念到了，物件也紧跟着到了。太便利的好处是节约了时间，太便利的坏处是压缩了空间，你丧失了因空间距离、空间的遥远而带来的神秘感、期待感，你也就丧失了内心腾挪而带来的满足感，即便你有了大把节约出来的时间，却降低了获得本身所带来的快乐。所以，这几年即便喝着各种各样、五花八门的名茶，也记不得有什么别样的喜悦了。只隐约记得，青茶中最让人难忘的是台湾冻顶，福建安溪铁观音其次，有段时间还迷恋武夷岩茶，非要分出大红袍里的肉桂和八仙的区别，小舅给了一些水金龟，自己立刻去弄了点铁罗汉，分两个壶分别泡了，对比着喝，终究也没悟出啥心得。小舅说品茶师的味蕾是严格保护的，专为品茶，其余刺激性的食物一概都是不能吃的，我们就图个新鲜和热闹，喝一个名字吧！这话说得极好，很多时候，我们喝茶就是喝名字而已。这几年，市面上还创新出很多不错的茶品，红茶中的金骏眉就是典型的新贵，但毕竟没有正山小种、祁门这类老牌有味，喝第一口便能分辨个大概。当然，普洱是每个茶人绕不开的一座宫殿，有茶友预测，说我一入侯门深似海，一旦进了普洱的门，断然是出不来的，可我从普通的陈普、生普开始，一直喝到紫芽，喝到老班章，再喝花式的橘普，竟然都是走马观花，喝过算过，一点也没有留恋的意思，逛了一大圈后，依然回来喝我的绿茶，然后啧啧赞一句：还是这一口香啊！

究其缘由，终究因为绿茶是我的茶起源，一个人对于起源的依恋是烙印式的，是潜伏在骨子里的，那是精神故乡，行得再远、走得再急，终究要回去的，也必然能回去的。

焚香一线越千年

香道、茶道和花道并称三雅正道，而三雅之中，香道排在首位。如果以"天地人"作比喻的话，香道驭天，茶道显地，花道示人。香道以青烟为身，以气味为魂，直达天宇，与天之广袤相往来；茶道以草木为本，以水火为济，深入土壤，与地之厚载相汇通；花道以线条为骨，以姿态为肌，轻触灵念，与人之审美共给养。所以，在我的认知范畴里，一缕清香，管辖着我的敬，那是人与上天互通消息、相互问候的时刻，由不得人轻狂。为此，近些时候，我的生活中多了一种瘾节：礼香。

看看香炉中袅袅青烟，我奢侈地想：它不仅仅是一项烧钱的休闲，

一个人的修行

她还在燃烧时光,那是人给予它最高的尊重和礼遇。你会发现,一个焚了香的家里,突然会有一种浩然的正气,也突然会有一种凝重的气息,你的举手投足,突然地有了慢下来的意识,那种顿教人完全换个模样的力量,先沾衣不落,后潜入毛发,渐渗透毛孔,又行于血液,终停在骨子里,静静地潜伏下来,合成了你的法相,这便是佛经中的"熏染"。是啊,香味荡漾的屋里,你强烈感知到味的存在,感知到香的存在,它无处不在,但它到底是什么?你不能触到,不能碰到,甚至都不能正确地去想象,它无影无踪,似有似无,你确确实实不知道如何正确地描绘它,而这,就是它的道。在我的眼里,香是将阴阳二者融合得最紧密的文化因子,你明知它的"在",却又不能完全明知它在哪里。这让你很警醒,让你所有的智慧都不敢轻视它,你不得不张开所有的毛孔、所有的感官要去捕捉它,去爱抚它,去企图与它亲近,这就是香,让我沉迷的最初体验。

西方人的信仰是向自己身体之外寻找上帝的过程,上帝在外,是非我的,所以他们的人生观是外向的,突破的,寻求刺激,力求突破的。而中国人的信仰是向自己身体之内寻找自己灵慧的过程,灵慧即是本我,就是自己,所以我们最后的归宿都是内敛的,收缩的,寻求内照通明的。而香道承载和满足了中国人向内寻根的所有需求。你看,所有的香品,不管古法世传的名香,还是现代原创的新香,不管是多么复杂的配伍、多么精致的炮制,也不管是香味浓郁抑或清雅,香品最大的共同点就是通窍,一个人的灵窍有多少是通畅,有多少是阻塞,就决定着那个人,有多少喜乐,有多少哀愁,决定着一个人能否最后抵达自己的内庭,决定着那个人能否完成自我灵肉的结合。从这个意义上说,香道即是哲学意义上的道具,也是生理上的道具,它是儒释道三家礼仪中都不可或缺的重要法器。

粗涉香道,不得不研究一下沉香,这是香道的入门课。但奇怪的是,我与沉香却无法从感情上亲近起来,或者是他太稀贵,或者是他太古秘,坐在沉香面前,我如一个孩子,心里只有敬重,没有欢喜,沉重得头也抬不起来。它的香味久久地锁定着一切,端正而老甘,静心品味,心里是凝重不散的一番风景。相比起来,更喜欢檀木香料,它如和我年龄相仿的姐妹,才相识便已熟稔,刚一混熟,便有彻夜长谈的冲动,近日,极爱一味古香,其以沉檀为君王,苏合等五君子相伴混合熏香,气味清洌,开郁和气,在其前久坐,感觉肺叶饱满,气润神清。今年又机缘巧合得到一点紫檀和交趾黄檀,不忍废弃任何一点小料,将它们所有的边角料都收拾起来,打磨成粉,制作了基本香料,因其木质坚硬,一炉香可熏几小时,且气味芬芳,直入所有角落,穿透衣物被褥,整个家中俨然在进行一场味的布施。当然,也尝试过做柏香,因要用黄酒浸泡、发酵等,一旦动用厨房器具,我便笨得六神无主,自然是半途而废了。今年杭州湾大道大兴土木,实施拓宽工程,成片成片的香樟被伐移,看着满地残木断枝,闻着樟木独特郁香,突发奇想,捡了几块香樟残木回家,准备晾晒之后自作香料,却被物业保洁人员误以为是我家扔在外面的垃圾废物,勤快地替我收拾干净了,这让我哭笑不得,至此,香樟研香的愿望终未达成。

近年来,有幸也观摩过一次香道礼仪,只是刚刚能分别香匙、香夹、压灰扇、探针、顶花、灰铲、香帚等各种用具而已,由于不强求记住每一步的仪式环节和手势,故领悟得也是一知半解。唯传香环节记

一个人的修行

忆深刻,香道主持人用左手传至宾客的右手,客人右手接过来,闻香三次,再用左手传于下一位的右手,传至我时,我浅吸幽入,自感有馨香从头顶逸出,可惜现在已经忘了那天熏的香叫什么名了。按照香道的规矩,在闻香中,大家要即时在狭长的香笺上写下心得,很多宾客都赖掉了,我自恃有些古文底子,便在香笺上写了"醒逸"二字,直到活动结束,那张香笺也没有还给我。可惜那次香道仪式是一个中年男人主持,我略有点遗憾,内心一直以为,香和女人有着一种天然的契合,她们都是以虚位,求实介的本尊,持阴柔之气,延阳刚之本,她们是同气连枝的人间意向。一个女人不一定要秀外,但必须慧中,慧中的女人内心必燃一炷香,内心熏什么样的材料,周身便散发什么样的气息,这种气息不会腐朽,不会衰老,不必近观,只需远闻,便觉清心怡神了。

生日那天,小洁送来一套倒流香器皿,观烟是品香仪式中又一趣味,真是焚香一线越千年,知音在彼岸啊!

香人自语

研读香谱才知道,"天涯何处无芳草"绝不是一句气话,天地间原本都是木芬草芳,我们原本就生活在一派芬芳的大千世界里哩!

按照古书记载的法子收集各类香料,一晃已经好几年,其中最简便的就是种植和收获。当然大部分材料都可以就地取材,最常见的如木樨,盛花时期采集花瓣,不可入水洗,直接用纸包好,存在通风处阴干,树枝修剪后也不能扔掉,挑选三年以上的老枝,剁成小拇指一节长短,一样阴干封存,一年以后,花枝内火气俱灭,水分俱消,分别细细研磨后待用。包括佩兰、碰碰香、迷迭香等草本植物,都可以用自然风干的方式保存它们的香精神,去年还试了试香椿,效果也是出乎意料的好,包括柚子皮、橘皮等芬芳果皮,都可用来制成香料。还有一部分芳香类草本都是入药的,所以在网上逛一圈中药铺,就能买到冰片、藿香、丁香、杜衡、苏合香、鸡舌香等各类中草药,他们全是制香的基本原材料。

准备原材料不难,最难的就是香料的配伍和比例,香与香之间的平衡,并非只是材料的净重量的多少,而是香气之间均衡度、香气散发的有序性、香味传播的层次感,这是极考验制香人功力的。古人制香有很多方子,其中宋朝用香已趋向平民化,故留下的方子最多,基本上属于五味方,采用一君四臣的格局,最普遍的就是用沉香作主君,因沉香本性能沉水,故香气趋向深沉且平稳,醇厚下降,一个君主有如此品性是最能掌控全局的,四臣的选择各有所长,大部分选择的都是清扬类、浮承型的,或帮衬着沉香聚集力量,或沾溢留香保持持久,最常见的配香是菀香、芸香、苏合香、白茅香、鸡舌香、豆蔻等十几种。配伍种类越多,制香难度越大,料与料的比例差一点不够,多一点干扰。所以九味香以上的方子,基本上都是祖上秘传,成功的配伍方子不知要试验几百几千回。

手上即使有现成的方子,我也不愿意依样画葫芦,毕竟我不愿寻求单一的成功,而丧失过程的探索和趣味,所以几位堪当主君的香料,我都一一试过,最胡闹的一次偏偏将几位君王统统配在一起,看它们如何

一个人的修行

撕咬杀戮。现代人玩香已经不需要埋碳熏香，更不需要用精准的木炭分量、香灰的深浅度来控制熏香的温度，只要将电香炉自动调到250度，短短5分钟，香眼便已开了，几味主香都仿佛被逼疯了，在屋里上蹿下跳，只要人稍一靠近香炉，就被龙脑香刺破天庭，而杜衡的浓烈更是跟着我钻进了被窝。第二天，一夜血流成河之后，所有的惨烈都归于了平静，唯有沉香依然淡淡幽幽，笑迎着我的醒来。躺在床上，我开始以此悟想君臣和乾坤的关系，明白地梳理夫妇的主次关系，领会到古人以香礼演绎伦理的用心，一切事物的协调统筹，确实是人间最高智慧。

年少时节，长辈们教导常常遭到蔑视，直到自己走过一大圈后，才发现还是绕到了长辈的教导上来了。验配香料也是如此，绕了很大一圈，还是绕到古人的配伍规律上来了，一般主香还是选择沉香、山檀等厚实之士为好，也可选择果实香料，世间所有的果实都是主降内敛型的，以此为一炉香君非常合宜。臣香则主要以花叶为主，一般花叶都得风气，香料主散上升，辅佐君王各司其职，前后浩荡，同时还发现果皮香料比花叶更悠远，是香料中的忍君子，十分难能可贵。

早年读史，读到魏武帝曹孟德临终分香的情节，那时捂嘴偷偷笑他，顶天立地的一代枭雄，临终之时，该有多少军国大事要嘱咐啊，而他撒手人间的紧要关头，惦记的还是他的香料，他说：我死后，我的香可以分给各房享用了，可见香料对曹操而言有多么重要，那种爱己与生命享有了同等高度。时到今日，我才渐懂孟德的心思，但凡一个爱香人，从收集花草原料，到自己调研成功，其中要花费的心思，历经的诸多曲折，足以让头发丝抽空，一旦一款属于自己的品香出炉，那款香就成了人身上的一块肉，那种稀罕的程度，绝不是什么大方和小气的概念，其稀罕的心思，就是根本不想让旁人看一眼。所以曹操龙袍内藏萱草香叶，密密的不让其他人知道，这样的小心思如今让我切切地明白了。

说到曹操爱香，不得不提一下荀彧。按照我的猜测，庙堂之上，曹操是君，斗室之内，荀彧才是君，在精神领域上，荀彧远远高于孟德，他不但在智谋上辅佐曹操，在日常生活中也深深影响着孟德，孟德私香的爱好，定然受教于荀彧。荀彧是远近闻名的美男子，集智慧和伟美于一身，他居然还好熏香，久而久之，他身上自带香气。《襄阳记》记载：荀彧到谁家做客小坐，坐处三日余香不散，为此，如今留下的成语"留香荀令"与"掷果潘郎"一样，成为美男子的代名词。

去年3月份，一头雌性抹香鲸在大亚湾惠州港海域搁浅死去，新闻媒体对营救它的场面进行了网络直播。自从爱上熏香，眼睛就有了功利，看这条新闻时居然不揪心于抹香鲸的死活，倒是希望能报道死后的抹香鲸，体内是否能如愿得到龙涎香。关于龙涎香的神奇，相关材料是这样记载的，由于抹香鲸极喜爱吃巨乌贼，一口吞下后，又消化不了乌贼的硬骨，故大肠直肠或被刺破，引起病变，抹香鲸便自动分泌抗体自行治愈，一只成年的抹香鲸肠内就有分泌物形成的深色蜡状物，这种物质即为"龙涎香"。干燥后呈琥珀色，带甜酸味，其本身无多大香味，但燃烧时却香气四溢，持久不散，为此抹香鲸曾一度遭到捕杀，但终因巨鲸难得，龙涎香便是历代香家极其珍视的香料。

据说，辨识龙涎香也极具有神奇色彩，古籍上说，焚烧龙涎香时，只要在香炉边上放一碗清水，第一缕香升起后，直入清水的便是真的，不入水的则是合成货。晓得这些又有什么用呢？停驻在此阶层的凡俗人，也只能在书本里看一看，在文字上爬一爬，或者在睡梦里嗅一嗅罢了。

一个人的修行

百花齐香只为我

如今盼着春季,确有一层私利的驱动,那是一年中采撷香料的大好时节。

收集香花原料,先要过鲜花采摘的心理关。从小礼仪教导我们,花朵都是让人观赏的,动手采摘就是失礼之举,以往一直严格恪守此条戒律,想要鲜花,就去花店里买,好像只要是支付了钱财,捧着一大束鲜花走在路上,便也理直气壮了。所以这礼仪的潜台词是:鲜花必须有偿地拥有,其实和疼惜花朵生命,文明观赏等伦理压根没有任何关系。窃以为,疼惜花草都有一个基本的标准,那就是尊重,从心底升起对万物的尊重,与花草保持平等的地位,认可它们,赞美它们,甚至仰视它们。这其中就包括采摘,采摘并不是剥夺它们的生命,而是以另一种方式延续它们的生命,让它们与我产生一种关联,从不是让它们的生命,在没有任何关注下自然凋零。一个人也是如此,无任何外界关注的人生,便是世间最残酷的无聊,那是比死都无意义的惨淡,植物一样如此。所以,我常常以一种供奉的心愿,礼遇盛开的花草,偶尔轻摘一朵,何尝不是人与草木之间付出的善意和友好。我知道,百年之后,我也将归于尘土,那时我也将是花草的一份养料,我也将我的所有供奉给它们。

当然,我说的采摘绝不是任意的踩躏和毫无理由的伤害,更不会

自然的馈赠

无节制地采伐，我的基本原则是：园林中纯属观赏的名贵植物，绝不采摘，养花人要把它们养好，着实不易，我懂花艺师们的艰辛，所以绝不可能去折一朵盛开的牡丹。当然私人花园的任何花草，都有自己的归属，远远看一眼便是。我最中意的无非是城市绿地中，普遍栽种的花草树木，它们到了盛花期，铺天盖地簇拥在路边，而我只是一个小小的盗花者，在它们即将凋谢之前，采摘收集，细细伺候，然后制成各式各样的香料。每每一炉好香燃起，我感觉那些花神又活了，她们就坐在我的身边。

春季的花很多，但并不是所有的花都能入我谱的，我所选的基本都是古籍中有记载的香材。含笑总是让我最称心如意的，节气一到，它便满树成千上万地绽放，每朵花都异常含蓄，花苞绝不彻底打开，只微微张开嘴，如蒙娜丽莎的微笑，这也是它得名的缘由。在含笑树下站定，你下意识的第一个动作，就是深呼吸、深深呼吸以及更加深的呼吸，它的甜香几乎渗透到你每一毛孔中去，每一寸肌肤都像吸了蜜似的满足。含笑树形并不高大，荟萃园里的含笑，树边还有台阶，人站在那里顺手摘一些，是极其容易的事。喜滋滋地捧上一些花瓣回家，摘心、阴凉、风干，微喷一些酒，再阴凉、风干，密封在地下室阴藏两个月，到了秋分之后，拿出来细细研磨，装入香料罐待用，尽管每年伺候它们步骤极其繁琐，如果天不帮忙，黄梅天过于漫长，香料就无法沉睡，还会生霉，其间又不能暴晒，所以并非每年都能成功，而最后所得又很少很少。但一旦让它在香炉里复活，那它就会给你一整个春天，所以，我乐意被她折腾。最好的供奉不是口味，而是气味。

栀子花、白玉兰、橘花、木樨、茉莉、野蔷薇、荷花、蕙兰、丁

57

一个人的修行

香等都是上好的花香料，只要际遇得当，都可以收拢过来，做自己香帐里的兵马。也可用香草叶，香樟叶就很好，落下的老叶就可废物利用一下，包括薄荷叶、佩兰叶都是极好的选择。书上还说菖蒲就是荃，也是很古老的一种香叶，可惜多次寻觅都不是古老的香蒲。兰兰一次回乡，偶在群里发布找到了正宗的菖蒲，欣喜若狂之下，顾不得夺人所好的嫌疑，硬问她讨了两株。不愧是植物深究人士，她居然深挖了菖蒲根一并送来，一闻，大喜，果有微腥的香气，发誓要炮制出一款菖蒲香来，到时盛邀兰兰等好友来品鉴。

今年调配香料中想加入一味素馨，而江南盛产的黄素馨并不是香料，唯有云南素馨才可选用，赖源源告诉我，云南素馨俗名就是鸡蛋花，盛产于两广，于是便托林君替我去收购鸡蛋花，林君大笑，他说家里院子就有鸡蛋花树，到时要多少有多少。得了他这样的许诺，我便不管不顾起来，仿佛他家院里的那棵素馨，俨然就是我寄养在他家的孩子一般，三天两头要去问候一下，树长叶了吗？第一朵花开了吗？甚至那里的天气预报都会特意关注一下，十几天没下雨，也要发信提醒别忘了给我的花树浇水，林君倒也不恼，耐着性子听我摆布，时不时地传几张照片来，向我汇报花树生长情况。终于到了收花的季节，林君一日传来图片汇报制花情况，以图所示，好像排场很大，完全是一个作坊的架势，他在留言中十分神气地向我保证，这次制作绝对是最专业的，先用热水洗，再蒸汽蒸熟，再用机器烘干。我的天啊，我急得跳起脚来，谁叫你热水洗，蒸汽蒸，烤箱烘呢？他说专家指导的，专家们都以此法炮制鸡蛋花，而后花瓣可煲汤，也可泡茶，又养生又美味。等等！等等！谁说要泡茶？谁要煲汤呢？我要制作香料啊，热水一洗，香蕾便破，蒸汽一熟，清气即散，这些素馨岂不白白糟蹋了？我要的花，如何炮制自然由我说了算，碍哪门子专家的事了？林君哑然，仿佛做错了事的孩子一般，再次保证重新采摘，寄原汁原味的花朵过来，我忽感自己过分了，人家是在帮我呢，就冲着如此的心意，怎样的花料都是金贵的，还提这么多要求干嘛呢！

6月，千里之外邮寄的包裹到了，一包洗过蒸过的，一包原汁干花的，捧着这些素馨花瓣，林君为它们忙碌的身影就浮现在眼前，被我抢白后不知所措的表情也在眼前，我突然有了泪意，何德何能的我，诚然是这个世界上最幸福的女人。

我给他回复微信，只有两个字：收到。因为幸福最极致和最浓烈的方式不是欢呼，而是沉默，就如一炉香，燃烧和弥漫，在沉默中完成它的所有表达。

迷迭香

和散木隔几而坐，他突然抬头问我：你今天用的是什么香水？我嘴角歪一歪，表示对此询问极度不屑。从怀里掏出一小布囊，在散木眼前晃一晃，迷迭香的味道便弥漫在二人之间了。三年前，我便停用了所有的香水，包括那些国外带回来的大牌香水，统统扔到垃圾桶去了，改用自己土制的香料香精了。

最简单的制作是物理的，采摘、阴干、剁碎，然后塞进布包，仅此

一个人的修行

而已,大自然的香科植物其实只要留意,要采摘一些枝叶并非难事,最常见的就有桂枝、栀子、柏枝、蕙草、樟枝、碰碰香等,也可少量购买点中药药材,如冰片、白芷、杜若等,装进小小的布囊里贴身带着,体温微恒,淡悠悠的香气便将人紧紧裹住,神摇意荡之下,如此一天的好心情便开始了。

一日午间散步,突然在荟萃园发现了一株一人多高的迷迭香,它长得如此风风火火,简直把我乐疯了,它就是我的香料库了。家里花盆里去年培植的两棵小苗,实在太弱小,哪能禁得住我采摘做香料的呢?于是隔三岔五便去园子,采摘二三株边角小枝叶,在布包里可维持一周香气不断,采摘过迷迭香的手指,也能香上半天。有时一下午会议,我都两手虚握,手臂擎起,架在鼻子上方,这是开会中一个很深沉的动作,因为只露出一双眼睛观察会场,双手虚掩着嘴巴,默不作声,别人以为那是耍酷和高傲的一种神态,殊不知我在闻香,手指间那不散的迷迭香味,让我贪恋难抑,在魂魄交融之间,内心欢喜异常。

香,会成瘾。瘾隐在骨血里,不知某一时刻,会突然地跳入脑海里,如此迫切地要见它,要亲近它,念起之际,每一滴血都是往上涌的,涌起的每一刻都在呐喊它的名字,这简直和爱一个人同出一辙。好在荟萃园离上班的地点很近,须臾之间就到了,来到花前,也不客套啰嗦,折一枝转身就走,守园的阿姨常常诧异,我的形迹十分可疑,就如错进了园子一样,一进一出不到三分钟,我手里捏着三张叶子,就是实实在在的"盗花贼",心虚得根本不敢和阿姨照面,风一阵地刮出门外去了。

除了用枝叶做香囊,最近还用新鲜的迷迭香泡茶。绿茶吃过三五汤,待茶香将尽未尽之时,将迷迭香针叶一根根摘下洗净放入,一醅焕然一新的香茶即可活泛了。香，本应该是嗅觉，然用味蕾感知香，却有嗅觉无法体会的舒爽，迷迭茶的香略带一点涩，恰恰正好，微微粘牙，它的回甘先从舌边升起，再涌向舌尖，这是初春新冒的枝芽，木气最旺，自然先入肝胆经，故回甘在舌两边最强烈，由于新叶并未发酵和火焙，水气未除，终究是直奔心火而去的，所以它再入心经，回甘最后落在舌尖。迷迭香茶后劲十足，小小的一撮，七八泡后，依然香袅不尽，满口芬芳。源源还传授了迷迭香烹饪的方法，它是烧牛肉时的最佳佐料，我听听罢了，对烹饪等级为负的人来说，把牛肉烧烧熟就已经不错了，还奢望什么香料提味呢！

初读迷迭，便有神秘的气息，在嘴里嚼这两个读音，眼睛不由自主地会闭上，那音节里充满了诱惑，带着神秘的力量。查阅资料后知道，迷迭香是有着宗教血统的香草，传说中耶稣在逃离犹太前往埃及的途中，将衣服挂在迷迭香树枝上晾晒，从此，迷迭香树便有了神灵，香味经久不散，在欧洲教堂周围遍种迷迭香，当地人称它为圣母玛利亚的玫瑰。

为印证这一说辞，我去了小城的教堂，在教堂周围都是耶稣的光芒，却没有一株迷迭香。

植物微语

人之年少，第一步首先学会的便是感恩生养父母，孝顺父母，再后一步，才懂得天为父，地为母，立于天地间的人，敬天而重地，是存之

一个人的修行

根本,渐渐将父母养育之意扩展到天地父母,天滋我之灵魂,地养我之血肉,故而感恩天地,顺应天意地时。最后一步,应该是归还,怀着慈悲的情怀,淡到人之本色,宽容一切,骨血归还大地天宇,情爱赋予子孙后辈,将此一生尽之所有统统赐还,如此这等的圆满,便是感恩的全周期。

当一个人,渐渐懂得感恩天地养育之心,显著标记是从关注植物开始的。众所周知,大地富产的草木、昆虫、禽兽、金石都是养育人类肉体的渊海,而草木犹如大地的母乳,最淳朴,最直接,与人有着最原始、最初始的亲近。所以,有人大胆预测,人这一生,到头来总要和一些植物发生一点关系的,和植物有一些感情交集,才算读懂了大地,珍惜了大地。农人对土地的依恋和热爱,都是源于他们与植物最亲近的关系。读余秀华小品文,有一句说到我心坎里,她说:一个人年轻时候多半是动物性的,只有老了,才会从灵魂里生出植物的根须,植物有了根须,大地从容了,人有了根须,人生从容了。

而每一株植物都活出了人的美丑善恶,它是浓缩的人性。因为不管多能折腾的人,多么呼风唤雨的人物,岁月总会在某一日将他打回原形,定睛一看,原本自己就是一株草,一棵树,一朵花。可以这么说,每个人都能在世间找到一株植物,像极了自己,像极了自己的人生经历。所以,当一个人开始关注一株植物的时候,就是在向植物学习的时候了,观察植物生命的全过程,也是梳理自己与自然的关系,每天都在上一堂生动的哲学课,一株植物,是人类学习大自然的秩序和规律的启蒙老师。

植物是有生命的。但凡有生命就一定有感知,对此我坚信不疑。

自然的馈赠

面对一株植物，你细细打量它、直视它太久，它会害羞，会与你生出诸多情愫来，每天变着花样引逗你注意，今天焦几张老叶，明儿个冒个新芽，实在没啥玩头，竟然会不知从哪儿招个虫来，咬破几个叶洞，让人一阵心疼，为逮此害虫，必抓头挠脑，把叶子背面一片片翻个遍，不除虫害，食寐不得香甜。爱上一株植物，便与之有了"我见青山多妩媚，料其见我应如是"的惜惜之心。于是人与草木也能相濡以沫，人心常驻草木之内，随它生长，茂盛，开花，凋谢，自己却浑然不知已经活了一周期，活了草木一甲子。

与植物厮混日久，便有了新的烦恼，就是无从辨识。交情最浅的至少是能呼其名吧，我连这点都相差很远，更谈不上识其性之类的深交神交了。最最恼人的是，明明已经有人教了我，一转身，又把它的名字忘记了，那名字就浮在喉咙里，吐不出，叫不起，恨得人牙痒痒的，那种对面相逢不相识的无奈和懊恼，不亚于失信于友人，每见于它，便有歉疚，非常的对不起它。

好在衮衮也有此毛病，彼此便少了取笑。后，老老实实买了便签贴，将植物名老老实实写上，贴好，这才救了我俩。挚友源源是个才女植物通，又住在一个小区，着实给了我很大的方便，遇见不知名的植物，一张照片一传，不耻下问一通，定有准确答案传来，详细罗列其习性、花期、气味、叶茎分辨等要素，如贴身教练一般，实良师益友也。

一个人的修行

草木机缘

　　人与某种植物成为至交，大抵是有机缘的。

　　有些机缘来源于意外和偶然。譬如无患子树，就是这样。原本那天是去看月季的，初夏时节，最繁华最壮观的绽放，非月季莫属了，更何况荟萃园几年前将东边的场地改建成了月季园，各色品种非常丰富，足可令人一饱眼福，在月季花圃前，打着遮阳伞的我，突然听到一阵细密的声音，滴答滴答地击打在我的伞上，我循声向上望去，原来一棵巨大的无患子树就在花圃的上方，它的枝干威武伸展，犹如一个大大的树亭子，因正处于盛花期的它，树花盛开，枝叶间大团大团的嫩黄花序，繁密如星，热闹得一天世界，微风吹来，花粒扑扑簌簌往下落，就如在下一阵阵花雨一般。这一刻，这棵无患子树就是天，天在下雨，伞下的我，被那美妙的细密声镇住，不自禁地凝神屏气，去捕捉、去分辨那些声音，也被击打在伞上的花粒镇住，不自禁地僵持身躯，去感知、去体悟那些轻微的力量。它们都是极其轻微的，轻微到人若一走神，便不能感知的地步，它们又是极其坚定的，不管我或者其他万物，能不能体会，能不能感悟，它们都滴滴答答地往下落。

　　人如能坚持七秒处于高度专注状态，那么魂魄将进入另一种境界，肉体和魂魄瞬间出现短暂的游离，待到猛地回神，才发现刚刚那一霎，早已物我不知，浑然不知何处。在无患子树下呆立的那个情景，就如一

自然的馈赠

副雕塑,那样鲜活地印刻进了我的心里,从此便与无患子往来亲密,有了缘分。用它的果子做过洗手液,用它的枝叶编过草帽,用它的细花插过瓶花,每每侍弄这些,便能由衷生出喜悦来,甚至还由无患子科属研究下去,了解了荔枝、龙眼等植物,和它同宗同祖,属于一个科目下的分属,再后来,还从荔枝壳中找到了古方中嫁接花香的原理,这一切,都源于那个午后的一场花雨机缘。

有些机缘来源于一场误会,譬如广玉兰。在上海地区,广玉兰是常见的植物,尽管和白玉兰、二乔玉兰、紫玉兰等同属木兰科,但广玉兰的待遇要差好多。白玉兰等其他品种,一是早春率先开花,得了时令的先机,又因先开花、再长叶的特性,占尽了观赏的优势,不仅白玉兰成了市花,其他玉兰也登堂入室,占尽风光。我也有颗俗心,也不喜欢广玉兰,它在梅雨季节开花,尽管花大如碗,但它的花或沉默在丈高的树顶,或隐匿在枝叶茂繁的深处,一副含糊其辞、黏黏糊糊的样子,叫人见了心里就腻歪,一点也不明媚。

可这株普普通通的广玉兰,却让我和老牛犟上了。那天在相看两不厌的敬亭山下,老牛非要叫它木荷花,我非要叫它广玉兰,两人都自称是正宗学名,对方的名字无非是昵称别号罢了。在研究植物的学人里,有个不成文的规矩,只认学名,不承认昵称,故我们两人谁也说服不了谁,竟有了些小恼,还没爬敬亭山呢,大有相看两相厌的架势了,幸有同游友人帮忙糊了把稀泥,我俩才罢了嘴仗。回沪后,我静心查阅广玉兰的属性和科目,居然发现老牛的论调并无谬误,木荷花的名字自古就有,古籍中常常引用,不管从它的花形还是香型来判断,木荷花的名字更确切。而广玉兰反而是近代才有的通俗叫法,因昆山广泛种植而命

65

一个人的修行

名，其名字的内涵价值远不及木荷花。

人的负疚感其实就是爱的开始。那以后，把玩木荷花的次数便越来越多了，而人投入的时间越多，便越能发觉出它的好来，于是乎，树形也喜欢，双色叶也接受了，即便花开过于疏朗也认可了。一日午睡，无意间将木荷的一片花瓣敷在鼻口之间，突然发现，原来它的花瓣就如人微拢的手掌，那弧度正好严丝合缝地可以罩住鼻口，熨帖得如为我量身定做的，每一口深深地呼吸，都透过花瓣的微凉胶质，气息里缠着点点荷香，催得人沉沉梦去。醒来，给老牛发微信：那天山里你我争执不休，今儿个真正体会到了，果如你所说，确是木荷花无疑。犹豫了一阵，复又悉数删除，重打了四个字：问候夏安！

当然，还有些机缘源于自己的突发奇想。譬如栀子花，对待它我一直是矛盾的，既贪恋它的浓香，又惧恶它的蕊虫，那天突发奇想，将花朵卡进伞架里，那样撑着一把伞行走，那芬芳离开呼吸的距离不近不远，正好从头顶处泄下来，将一个人团团笼住，整个伞下都罩着一个芬芳的世界。如果伞外还下着淅沥小雨，我便有些不能自已了，觉得连那雨滴都冒着香气，那天空也跟着我沉醉了。梅雨时节无论晴雨，一把伞又是出门必备的行头，如此安排栀子花，堪称绝妙。

人与某种植物成为至交，大抵是有机缘的。

腊　梅

　　腊月，正是娘家宅院那株老腊梅盛放的时节，大舅发来"梅开"二字短信，我便驱车50里连夜奔去，攀爬上树，锯砍梅骨最盛的枝丫，抱香而归。

　　插花的瓶是固定的，摆放的位置也是固定的，年年如是，像是家中贵客的专座，容不得一丝怠慢。而后家中十几天里，停用了各式熏香，专宠梅君。腊梅的香十分奇特，端在眼前细闻，清淡异常，几乎没有什么香味，而离之愈远，香气反而更浓，其香力甚至可以穿透木门，清早醒来，还未起身，已有暗香催人了，不似桂花香甜，却能沁入心脾低处，让人神清气爽。凡是屋内浓香弥漫之际，必是花苞初放之时，而此时的我，有时竟然不愿多说话，怕人之浊气，搅了梅君的纯净。饭后，围转几周，屏气凝神，默默在心中数苞，这是个练眼力的活，往往数着数着，数到别的枝桠上去，未有一次能数清过。腊梅全开之际，也是弄影的好机会，朵朵梅影映在雪白的墙上，稍稍夸大了朵儿的形状，其剪影之动人，轮廓之美艳，写尽了梅君斑斑驳驳的心事，一时读它，竟也跟着痴了。今年索性关了灯，招呼裘裘打着强手电，替我造影，我呼"左左左——"，灯光便左，又呼"停停停——，别动！"灯光便止，敬业如斯，不愧是入世之劳模，出世之劳模，全能之劳模，自是获得一片赞扬。

一个人的修行

待到花事尾声，梅瓣如雨纷落，几案上随意放些茶具、盆盏、香炉等器具，中盛半浅清水，残花随意跌落的每个角度，静落、闲致，都有绝美的意境。人间佳品不舍就此辜负，找来小筐一一收捡，腊梅尽管凋落，绝不似一般花瓣那样七零八落，就算跌下枝桠，依然保持着盛开的花型，尊严地完整地静静躺着，我想，那是梅的骨气，至死都不放弃，不软媚。念此，有了些许泪意，拾香的手也怯怯起来，生怕弄疼了它。而后洗筛、沥干，放置炒锅内用小火烘炒至微黄，收纳蜜罐，成自制腊梅茶。腊梅耐寒，得土之火气，故性辛寒，小火烘烤，即可锁其香，也可去其寒。

冬日寒夜，煮一壶自制腊梅茶，便是洞中神仙了。壶下点蜡烛保温，腊梅花顺气平咳直入肺经，因性略寒，不可多，唯七朵足也，再添桂圆、枸杞、红枣等益气、补血、明目食材辅助，便可与梅君长谈一席了。梅君有言：腊梅自分红白二芯，一是白心腊梅，雅号冰心，自"一片冰心在玉壶"响彻神州后，白心梅一举成名。二是红心腊梅，俗称狗心腊梅，汪曾祺老先生在《人间草木》一书中愤愤不平，责问红心腊梅与狗心有何相关，"狗心"二字简直白白糟蹋了红心。我牵强地替老先生想了个理由，世间狗心最为忠心，便是忠于岁月的狗儿，寒冬腊月，风霜雪雨，它定不负与天地之约，其忠心可鉴日月，堪比江河。如此自我解释一番，当下很是得意。直到读了《长物志》后才知道，所谓狗心，原来是狗英，也叫九英，是腊梅中较次的品种，但因为馨香无比，民间栽种非常普遍，最佳上品为檀芯磬口，每一朵如一口小钟，微含不放，是人间极品，不妨留着课题以后慢慢寻访吧。

每逢隆冬，这便是我的岁末清供，以一束梅香静供岁月，是腊月里自寻的欢乐，是自己和自己的缠绵，自己和自己的嬉笑，有时笑到花枝乱颤，有时笑到万籁寂静。甚好。

兰　花

听王菲演唱的《幽兰操》，她的鼻音，很好地阐述了此曲的韵脚，回音百转，犹如兰香流转。一时有些恍惚，脑海里的画面总是孔子席地而坐，对着山谷幽兰，曲达衷肠。"兰之猗猗，扬扬其香，众香拱之，幽幽其芳。不采而佩，于兰何伤——"，最妙也是最傲之句便是"于兰何伤"，我本幽贞，你来不来，你采不采，你把不把我佩在身上，爱不爱我，珍不珍视我，重不重用我，对我又有什么伤害呢？我坚贞自抱，自顾自美丽，自顾自芬芳，不求闻达只烟霞。为此，古人虽也酷爱梅菊，但只称它们为清友和静友，而称兰为禅友。

在我的眼里，观赏一株兰花，看叶胜看花。最符合古人审美气质的便是春兰，又叫草兰或山兰，其神韵准确地诠释了兰的静默内敛的精神，故画家笔下最多的也是春兰，不是花期，远远望去，分明是一丛草，却分外窈窕温婉，一派不惊不乍、安安静静的模样。前年裘裘在绍兴劳务时，千叮咛万嘱咐，要他去买一株春兰来养。绍兴兰渚山是春兰出名品的地方，当年勾践种兰就在此处，据绍兴府志记载，几千年前兰渚山下就形成了兰花集市，当地人称为花街，是养兰、品兰、易兰的场所。裘裘既受人托，必忠人事，跟着一个当地人进山，据说也找到了山

一个人的修行

下一个花市，觅购了一株纯正春兰，至于那个集市是不是古时候的花街，我自懒得追究了。

世称兰花为众香国里的君子，不以无人而不芳，不为困穷而改节，细细读它千万遍后，破解叶里花间的暗语意象，便成了我饭后茶间的主要乐趣了。你瞧，它外形羸弱，芊芊细腰，非常懂得示弱，然而丛叶却十分刚韧，叶缘非常粗糙锋利，你若非要逆势拂过，手指竟会有一些生疼，果然是君子外弱内刚的秉性。它喜爱阴处，不喜阳光，不热烈不奔放，静静悄悄，淡淡闲闲，如角落里旁观微笑的老者，虽有馥香，满腹才华，却低调内敛，沉默寡言，更不会逢人邀宠，夸夸其谈。芝兰叶子有较厚的角质层保护，为此也不太依赖水分，耐得住旱，也如君子耐得住寂寞，清欲寡淡，不愿求人。其最爱清风洗面的山谷，享受清新，远离喧嚣，远离污浊，远离到处飞扬的凡尘，活脱是一个超凡脱俗的归隐士子。一旦将花的习性拟人化了，嫁接了人之精神，案几上的这株春兰，俨然就是我的知己好友了。

人花相处久了，彼此底线都已了然。芝兰外表阴柔，却是纯阳之物，每发新芽，必五叶一组，五组或七组结为一丛，叶叶奇数，看似随意生长，其参差交叉、长短错落，适之自然，其布局法道深谙阴阳强弱要领，为此，每个角度去打量，它都是和谐的，恰到好处的美。捱到花期，小箭含胎，花茎也成单数，三枝成鼎立之势，最为常见，而每枝玉茎上，花蕾也是奇数。饲养兰花有摘芯之法，选花枝中形态最佳、营养最好的留下，其余花蕾全部狠心摘取，如此反而花期长，所留幸花也更加芬芳。我却全然不理会书中的理论，任由它开个彻彻底底，每个花蕾都是一回，凭什么由我来做主，决定谁生谁死，谁留谁弃，我不忍，也不能。故花蕾都很小，有些白色膜质还未打开，就枯萎了。唯顶端一朵不负我望，从从容容，吐尽芳蕊。认认真真看过一朵兰花后，我感叹，世间没有比兰花更性感的花朵了。

一日，下班回家推门而入，裘裘手持软布，轻手轻脚拭擦着春兰的细叶，一缕一缕，手起手落，画出极尽柔美的弧线，这是一幅静美的画面，因了主角是果敢硬朗的男人，如此搭配便有了离奇的意味。其貌不扬的裘裘，实是胸藏千军万马的有志男儿，曾在生死考验中泰然自若，曾在危急关头心有城府、指挥若定，他一贯行事做人雷厉风行，意志坚定，并且一言九鼎、一诺千金，一生只坚守自己认定的主义，是一个彻头彻尾的完美主义者，也是一个典型的"千言万语"和"一字不说"的两极人。在心中抱负未能彻底伸展之时，岁月不饶他，转眼就到了退职挪位的时间，55岁一刀切离开现职。他一如以往的果断，干净，毫不留恋、义无反顾、头也不回地解甲归田，拿了打折工资，回家做了一名家庭妇男，每日侍弄花草，打理家务，伺候妻儿，且做得无怨无悔、有滋有味、快快乐乐。一度还在担心他华丽转身是否成功，今天看到那一幅画面后，我终于确信，他是真的快乐和笃定的，他的睿智已经在最短的时间内，帮他渡过了一条河，一条名利河，一条欲望河，如今他，就如被拭擦的那株兰芝，深在幽谷，国馨自知，外表实属平淡无奇，内心一派欢天喜地。

一盆春兰和一个男人，这一幕镌刻在我的脑海里，今又凝聚成文字固化下来，从此，便再也不能让人忘怀了。

一个人的修行

立碗藓

　　万物相遇都有缘媒，和苔藓真真相识，起源于一块石头。

　　回枫泾老家，在老屋的后院墙角，翻到了一块上水石，色泽棕红，砂岩表脆，蜂窝多孔，形如连绵起伏的山体，实是盆景假山的上好材料。大舅说是山西一带的石料，和院里的那株石笋一样，是爷爷那辈翻造老屋时采买而来，是有些年份的老东西了。遂兴冲冲地捧回了家，选盆、填泥、种植，一番布局之后，横看竖看总觉有缺。裘裘在旁冷眼看我忙碌，一声不响地铲了块苔藓，"啪"地往山腰上一贴，整个盆景"腾"地活泛了，那山峰、小桥、小草、瓦人瞬间成了苔藓的陪衬，统统围绕着她各归其位了。由此，禅念涌起，一个局里，最高的、特意关照的、遴选成主角的，恰恰不是魂所依处，反而是随意后补的那块苔藓，自然而然的一贴，于是，山便山了，峰便峰了，意象就是法相了。人生之曼妙和无常亦是如此。

　　老实说，苔藓不是稀奇物，在江南长大的孩子，苔藓不仅是惯见的，甚至是厌恶的。少年时打扫院落，长辈们抽查干净与否的标准，不是有没有落叶和垃圾，而是有没有苔藓痕迹，苔痕未尽，必须重新打扫。自小厌恶这类劳动，自然也就迁怒于苔藓，可以说，不仅厌恶她、轻慢她，从小至今，就没正眼认真看过她。

　　因造景时，曾有过念想打心眼里滤过，故那一丛苔藓在我眼里，今天突然变得格外金贵起来，每日赏玩的第一眼便是她了。如鉴宝一般认真打量过后，居然发现她有着不同凡响的美艳。深绿色的叶片密密地紧拥着，每一张都呈倒卵形直立着，因叶子顶端非常尖锐，就如一个小菱角一般，线条干净，轮廓分明，再细细查看，发现叶的边缘还有细齿，长得精致和标准。更讨喜的是，她还长着一根根直立的茎柄，茎显暗红色，细细长长的足足有2~3厘米，头上顶着一个圆圆的蒴帽，有些熟透的还会开着口，就如一只小碗一样。查了百科才知道，她叫立碗藓，好形象、好清秀的名字，于是便"丽婉、丽婉"地叫她，尤其是早晚喷了水雾后，一滴滴都凝结在暗红的茎柄上，配上碧绿苔叶，果真丽婉得很。也是因她，学了很多苔藓的科普知识，弄清一些术语，知道了苔藓生长的不同喜好。例如这立碗藓极喜氮肥，一般庭院都不会生长，唯火烧过后的农田路边，氮肥充足，才有可能生长，而我家偏偏有个深爱农事的袅袅，每年油菜或者麦子收割后，农人都要烧菜梗和麦梗，袅袅就候在田边，等灰烬冷了，一捧一捧地收回一大袋，洒在那些集他万千宠爱的花花草草上，不想这一洒，便成就了我和丽婉相识的机会。

爱一个人、或者爱一件事，无非就是你投的时间，时间就是爱或者不爱。时间一久，从爱苔藓的外形，渐渐地演变成爱她的品性了。喜欢她的顽强的生命力，只要有一丁点水分，就拼命生长，是大自然名副其实的开路先锋和拓荒者；喜欢她谦卑和低调的姿态，无名状的安然，纯真而一派烂漫，那些微微颤动的长茎，摇曳着天然的风骨；更喜欢她的无花无根、雌雄同体，真真悟到了道家知雄守雌、无欲无求的境界。

有了对苔藓的这些认识，今日再读叶绍翁处处留着苔藓痕迹的诗句，便有了更深一层的领悟。叶绍翁本姓李，却避祖上罪名，从小送入

一个人的修行

叶家作人子，在钱塘西湖做着小官，过着半隐半仕、半贫半饱的生活，所以他眼中的苔藓就是"家贫地上却流钱"，可以"等闲门巷也封侯"的。我以为他是最爱苔藓的诗人，那片苔藓总是顽强地生长在他的诗篇中，他自己也如一坨苔藓，顽强地生长在不如意的困境中。他以"宁向苍苔留屐齿"表达不向权贵低头的心性，他以"登山认得屐齿痕"记录游猎时的乐趣。以前因为喜欢他的"春色满园关不住，一枝红杏出墙来"而背诵过《游园不值》，今天却因为首句"应怜屐齿印苍苔"，重新认识了《游园不值》，他为何要用"怜"字？如果没有俯下身去真真亲近过，深深投入过，哪里会对如此低等的生命，涌出这一片浓浓的怜意啊！

抛下书卷，直扑我的丽婉，俯下身去再细细与之呢喃，今之吾与叶翁，不正是一般情形吗？笔下之怜，何止苔藓之怜？身世之怜、处世之怜、人生之怜，万怜乃同心。

念此，泪骤不能止。

桂　花

我喜欢秋天，多是因为桂花的缘故。

居住的小城，遍栽桂树，一到仲秋，满城的桂树呼啦啦地开出花来，每一棵树就宛如一个香眼、一汪香泉，向四周努力泼洒着，整个小城被腌制在桂花特有的浓香里。很少花卉能有桂花这般轰轰烈烈的力

自然的馈赠

量，她有瞬间调动和唤醒全城的力量，全覆盖式地唤醒一个季节的到来，在一个小城，一个区域，营造着自己的节日，空气都在为她狂欢，为她而流淌。也很少有花卉如她这般有纪律，一岁年光，她都不动声色，平平常常地沉默着，其实她的不平凡，需人用心礼遇才能发现，我曾认认真真读过桂花的一张叶子，发现叶脉中都有一个象形的"圭"字，事后查阅古籍才知，果然是圭字读音，才命名为桂花。圭是古代礼玉器，在先民的眼里，桂花便是百花中的玉者，是百花中的礼者，温润典雅，合规守信。你瞧，你瞧，昨儿个还闷声不响，可一夜之间，神灵驾到，满城的桂花同时绽放，瞬间占据了所有的阵地。我也曾在一棵桂树下痴坐等待，感觉头上突然有异物纷纷落下，见半空中，她那褐色的花壳几乎是被炸裂的，花苞琼浆乍现，一簇簇地涌溢出来，隐约似闻迸裂之声轻微地响过。

每逢桂花盛开，对我而言就是过节了，收桂花便是传统仪式之一。收桂花是有讲究的细活儿，雨水淋过的，露水未干的、半开的都是不能采摘的，非要连续两天日夜温差较大的晴天，花蕊香囊全部成熟、绽放后收采才好。院里的那棵桂树树干早已高出人头许多，踩着石围栏，仰头伸手正好在树冠底下，如此采摘十分方便。采摘的手势也是有窍门的，有些人喜欢顺着树干往下捋，连叶子带花瓣一并收进，如此看似快速，但桂花中的杂物太多，需人工二次清理，反而费工费时，我采摘时先看清枝条花丛走向，专挑没有叶子的枝干花蕾，大拇指、食指、中指捏住丛根一扭，十几朵花蕾便已得手，再轻放在布袋里，如此手起手落，不消半小时就是大大的一扁箩，阴干后封存，单等寒冬时分和梅花一起煮成花茶，其香不减。也可制香料，与其他香材合香，另有一番妙

75

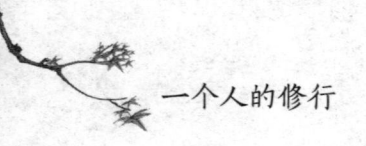

处。因不爱甜食，故舍弃了做糖桂花。

当然桂花盛开时节的夜晚是不容错过的，一树香风，十里相续的夜晚，最是闻香探赏的好时分。人深浸在桂香里，一个鼻子是不够用的，你的每一个毛孔都张开着，要吸满整个腹腔，吸进全身血液中去似的。

友人相邀去他家中小聚，问是否需要用车接送，我说步行过来，他惊呼，步行一个半小时？桂花盛开的时节，每个晚上都是我的节日，夜间漫步与桂神相游，再远的路途都是披香而行，何其乐哉！赏其他的花卉，更多的是神态、颜色，几乎都是需要直观注视，而唯有桂花，其实不需要眼睛，甚至最好是闭着眼睛，随着风的翅膀，在若隐若现的香海里渐渐捕捉。人的眼睛一旦闭上，意念的功能就得以提升，所以，屏蔽了视觉的观赏，更带着心灵的意象。

一路前行，一路深呼吸，轻轻地吐纳，让香气回荡在腹腔、颅腔内。香也如声音，会有一种共鸣，波散开来的气韵，让人神清气爽，耳目空明。桂花本来就是一种古老的香材，想起了深山修炼的道人，他们食香而居，靠的就是这些香魂供养吧！桂花盛开的夜晚，必定有明月相伴，桂花常被唤作花中月老，其实月亮和桂树的关系很暧昧，有点同性恋的味道，说不清她们为何缠绕，却天生地知道她们般配，她们相知。这种文化符号一旦连上，就无法将她们离散，故每年秋天折桂在家供放时，我都要找出如月亮的器具来，放在一边映衬造景，或一瓷盆，或一顽石，总将桂枝插在月亮边，方得意趣。今夜的路上，也有晕月相随，尽管有点朦胧，却像周身缠着桂香、半眯醉眼的我。沈括在《梦溪笔谈》中有言：月也，气也，有形而无质。尽管千年以后被证实那是谬误，但我仍喜欢他这样的描述。有时月亮真如一团气，熏熏烧烧地点着

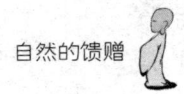

迷糊，自有一派云吞气象。

居然有园林工人在桂花盛开时期对其进行大幅修枝，一大枝一大枝地躺在路边，像没人抱养的弃儿，看着让人心疼。我总以为，花盛飘香时节，桂树是带着神灵的，就算要修枝，稍等个二三天，待花事竭尽，再大规模砍伐也不迟，自己种植维护的怎不生点怜惜呢？路人见此都摇头惋惜，纷纷拾捡回家，更有一些老奶奶正专心撸枝条上的花瓣，捧回家制作桂花糖。见香魂总有归宿，心便安然，我也拾些残枝，捧着进了友人的家门，老友调侃，持一束桂花作随手礼，真真是风雅人物，我道：机缘最风雅。

瓶中既有桂子相伴，杯中怎能没有酒呢？那一夜，友人把他窖藏多年的好酒悉数奉上，几个人都千杯不醉，我还只喝了微醺而已，真所谓"枝上金粟冷，指间玉杯深"，把酒赏桂，连酒都难以醉人了。真是奇迹啊！

牡　丹

冬天逛灵石路花鸟市场，一条狭长弄堂人头攒动，又被花草夹道簇拥着，显得格外拥挤。花鸟市场就该这样，有点混乱，有点嘈杂，人一入其中，所有的感官都打起了十二分的精神，莫名地兴奋起来。这里根本没有冬季，永远是繁花似锦的春天。

逛花木市场，一般都不进装潢明净的店家，专和路边的小贩搭讪，

一个人的修行

他们的地摊极其简陋，一个小板凳一坐，一张大油纸一铺，各色花木裸着根躺着，也没有花盆，也不讲究造型，枝干上挂着名字标牌，基本价格都是几元到几十元。就这样寻寻觅觅之间，发现了一株，沉寂得如一段枯木，发黑发焦的枝干上挂着"乌金"二字，那字如镶了金边一样，在我心里闪了闪，莫不是牡丹？询问小贩，果说是牡丹，旁边大爷嘲笑道：哪里会有牡丹，一定是芍药。小贩急了，拍胸起誓绝无欺诈，其实我心里是有底的，芍药草本，冬天枝干早已枯萎，唯牡丹木本，冬眠才能刨根相售，但为了还个好价格，便跟着大爷质疑，万一是芍药呢？你这枯枝万一春天不发芽呢？你说乌金品种万一是单瓣的呢？半起哄、半装傻，最后以50元成交。

一路上喜滋滋，塑料袋里仿佛不是一捆枯枝，而是抱着一个刚刚降生的小生命，满满的全是希望和期待。

记得年轻的时候，从不喜欢牡丹，大概是觉得她富贵气、胭脂气太浓了，凡是和牡丹在一起的，都是俗气的，于是自动地屏蔽一切关于她的信息，一味追捧贫寒的水仙，礼赞清高的梅花，仿佛喜欢这些有品行象征的花卉，才暗合和衬托自己的精神情怀。可是，这个转折很突然，没有预先铺垫，没有事件启迪，突然就有了翻天覆地的喜欢，她那倾倒众生的国色天香，一把将我揽进怀里，从此便无力挣脱。

就光芒四射、冠压群芳又怎样？就一笑倾城、玉润珠香又怎地？就富丽堂皇、雍容潇洒又如何？她确有这样的资本可以炫耀，确有深厚的底蕴正在支撑，她坦坦荡荡，气定神闲，她理直气壮，生来如此，何须骄傲？何来招摇？她一朝刺啦啦绽放开来，人神相让，百花躬身，仙界的位列谁敢觊觎？自古世人有随众陋习，一人说好，人人说好，唯恐落后,还有一种陋习是反其道而行之,你们说好,我偏偏说不好,这其实也是随众意识的另一种方式,以区别表示个体存在,又以个别印证绝大群体的存在。这些常理,到了牡丹门前,统统失了效用,芸芸众生、王公贵胄、文豪诗圣、国手巨匠,但凡见了牡丹,走近牡丹,细读牡丹的,全都乖乖地投降。千眼找茬也好,万心抵抗也罢,你最后还是软下来,真心认同,俯首赞服。刘禹锡曾有诗云:唯有牡丹真国色,花开时节动京城。读到"真国色"三个字,我心怦然,这个"真"是咬着牙的真切。

《镜花缘》中记录这样一个传说,大雪飘舞时节,武后畅游后苑,为助酒兴,曾下旨命百花同时开放,百花慑于武后的权势,都违时违规开放了,唯牡丹原枝原干,傲然挺立,武后大怒,贬牡丹至洛阳。牡丹一到洛阳,花繁色艳,锦绣成堆,较之以前更为艳丽,武后恼羞成怒,下令火烧牡丹,牡丹经火一烧,非但未绝,颜色红如烟云,更甚从前,且延绵一月不败。众花神因违规乱序,遭集体贬罚,唯有牡丹被誉奖,归列仙班,领百花之首。所以,如果作不畏权势、英勇不屈的人格化比拟,所有的花卉中,唯牡丹是,然人们不愿意把这个文化符号和她联系起来,反而把她视为依附权贵的富贵花,这不是人们不小心的忽略和误会,而是人类以赞美为表象的抹杀,这手法不但惯用,而且纯熟,且找不出大的破绽,于是皆大欢喜。就如世间人情,你若某一才华被众人认可了,基本上其他的才华就被忽视,被抹杀了,甚至连你自己都会忽视。世间崇尚平衡,世间的好不能让一个人独占了去,所以有天妒英才的说辞。对牡丹而言也是如此,你美艳无双,你姿态绝伦,你清雅芬芳,这些都让你占全了,那么,就此打住,你不能再优秀了,你不能有

一个人的修行

个性、有脾气、有智慧、有品行了，就算你有，所有人也视而不见，集体选择遗忘。当然，牡丹毫不在意，也全然不知，她没有我这么多心眼。她只有一根筋，自顾自美丽，自顾自倔强。她只顾前世因，不问未来果。

研究了一下牡丹的名字，生发了更多联想。牡，雄性，奇阳之意，李时珍《本草纲目》说："牡丹虽结籽，而根上生苗，属无性繁殖，故谓"牡"。如此千娇百媚的花卉，却用"牡"字引首，阳刚开路，雄魂起势，是百花族谱里的男人，顶天立地，突突而起，无需交织而得情，我自雌雄亦有性，她以如此的直接方式表示亘古永恒和独立。但是，但是，她又落一个"丹"字，丹，火红，玉蟾真人将"丹"字解为日月重合，离坎相映、水火相济，也是阴阳重合之兆。故道家注重炼丹，在他们眼里，"丹"不仅仅是颜色，更是因缘，是谋合，是万事之药丸，神通之机要。如此将"牡"和"丹"二字碾碎了，再和在一起体味，这个名字就放出光芒来。她是神通的，玄妙的，带着最原始的美丽，千年不竭不衰。为此，千百年来，牡丹已成了一种文化，牡丹文化兼容多门科学，包括哲学、宗教、文学、艺术、教育、风俗、民情等所有文化领域，牡丹文化中所提供的文化信息，可以反映出中华民族文化的基本概貌，是中华民族文化完整机体的一个细胞，一种语码，透过她，便能洞察到本民族的一般特征，这就是专家学者称之的"文化全息"现象。

我把书本上学来的关于牡丹的种种，源源不断地向裘裘灌输，他却听得心不在焉，他的关注全在实战中，盆栽、松土、施肥、浇水、修剪、灭虫，他的爱默然无言，却浸透在每一天的呵护中，如果我是向有字书本学习的人，那么裘裘是向无字书本学习的人。

熬过了隆冬，牡丹和春一起醒来。

一开始的声势就是浩大的。黑焦主枝上突然爆出了褐色的枝芽，枝芽快速打开，蹿出密密麻麻的星来，一大团带着茸毛的褐红色，我误以为是花骨朵，细看才知道，那只是新叶而已，宛如贵妃出场前，先上场一大批提着宫灯的宫女佳丽一般，排场真是奢华的。每一簇新叶紧卷着，一根根竖着、不规则地弯曲着，有像龙爪的，也有像千手观音的手臂微展的，再加上颜色是酱红色的，把她们当做花朵来欣赏一点也不为过。等到叶子统统舒展后，中心才渐渐献出花苞来。尽管对牡丹的硕大早有心理准备，但她真的徐徐绽放之时，还是惊叹于花朵的壮大，所谓听花开的声音，在巨朵花瓣争相舒展之时，真能听见花瓣分离的声响。因乌金品种属于蔷薇型，花瓣多轮繁复，花瓣边还有不规则的波状、分叉、豁口，花形更显婀娜多姿，由于整个花朵由外向内逐渐变小，花枝犹如托了一个紫玉大碗，真是花泽瑰丽，含四季夺目之色；仪态万千，盖八方来仪之态。我们围着大碗，一圈一圈地走，就像怎么看都看不厌似的。我盛赞袭袭，第一年牡丹就能养到这种光景，确实有宋单父的天赋，他脸无表情问：是谁啊？你的朋友？我说：是的，在北宋年间我们在洛阳认识的。哈哈。

传说中牡丹是通天意的，她自身很多特性都传递着日月轮回，寻常年间每朵花瓣都是双数的，如果是闰年，就一定是十三瓣单数的，今年是闰年，不知今春牡丹花开几瓣，能否验证我的这些道听途说？至此，我又多了一项数花瓣的期盼，真好！

一个人的修行

瑞 香

传说庐山一名和尚，入梦后闻到一阵奇香，醒后寻访，在庐山发现了这株散发浓郁香气的植物，这就是瑞香，也叫睡香。瑞香一旦进入花期，香气浓郁，有一种遮盖所有的霸气，所有与它相邻的植物，此时都失去了散发香气的权利。为此，古人称瑞香为花贼，数丈内植物都被她的香气熏得枯萎了，这自然是夸张的说法。

家里的金边瑞香年年准点开花，由于正踏着过年的时节，为此盼开花等于盼过年一样。每到正月里，瑞香就被请进正厅，放在一进门最抢眼的茶几上，瑞香的含苞期很长，差不多要两个月，一丛丛花蕊洒满枝头，就如洒下了一把鱼诱饵，吊足了全家人的胃口。

射花，便是我家传统的娱乐节目，每人随意在枝丫上选一朵花苞下注，谁押的花骨先开，便是本轮赢家，其他落败者便支付射花费用，每注5元。第一年，我钻了手指无凭的空子，临开放前强行指定那棵先开的就是我下注的，因花朵密集，花型相似，大小裴父子尽管认定我耍赖，可惜没有确凿的证据，只得乖乖认输。第二年，为防止偷奸耍赖，每株被押注的花旁或系一红绳，并贴个标签，以示区别，虽零钱往来，输赢无关紧要，但既然有了赛事，就有了竞争，全家三人日夜关顾，不但巴望自己的花早开，还巴望别人的花不要开，结果老裴胜出。第三年依然老裴胜，我和儿子没了兴趣，追问他取胜诀窍，他被再三追问后，才慢吞吞吐了一口烟，无限得意地显摆自己的选花奥妙。他说你们都选花丛大的，因为花丛大，花苞骨朵也大，按照常理，骨朵越大，就是离花开时间近的，其实开花早晚，主要看谁的营养充足，花丛这么大，一个枝干要供养这么多花骨，营养自然被平分，所以他选花丛小的，骨朵尽管小，但分营养的花朵少，反而会早开花。我和儿子听罢，默然对视一眼，不得不叹服他超强的判断力。

菩萨说：需修八百种鼻根功德，方能闻大千世界三千诸香，闻瑞香大概属于最低层次的本能鼻功，瑞香是普惠制的，老少无欺。而我一直把香气作为神仙"仙格"的标志，但凡得道羽仙的，往来人间最普遍的特征是云气勃蔚，空生妙香，满室芬芳，仙格越高的神仙估计香气越浓郁吧，照这样的逻辑衡量，瑞香便是谦谦君子，仙格很高，却没有架子，这便是她被唤作瑞香的又一种解释吧。

今年瑞香又放，每一朵都不等它凋谢就用布袋收好，准备制作香料，裘裘调侃我：你，黛玉葬花？我假装一脸迷茫问他：黛玉是谁啊？他被我一迷糊，动摇起来，挠挠头，不自信起来：那《红楼梦》里是叫黛玉伐啦？还是钗玉？我大笑，笑他又被我耍了，笑他不管有多厉害，反正在黛玉葬花之类的事情上，我便是可以为所欲为地迷惑他的，我是该高兴呢，还是该很高兴呢？

一个人的修行

紫　薇

　　自从迷上了花道，案几上的闲瓶，没有一天是空落的，细想之下，发现一年四季紫薇是登台表演最多的演员。不是我这个导演与它有什么潜规则，实在是人家太全能了。

　　先说枝干吧，冬天的紫薇是最干净、最光溜的，园艺人员通常都把它修剪成一个主干，主干顶端因常年的修剪，结疤成了坑坑洼洼的树瘤，因它没有树皮，通体就像被打磨过一样带着木质的光晕。偶然的一次机会，曾见过一株老桩，主干直径超过了30公分，对于一株灌木而言，已非常难得，想来已有百年的树龄。老桩枝干是牙白色的，那白中既有枯状的冷漠，也有暗透着绿色的笃定，白白净净，如一个长衫男人修剪得整整齐齐的长手指。搭在老桩顶端，手掌下传来滴溜顺滑的舒爽，凸凹不平的树瘤经岁月盘玩，已有了包浆，那是天地日月、风霜雪雨对它爱不释手的见证，是天地共同打造的一株活文玩啊。对着如此一株老桩，真想做替代大自然、继续盘玩它的那个人。这样的贪念也就一转弯，擦身过去了，但自那以后，每每靠近一棵紫薇，我便要忍不住伸手抚摸它的枝干，它是极通灵性的植物，你一摸，它便浑身抖动，民间都叫它痒痒树，我却不愿相信它是怕痒，宁愿相信这是它给我最及时的回馈。由此我想到有些人什么都好，就是缺少最起码的礼貌，人与人之间即便不能做到完全的对等信息回馈和礼尚往来，但基本尊重是必须的，不管双方社会地位有多悬殊，彼此精神层次有多大差距，应有的礼节和尊重仍然是交往的前提条件。当然，这种漠然，在越亲近的人之间，越会如此，我曾经强烈谴责过裘裘父子这种无礼的言行，但收效甚微，有些人秉性如此，与我认定的某些概念无关，我把这些人称为"厚皮人"，就是一个天生长着厚厚树皮的人，任你如何触摸它，它都没反应，呵呵。紫薇没有树皮，也许是这个原因，所以它敏锐多感，每一触摸，它便颤抖微笑，尤其是盛花期，更是花枝乱颤，十分迷人，这些作态，极符合我的脾气，喜欢。

紫薇的花是烂漫的，或紫或红或白，红里面它还细分成玫红、大红、深粉红、淡红色，一朝呼啦啦地盛开起来，几乎全世界都是它的似的。由于花瓣呈整体褶皱造型，远远看去，紫薇就是一团团彩色的烟霞，仿佛是都要腾空飞去一般，凑近看久了，头脑便会一阵晕眩，花雾笼罩下的缤纷，充满着迷幻和沉醉。紫薇的枝条长长弯弯的，摘下做花道造型极其自然，叶叶对生，整整齐齐，顶序一团花裙，微微地低垂着头，像还未开口说第一句话的新嫁娘。一株、三五一组或者干脆一大捧，不管如何搭，紫薇都是适宜的、仪态万千的。由于它花期特别长，杨万里曾诗赞：谁道花无红百日，紫薇长放半年花。为此，我的书桌上常有它热闹闹的身影。

近些年来，从花拓展到叶，包括造型奇特的枝干、果，甚至是枯枝，都是我花艺选择的用材，紫薇的嫩叶是酱红色的，搭配其他鲜花，特别娇嫩。待到老叶，又特别深沉老练，瓶里斜斜插一枝，慵懒中有着极深的洞府，有一种不容人小觑的腔调。花瓶里供一串紫薇果，绝对是极富审美的选择，它的串串果实十分玲珑，从翠绿开始，每个阶段的颜

一个人的修行

色都是渐变的,直到冬日才变成黑紫色,每一颗都呈六瓣炸裂开来,威风凛凛。由于果壳坚硬,故六瓣裂果保持着干花般极好的造型,剪一枝和枯莲蓬搭在一起,一幅水墨画已浑然天成。

今年冬末一个晚上,去户外折紫薇枯果,手掌被枝干戳了一个口子,竟滴出血来,伤口处还刺进了一些小木屑。女人实在是一个很两面的动物,按照以往的经验来看,通常这种时候,我都是大呼小叫,极尽疼痛表现之能事,让旁人慌了手脚。而那天的野外,没有所谓的旁人,一个人的我很沉默,受伤的手没有扔掉那枝枯果,另一只手捏紧了伤口。所以一个人的时候就是最真实的自己,所有骨子里的基本品行,都将以一种真实的面貌,本能地加以还原。我极喜欢自己如此真实的时刻。稍一会儿,伤口传来麻麻的刺感,我知道紫薇是有微毒的,那些麻感就是它在挑战我。受挑战的一方,居然感到很幸福,很满足,就如一个男人将自己心爱的女人揽进怀抱,而那个女人又是咬打,又是哭闹,在自己怀里挣扎,男人心里微笑着,手里加了把劲,愈加紧紧地将她贴在胸前,浑然不知被击打的痛。如此这般强烈的爱意,一样弥漫在我的心间,在此时,对此君。

小城有个住宅小区叫紫薇苑,好名字,可小区里却并不遍栽紫薇,让人有些许遗憾。我猜,估计还是当年《还珠格格》播放时留下的文化符号吧。

再写玉兰

乍暖还寒,叶芽和花星在躲躲闪闪的春光里露现,墙角的那株白玉兰,却早早地萌动了。

高挑的白玉兰,外形极像莲花,在干净的树干上,像一只款款孤傲的白鸟,其挺立的姿态很有脊梁感。阳光下,她那大轮的花瓣散发着玉质的亚光,满树摇曳的都是奕奕神采,树下偶站,幽幽清香便直扑人前。我常感叹于她的双重性行,远望有清白典雅的气质,近观又有惊艳绚烂的感觉,真真是恰到好处。若非凡物,民间便少不了传奇,玉兰也如斯。相传人间女子名唤玉兰,不惜用自身迷香蛊惑了守仓库的神仙,盗了食盐,拯救了芸芸众生,因受天界惩罚,化为玉兰树。常有文人作诗咏叹,连屈原都曾写下怜她爱她的佳句,我独爱文徵明的几句:绰约新妆玉有辉,素娥千队雪成围。我知姑射真仙子,天遣霓裳试羽衣。满树琼花,谓如一曲霓裳惊鸿舞。

万物间之情感,一靠激灵,二靠积淀,对玉兰的种种情愫,在今春达到了一个峰值。近几周,每天清晨出门,看一回玉兰,拍一张照片,便是我的早课了。积累了一段时日,竟然完整地记录了其爆芽、含苞、怒放、凋谢等各个阶段。十几天来,我俨然是她的主神,期盼、祝福、守候、记录她的一季和一生,知道她的过去,预知她的未来。今天面对空落落的枝头,我突然有了万般的无奈和不舍。在微信中求问众友,如

一个人的修行

果人就是花,谁是我们的神,谁在记录我们的爱恨情仇,记录我们的一生一世?青青回答:爱你的人就是你的守护神。闻此言,豁然洞天,喜泪飞流。

对一株植物的认识,必须追溯到果实,你才有个暂时的句号。

对玉兰的果实可以说一直是怠慢的,它树形高大,结起果来很少引人注目,直到成熟落地,因其型其色都不出挑,人们最多淡淡地瞄一眼,很少会有人愿意弯个腰把它捡起。我也如此,以往每每在脚边触到,便轻踢它一下,它那坚硬的聚合果便滚出好远。直到今年九月,玉兰的果实第一次惊艳了我。

在荟萃园的水池边,那天不知怎的就见到它了,它挺立在高高的枝丫上,圆柱形的,足足有10厘米的样子,披着淡淡的茸毛,像极了一颗饱满的小菠萝。而这颗"小菠萝"竟然是鲜红色的,那种红,娇艳得让你心一跳一跳的疼。它如一团烈烈的火炬燃烧在空中,你此时真切地知道,它是刚出炉的生命,它是崭新的。我在树底下仰望着高高的它,有种要爬树的欲望,有亲近它、嗅闻它、拥它入怀的欲望,这种欲望是能灼伤人的。我感觉我的每一次长长呼吸都带着焦火的味道,遂想起那只在葡萄架下团团转的狐狸,我笑自己就是那狐狸的心境了。那以后的每一天中午,我都去看它,在它的下面团团转,看它的颜色一点点暗灰下来,直到一个雨天,它陡然从高空坠下,灰突突、黑实实地躺在地上,如一块燃尽的火炭。因见证过它的美好,我一点也不嫌弃它如今的模样,曾经深深地爱过,到老了,反而觉得更亲了,它的灰暗、邋遢、无能,统统都是好的,因为它也见证了我生命中的一段成长和衰败,它也不嫌弃我的固执和色衰,我们都巴巴地指望着赶紧老去,老去,就这样凋落下去，旁人统统不愿意搭理，统统不屑一顾，如此才是啊，如此才是我俩唯一温暖的世界呢！

我捡了它，泥水沾满了我的手掌，我义无反顾地握紧它，将它藏进了果宝箱。

果实和宇宙

看完花、赏完叶，你的注意力一定会落在果实上的，就如人生必由璀璨的青春一路走来，向着富饶的中年进发一样，这是一条必由的路径。

关注到植物果实的时候，也是明白植物全生命周期的时候了。你从果实的开始，倒推着明白了植物的进化链，你懂了菌类、苔藓、裸子植物、被子植物为何被这样分类，你懂了果实是区别一棵植物进化在哪个阶层的标志，果实繁衍的可能性越大，越处在植物界的最高层，你读懂了种子的机巧和智慧，便读懂了这棵植物的内心期盼和希望。这是多么了不起的明白啊！这种明白让我推演到人类，一个人不管自己多么了不起，最后离开的一瞬间，你的目光一定落在你的种子上，一定关切着自己物质意义和精神意义上的孩子，而关注通常就两个问题，一是他们是否优秀？这是确认孩子是否比自己得到了更好的进化，二是他们是否能继续繁衍？这是确认自己能否在代际遗传中得以永恒。故人过中年，一切名利的关切会自然退后，关切或者焦虑繁衍问题，这是生物界进化的

一个人的修行

本能需求。

很多道理或感悟，光读是没有用的，非得投射到生活里，在生活琐碎的浸润下，它便开始显现出它的条理来，就如生丝，密密麻麻的一束，一旦浸入水里，便帮你一条条梳理清晰了。

这个秋天，开始收集各类植物的果实，这实在是一件比采花、赏花更加妙趣横生的事情，植物界的果实千奇百怪，远远超出了我原来的认知。松卫南路改造后的健步道两旁种满了银杏，因年份不久，整片树林都是矮小的，树枝正好挨近我的头顶，能满足我近距离察看的愿望，还未结果的时候，我便已趴在树枝上侦查了。以前光看叶子是决然分不清雌雄的，这次竟然让我发现了它的花序，叫花，其实绝不像花，只是一串碎毛芽而已，那便是雄树，而枝芽间有着隆起的胚珠，长在一个小酒杯里，花分散着如一片片小翅膀，那便是雌树。如此看了它几个月，银杏果便已挂满枝头了，我也如孕藏了它一般，喜滋滋地捧了一把回家了。裸子门植物的果实，我们最常见的就是松柏衫类，油松是最精致的建筑师，它的塔果每一片珠鳞如一块块盾牌，每一层收放的尺寸精确到极致，从大到小依次叠砌，直至圈成一个顶尖中粗的椭圆柱，我常把它搁在书案上，傻傻地数它的鳞片，每一回都是不同的数字，真不知是我数学太差，还是它太奥秘。我也喜欢柏果，他们简直就是小怪兽，个个张牙舞爪，青面獠牙，其整体形状就如西游记里小妖的脑袋，我有一年曾在淀山湖采了9个，包在软布袋里贴身藏了好久，我坚信如此怪异的形状定能辟邪。今年源源教我认识罗汉松果，一下子被它萌到了，活脱脱的一尊小罗汉啊，看久了它，居然还能对你莞尔一笑，在荟萃园采到了一个罕见的双胞胎，一个红一个绿，并列在一个大肚腩上，那份可爱啊，真是爱得人，心里都是潮潮的。

在花圃里研究一株无花果，我和一位姓缪的技术员有了分歧，按照我的理解，无花果没有花，就该是裸子门植物，而他说，无花果是被子门植物，回来一查，果然，无花果它有隐形花，单性同株。于是对缪老师大示崇拜，他在微信里谦虚地说：但凡要猜什么门类，猜被子门总能获胜的，因为它是最大、分布最广、进化程度最高、结构种类最复杂的群类，占地球总植物的一半。被他一概括，我心里万分笃定，今后出门，即便随兴一指，也敢说：哦，那是被子门植物，自然，采摘最多的果实便是被子门植物了。那真是一个多姿多彩、蔚为大观的世界啊！平日里越是憨厚的、谦和的样子，低调的让人毫无回头率的植物，它们的果实反而让人一眼不能忘怀，你看构树，它的果实竟然是橙红色的，你看南天竺，一大串通红色的果子，插在家里，就添了过年般的喜庆。又譬如卫矛，枝干长着侧翅，极其丑陋，秋天里整树挂满了鲜红的肉果，玲珑得不得了。哦，还有栾树，深秋开车去市区，高速两边成片的栾树挂着殷红的灯笼果，瞧得人不由得涌起赶集似的喜悦。还有乌桕，它的果实就像一只只小"山竹"，外壳黝黑，内子洁白如象牙珠，通红的树叶落尽后，满树枝挂的都是小白珠，也是极好看的。有些植物你只有看到了它的果实，你才明白它为何是它，就如秤锤树，枝叶辨识度极差，而你在春天看见它一串串迷你的小秤锤果实，你便恍然大悟了。摘果实有时像猜谜语，果实这个谜底常常会大出你的意料，譬如合欢花如此多情、迷离，紫荆花如此妖娆，而他们都结荚果，大概是自己极不爱吃素菜扁豆的缘故吧，对荚果便不存什么好感，总感觉它是像群租客，几个人合租在一套公寓里，各占一个房，老死不相往来的样子，一点也没有

一个人的修行

团结的气氛。有些植物绝对是高智商的,譬如鼠尾科植物,今年认真观察了深蓝鼠尾的花粉传播,简直是一部惊险的盗墓大片,它那下唇的花瓣铺坦成一个曲面,正好适合昆虫停留,如想吃到花蜜,昆虫必须钻入狭小而悠长的花道,花粉并不成熟时,昆虫们常常一无所获,花道里有一个像杠杆原理的暗机关,花朵成熟了,才将机关的一头凸显出来,偶入的昆虫们便能触碰,这头一碰,另一头花粉便倾倒出来,正好洒在昆虫的身体上。知道了它的授粉后,我极其好奇等待它结果,而它的果实并不悬挂在外面摇摇,而是深深地藏在花萼里,那花萼就如古人饮酒的爵,探头细看,才发现杯底里躺着三颗绿珠,晶莹剔透,如在酒杯中滚动一般。

采了果实,一部分留个纪念,一部分总要将它们的核仁剥出来探究一番,果仁着实令人惊叹,理论上讲,只要你手里有一个果仁,一旦生长条件齐全,它就会发芽,就能长成一棵植物,长成一个物质概念里的真实。仁是核心的东西,它是催发生命的东西,是生命的力量之源,天地万物都有仁,植物的仁也是属于精神意义的,它和人精神领域上的仁,具有同样的令人珍视的价值和意义。一棵果仁在我的手掌,便有泛起仁心的冲动,人之仁,也是人果之仁。

最近看史蒂芬·霍金的《果壳里的宇宙》,老实说看不懂,但我知道,看不懂的那些书,你咬着牙看下去,囫囵吞枣咽下去,总有一天会洞如天光,豁然开朗,于是你便到了新的一个世界,鸟瞰到一幅新的画卷,这里面一定有你自己需要的、且好玩的东西。按照霍金的描述,整个宇宙就是由一个果壳状的瞬子演化而来,果壳上的量子皱纹包含着宇宙所有的结构密码,从广义上说,宇宙里的粒子、生命和星体所处的境遇，就和一颗果壳果仁极其相似，它们为何如此统一？抑或它们原本就是一体？分解成浩瀚无极、微渺如豆两种状态来解释一切？既让我们因宏伟而不能见，也让我们因微渺而不想见？呵呵，我的脑仁有点缺氧。

我愿自己是天地间的一枚果实，果仁便是我的所有意识，果壳是我的肉体，在进化的漫漫长途里，我跋涉至此，在生命的最后时光里，我将最终明白这一轮进化的内容是什么，主要改进完善了哪些。而后我将躲进我的仁，等待再一次的生命的发芽和迸发。

我想，我是期待这一刻的。

草药园

探听到植物园有专门种植草药的科普园，这颗心就如这个夏季，不断地升温，凉不下来了。选定了这个周末要去，出门前却下起了雨，那是在考验我的决心。在这个世间，我很少有自己认准的事情却因天气原因便退缩的经历，故望着这场夏雨，我有点小得意，你啊，是断断阻碍不了我向往之心、向往之脚步的。

越来越喜欢乘坐公交了，形单影只的我，选择在熙攘的人群里挤来挤去，内心和这熙攘一样，在奔腾，在流淌，却被墨镜很好地掩饰了，这种隐蔽性让人极有安全感。一个小时后，我已经跨进了植物园的大门，而此时，一场更大的雨毫无商量地倾注而下，很黄很暴力的雨滴，惊得园内人群四处逃散，偌大的一条主干道上，只剩下我一把伞。我

一个人的修行

的衣衫鞋袜、乃至头发都可以淋湿,但我一颗朝圣之心不能有一丝凌乱,我不可以有慌张的奔跑,不可以有窘迫的仪态,我的每一步都是坚定的,在暴雨肆虐的时刻,我微笑前行,沿着指引牌的方向。

草药园是体量极小的一个园子,门敞开着,连个门卫也没有。一进大门,便见一尊坐着的雕像背对着我,大概是淋在雨里的缘故,那黑石雕像的背影格外消瘦,一定是李时珍了,我心念一动,走近一看,果然是。我在雨里凝望着他,他坐在雨里凝望着前方,我微微觉得有点受宠若惊,我和他能同淋在这场暴雨里,因为除了偶尔和《本草纲目》那些文字厮混一堆以外,我没有任何通道、没有任何资格,可以和他存在于同一个时空里,尽管他只是一尊石像。

这位先贤的人生有多次重大选择,三次不第后坚定地转向学医,在太医院短暂任职后坚定地辞职著书,27年矢志不渝为药物正名附释,他叩遍文海,踏破药山,终成《本草纲目》这药物学史上的空前巨作。以往读他的简历,很难想象支撑他完成这举世瞩目伟业的,到底是怎样强大的精神信仰?如今浅入草药世界的我,现已渐渐有了体悟,草药对于人类的意义,远不是行医治病这么简单。如果按线性进化理论来推算,世间所有的草药都是次于人类进化的物种,它们供养了人类包括动物,便得到继续向前进化的机会,有望成为更高端的物种,而所有的人类可从各种植物草药中获得血气的滋养和平衡,并向着更高端的方向不断进化。于是人和万物都是彼此的供养者,天人合一的奥妙便在这里。

回到草药的话题上来。一旦你看清这人与植物草药之间的血脉关系,你就有了一种深深的归宿感,你明白了你从何处进化而来,你也明白了你的血液中流淌着亿万年草药的芬芳,你更明白了今生的你和这些小精灵，将有一次因缘式相识和相恋，好好爱它们、珍惜它们、利用它们，助它们、也助自己完成本我的修炼。所以，我也明白了李时珍皓首穷经为之奋斗的动力所在。渺小如草芥的我，自然不能成为圣贤伟人，但受草药吸引并拼尽全力爱它们，追随它们的心，古往今来定然是一样的。

前天读霍金的量子纠缠理论，突然意识到，我和草药之间必有一种能量，正穿越万古时空，将我们两类量子紧紧地纠缠在一起。所以，我常常为了一味草药，做着出乎自己规格的事情，做过寻采一味珍奇草药突又丢失、满世界寻找不得的噩梦，做过半夜惊醒立刻跑到书房去查药典，一定要记起那味中草药名字的傻事，做过生怕新采的草药长霉、拼命替它们扇扇子的着急事，做过放弃休息日的懒觉、踏着露水在田野里对着一株龙葵发呆的莫名其妙事。前些天配了一剂治疗风热感冒的汤剂自用，用金银花、野菊、薄荷、广藿香等辛凉解表，加陈皮、葛根、牛蒡和石斛以调理脾胃，三碗剂汤下肚，症状明显好转，只是喉咙里有了痰，便又去采了后院的枇杷叶和花，添进配方里以化痰。儿子见我如此张罗，讨问究竟，我一一作答。听完我的医理"报告"，儿子沉默良久，突然说了一段话：妈，我感觉你很庆幸自己得了感冒，可以拿药来试，你甚至很愿意就这样病下去，给自己多一点试验的机会，或者今天你有了痰，也很高兴，又可以试验化痰效果了。说完，他扭头就走，蹬蹬蹬地上楼去了。望着他的背影，我着实愣住了，儿子说出了我自己都未觉出的感情，原来，我对那些草药已有了生命的相连感，已经愿意以自己的肉身去感知，甚至愿意放弃所谓的安全保险去领悟。我明白了以身试药是一种怎样的心愿和勇气，我明白了一个人对真知真理的探索渴

一个人的修行

望之心是多么强大。子曰：朝闻道，夕死可也，真的并非夸张说辞。

山思海想之际，雨突然就停了，草药园内荡漾着雨后清新的气息。在每丛草药前我都欣喜万分，读标牌，看门类，记药效，雨纷星繁的各色草药，让我目不暇接。我觉得自己的智商完全不够用，所以我和兰兰说，去一次草药园，得消化半年后再去，要不然会噎着、呛着。例如在园里见一株植物，在叶子的中央脉上开出透明的四瓣花来，十分稀奇，一看标牌，叫百部，回来一研究，哇！人家还分直立百部、蔓叶百部和对叶百部，叶子区分并不明显，只有挖出它的根块，才能准确予以认定。又譬如认识了威灵仙，以前只知道牙疼吃它，鱼骨头鲠住吃它，却不知它长得如此俊俏水灵。再一深究才知道，它还分大花和小花，药效各有不同，如果自己采摘其根须入药，需根须黝黑的铁脚威灵仙最佳，如根须黄或白，药效便大打折扣了。又譬如我们常吃的黑枣，一直以为就是红枣的兄弟，因为长得比较黑，所以叫黑枣，进了草药园才知道，黑枣树叫君迁子，其实和柿子是一个科目，一年只有一季果，并不像红枣那样盛产，市场上很多黑枣都是红枣熏成的。黑枣因是柿果，其型正圆，甜感也靠近柿子，凡是椭圆形、带酸甜味的黑枣，基本上都是冒牌货。

诸如此类的中草药常识，都在草药园中找到了答案。

自然的馈赠

一棵树

在这个世界上,每个人至少有一棵关系亲密的树。不知在哪本杂志上读到这句,我便愣住了,使劲回想自己的生命里是否存在这样一棵树,没有,真的没有,一棵也没有。在我的记忆里,树,它顶着一个天下大一统的名字,站得哪哪都是,这便让人一下子将它忽略过去了,仿佛它从未存在过似的。这确实有些委屈它。据不完全统计,中国就有8000多种树,而人能识上百种就算知识渊博的了,大部分人都和我一样,只具备香樟、梧桐、银杏等几种常见树种的辨别水平。

2007年去阿克苏探望老父,在神木园里被树的神灵击中了,这也是我对树这个物种产生崇拜的起点。去过大戈壁的人都有体会,一辆车行驶在戈壁,就如一叶小舟,时间一长,便会让人陡生一种绝望,就在此时,车一转弯,猛然发现远处突兀着一片绿洲,这种反差直惊得人叫出声来。不过绿洲看上去就在不远处,其实还有好几十公里,那荒无人烟的宽阔处,一片碧意就这样渐渐变大、渐渐靠近。这样的铺垫如影片中的慢镜头,拉得足够长、足够慢,以至于内心积淀了太多情绪,饱满浓郁到了极处,便成了一种朝圣前的隆重。

神木园始于大自然的一种偶然,千百年前因地壳运动,天山南侧地带裂出一条口子,雪山融化经裂缝流入这块隆起的戈壁,造就了神木园内今日的一片葳蕤。一进入园子,便觉大树的碧意,有一种不可抗拒的

97

一个人的修行

力量，挥舞着泥土的精神，让人肃然起敬。参天巨树最年幼的都300多岁了，千年老树随处可遇，它们都已修成精灵，枝干巨擘向天，每一片树叶都写满了神圣的旨意。园中最高大的一棵杨树，据说明标牌记录，竟然高96米，直径超过了6米，在如此庞然巨物面前，我来不及感悟，顾不得熬制什么心灵鸡汤，只有一种不能抑制的激动，让我神色凝重地靠近它，靠近它。当我的脸颊、躯体、四肢自然而然地贴紧它的时候，我突然止不住地落下泪来，它仿佛是我的老祖宗，我一下子便扑进了它的怀里。今天我终于明白，自己必须和一棵树长在一起，借着树木的根须，扎进泥土，投向泥土，如此在天地间游荡的魂魄便得到了安妥。

人们常说，树的年轮只有在放倒以后才有可能看清楚，这句话在这里便是谬误。园里的很多树木都倒卧着，它们匍匐在地，曲折盘旋出一种象形的姿态来，有的像龙马，有的像鹿角，有的甚至像一阵风，一阵旋转的黑龙卷风。它们有些的根部已经腐朽空洞，但仍能从中间部分发出新枝，新枝重新长成了参天大树。一场人树对视对话中，我和它们默然相认，流涕相拥，不需要合影留念，不需要刻写到此一游，我是大树上的一根枝条，一根随风飞舞的绿枝条。如果说年轻的时候，我是一只叽叽喳喳、灵性十足的鸟的话，那么从今天起，我便要长成一棵树了，沉默寡言却自我欢喜，表皮苍驳却绿意昂扬。

我是树，那我叫啥呢？这个问题困扰了我很长时间。梅树、桃树、玉兰、合欢？不，不，那些太出名的便不是我了，榉树、栾树、槐树、榆树、喜树？太高大了，便有点讽刺我了。一度曾倾心于乌桕，春季喜欢它心形的树叶，秋天喜欢它满树的红霞，但它终究太出挑了，远远地隔着一座山，就能知道一棵乌桕的存在，那不是我要的状态。一度曾灰心地想做一棵香樟算了，开不艳丽的花，结密密层层的果，带一点不迷人却很永恒的香，平凡地站在人群里，但终究不甘心平庸，不甘心雷同，一条马路一眼望去，全是香樟，那也不是我要的状态。

直到我遇上了杜英。那是一个初春的清晨，随源源去采摘蒲公英，城市的绿地，春花总有点刻意的烂漫，它们画着很精致的妆容，一副美艳绝伦的模样铺陈着。在这样规整宽阔的绿草坪上，要找到野生的蒲公英，确是件极其困难的事情。正绝望时，一眼望见一棵挺拔的小树，俏生生地立在不远处，阳光斜斜地洒过来，整棵树的叶子都是透明的，尤其是点缀在碧绿树冠里的那几片红叶，更是绯红娇艳得如新婚的新娘。源源顺着我的目光，当场就科普起来，那就是杜英啊！人说春看花、秋看叶，唯有杜英春秋都是观叶的好季节。尤其是春天，树枝最顶端的尖尖上，总会长出一片绯红的树叶来，微风吹过，红叶闪烁，如一个人明媚的眼睛，如夜空明亮的星星，在一大丛翠绿中，那一点点红，恰到好处地把整棵树都点亮了。这一天后，杜英就在我心里种下了。

常常一个人坐在杜英下，抬头看着它，就如低头读一本书一样痛快。它的枝干是秃净的，故而身躯显得更为挺拔。依着它的树干仰头看去，就是一把完整的碧伞，斜张出去的枝干就是标准的伞骨。我想古人创造了雨伞，必是在一棵树下躲雨，抬头期盼雨停的时候，瞅见了这大自然中的雨具。杜英的叶子真的有看头，几片红叶零星地夹杂其间，看似毫无规律，却充满了美感。我想杜英的基因中必有画者的审美，要不然为何不多不少，不偏不倚，每一片红叶仿佛有灵性一般，都长在最合适的位置。最奇妙的是它的坠落，红叶临落之前，居然会提前告诉你，就如一个跳水运动员，提前站在高高的跳台上，上下颠簸着，360度旋

一个人的修行

转着,做着闪烁的准备动作,一阵微风掠过,它便猛地起跳,旋转着,飘忽着,在空中横着划着"之"字,然后徐徐落地。那一日黄昏,我在宽阔的学校草地,整整看了17次跳水表演,于是我敢肯定,古诗里常描绘的那些唯美无比的落英,绝不是单纯的花瓣,那里头定有杜英的影子。挨到了夏季,便去看它开花。和那些绚烂的春叶相比,它那白色的小花,简朴而文静,总是低着头,一丛丛地挤在一起,花瓣裂成一丝丝垂挂下来,远远望去,碎碎的,纤纤的,将人的心都看细了。树好高,既看不真切,也看不过瘾,且花期又短,再抽空去看时,花已谢了,所以,对花的感情也就远不如叶了。

杜英在1886年由一个外国人命名,然而中文译得极好,杜英,这哪里是一棵树的名字,完全是一个人的姓名。之前,在寻找树亲期间,都是我在挑剔树种的秉性,待到考察了杜英所有的好后,我羞愧地自觉配不上这棵树了。

小 河

大一点的河,在我的概念上统统认作是江,譬如黄河、大运河.非要叫河的,都有装嫩嫌疑。河要小,一小,便有了生气和风姿,便有了之所以成为河的全部美妙。

河足够小时,它的走向便容易弯曲了,一条直直的河与人工水渠没有区别。河道唯有弯曲蜿蜒,才有藏风纳气之功能。站在小河的岸边,向着河水流去的地方眺望，见那河水踟蹰而行，宛若江南女子婀娜多姿的背影，一步三回头，似有依恋，似要离去，绝没有直冲冲向前奔跑的风火气。河中央或有几处小漩涡，便是小河的笑意了。

大概是推行河长制的缘故吧，如今的城市河道都在整修，好是挺好，但两岸千篇一律垒砌岸石，钢筋水泥浇筑的近水平台，怎么看都没有自然旖旎的风光。在我的期待中，河岸就该是泥土的，河岸生态与自然形成生生不息的循环，岸边水分充足，阳光充沛，花草植物根须深深地扎入土里，有力地把控着泥土流失，一条河存在千百年都还是幼童期，只要我们不去叨扰它即可。

每个喜爱小河的人，总有一段记忆是关于童年的，尤其是郊区和农村长大的孩子，小河几乎是他们一起长大的玩伴。大都市里长大的孩子，便有些不服气，敢情所有的文字里，都偏爱农村，仿佛有泥土气就有烟火气一样，其实对故乡的眷恋，城市和乡村都是一样的。城市里有很多象征，都保留着大自然最原始的形状，譬如高楼就是山，路就是河，电线杆就是树，而嘈杂的声音便是鸟鸣，为此，故乡并不一定就是山村农舍，大城市里归老的心境都是一样的，每个人都会眷恋着自己每一寸熟悉的风景。但凡读懂这些的，就能知道路和河是一回事，它们都是通途，都是人类孩童时追寻过的来的足迹，人老后重回家乡，寻的都是家乡的小河或者弄堂里的小路。

自小在江南小镇里长大，小镇有着2500多年的历史，自古那里因水系发达，渐渐集成一定规模的集市，成为江浙沪之间交通便利、商贾发达、人文荟萃的吉祥之地。一到夏天，小河就是镇里巨大的游乐场，河道蜿蜒曲折，却相通相连，尽管家家户户的孩子都在自家门口的小河里

一个人的修行

嬉戏，但万河归一，所有孩子其实都是在一条河水里泡大的。一个具有历史文化积淀的地方，总是能在细节处告诉你它的厚实，小镇是极具江南精致意味的，丝毫也不肯马虎，它每条河和每座桥都是有名字的，家的后面那条小河叫远明，而我在那条河里第一次感知了生和死的距离。通常不会游泳的孩子都老老实实抱一个木质脚桶，乖乖地待在岸边，而当时我介于会和不会之间，最具挑战性的就是能不能扔掉手中的脚桶，这是一种跨越。那天，我果断地扔掉了手中的救命工具，在河边自由狗刨，感觉甚好，其实危险已渐渐靠近，当我游得筋疲力尽，把脚站向河底的瞬间，突然发现自己脚下是空荡荡的深渊，那种深是绝望，是无边恐惧，我的手脚早已失去了游泳该有的姿势和要领，在狂抓乱舞中渐渐下沉，那一刻我闪过死的念头，我真的要死了吗？原来我只能活十一岁啊！电光石火间，我的右手突然触到一件东西，哦，一株草，一株长在岸上却垂在水里的草，我的手指间传递过来的信息，瞬间把我照亮了，我的心爆炸了似地歌唱起来，是的，我可以活了，我不必死去了，当我小心地、缓缓地顺着草茎，把自己的身躯拉回岸边时，我听到了自己粗重的喘息声。回顾水面周围，依然一片热闹欢腾，谁也没有发现我的险情，而我呆呆地看着他们，那是一幅静默的画面，那边的嬉闹欢笑，传不到我这里，而我却能听到自己的每一个毛孔在打开，脸上麻麻地爬满了小虫，惊慌奔越在每一根血管里，留下一片战栗。

一个人坐在河边石阶上，自己陪自己，自己安抚自己，我不知道惊魂需要多久才能安定，但我却知道了，人离死那么近，那么亲，亲近得只在呼吸之间，那一年我虚岁十一。直到夏日的太阳把我衣服晒干，我才恢复了思维的正常功能。回家后外婆奇怪地问我：衣服怎是干的？我

自然的馈赠

瞎编说没有游泳，蒙混过了关。内心里就将"远明河"，自说自话地改成了"悬命河"。

自那以后，便落下了一个毛病，但凡一个人坐在河边，脑海里的念头就会转到生死人生的主题上去。我常想：到底什么是河呢？是水吗？不是，水放在其他地方就不是河，那是弯弯的河床河道吗？也不是，没有水的河床，就是一条土沟渠；是水+河道吗？也不是，没有流动起来的河，我们叫它水塘、池塘或湖泊。河，必须是水+河道+流动。而一条河就如一个人和人生，河道是身躯，河水是灵魂，而不断地思考和探索，就是流动的意识思想，一个完整的人，必须有健康的体魄+自我感知到的灵魂+不断更新的思考和意识，如此组合而成的生命，就是一条清澈而具有活力的河。

是的，我期待自己，成为带着河的种种优秀秉性、一路唱着欢歌、努力向着大海奔去的生命。

春　天

青春期叛逆之时，正好读朱自清的散文《春》，因为是大纲里的考试重点，不但老师在课上喋喋不休宣讲中心思想，还要求持续不断的默写和熟练背诵，晚自习的教室里，人人都在语速飞快地背诵：盼望着，盼望着，东风来了，春天的脚步近了。可以想象，如此场面哪里还有一丁点的美感。当时的我对朱自清厌烦到了极点，对春天更没有任何好

103

一个人的修行

感,在描写春天的作文里,第一次被老师批了个及格,这是我上学以来最差的作文成绩。

这个精神烙印一直陪伴了我整个青春期,春季在我的头脑识别中,就是一树桃花,春姑娘就是兴冲冲的傻大姐,一眼能看透的明艳,毫无迂回的内涵。所以,整个青春年少,我都是春的鄙视者,人与事只要沾上春的况味,我都毫无耐心地予以排斥,这就是反崇拜。崇拜拥有多少毫无理性却任性可爱的力量,反崇拜就在另一个对立面,获得了多少排斥的力量。

发现自己有了微妙变化是在一个仲春的雨后。

细雨微蒙里,几棵硕大的茶花树下,落满了花朵,整朵整朵,完整地绽放在地上,如天生从泥里长出来似的。茶花是刚烈的,尽管花期很长,但每一朵的花期很苛刻,遇上连续几天的雨水,它立马凋谢。它的凋谢带着自杀式决裂,要么枝头绽放,要么整朵落下,从不以花瓣滴滴答答的落泪,眷恋枝头。见多了花瓣凋谢,猛一见这幕,我的心仿佛被人狠狠地捏了一下,脚步便不由自主地停下了。"落花人独立,微雨燕双飞",晏几道那天看到的落花,难道也是此情此景吗?也是如此一堆艳红吗?不知怎么的,我的泪就无能地落下、落下了。看管泪库的,定然不是一个忠于职守的家伙,我的泪阀常常被他打开后,忘记关闭,任由它没完没了地畅流。年年不带看花眼,不是愁中即病中,是啊,这分明是一种伤春的病呢!

何为伤春呢?不就是爱春吗?爱到不能自已,后转为伤感。这个结论,让我自己着实吃惊。从严重不屑到伤春日益,既无先兆,也无起因,全赖着岁月为媒,慢慢将春种播撒在人心间,慢慢将人的心打磨得如镜面般宁静。人静下来，便可做万物的镜子，而唯有在中年入静之后，可镜照出春季的大美来。

而后的很长一段时间里，写了很多伤春的诗词，写的时候泪雨磅礴，再读的时候滑稽可笑，自己都没有搞懂，这些嫁接过来的伤感情绪从哪里来？而后又到哪里去了？为赋新词强说愁，莫非也是一层境界？也是爱春、懂春的必由之路？

发了一阵伤春病之后，这些年渐渐蜕变成喜春了。源源和我常常喜滋滋地自嘲为"花痴"，每每进入初春，一阵阵春雨，便一阵阵窃喜，于是，看什么都欢天喜地，看什么都万象万千，所谓出门皆是看花人，春的季节，只要踏出家门，便沾着春的喜气。看草，就看它的倔劲，芽尖从泥里钻出，尖尖头还顶着细露，细露分明是它倔强的眼睛，横刁地与我对视，霸气十足。看叶，就看它的嫩劲，刚刚舒卷微张的茸毛，仿佛在你心里挠痒痒一般，可爱调皮，萌翻了整个世界。看花，就看它的闹劲，不管朵大朵小，不管红黄紫白，只要刺啦啦开出一大片，就是缤纷热闹，就是生机盎然。常常在一大丛里，细细找一朵与众不同的，或花瓣有缺损，或花蕊有变异的，然后发动其他花朵一起围攻它，取笑它，然后，自己被自己的假想场景逗乐了，开始傻笑，与它们一起花枝乱颤。

杜子美写道：嫩蕊商量细细开，一直以来，我对杜诗隔远相敬，从不愿走近，直到读到这句，方回转身，认认真真去看杜甫的脸庞。一生颠沛流离的男人，能对着一朵花，写出如此的缠绵，如果没有细数过花的蕊，没有对花说过掏心话，断断催生不出如此的诗情。

这几年，每到春分节气，我还很奢侈地开始簪花，并理直气壮地

一个人的修行

告诉裘裘，古代有钱人买珠花、翡翠等珠宝供妻女们发鬟簪花，贫寒人家买不起珠玉首饰，种栽时令鲜花供女眷讨个吉利，这是应当应分的。那日辫梢上别了朵小花出门（还没有勇气别大花），我观察所有从我身后超过我的人，绝大多数毫无察觉，根本没有回头率。只有一个孩子，趴在她母亲的肩上，定定朝着我笑，离得好远了，依然看着我的身影。她的眼神告诉我，她被那朵发间的小花吸引了，她天然地懂得了这是美好，本能地要向着美好致敬微笑。

天地间所有万物都有礼尚往来，花与人是，人与人是，我冲着远远的孩子微笑，并向着她挥了挥手。

小林间道

常常把自己的生活过得很铺张，那种排场感，尽管以物质属性体现出来，寻求的还是精神属性的需求，例如休假日出门健步走，绝不是迈开两条腿就完事了，我要挎个布袋或纸袋，装钥匙、手机、纸巾、钱包、把件文玩、润肤或防晒霜等物件，如果打算长距离行走，有时还带着旅行装茶具。当然，耳麦是必戴的，耳麦是非常神奇的道具，它同时分别监管着万籁俱静和心潮澎湃，将人关在自己的内心里，关在自我的声音中，它以创造自我世界的方式，隔绝外界一切。不知何时开始，我和年轻人一样，习惯于戴着耳麦走在路上。

这就可以了吗？哦，不不，出门前我又随手折了朵黄素馨别在胸前。前几年每到三月，凡是看到开着黄色小花的枝条，都以为是迎春花，今年才搞明白，那是完全不同的几个品种，如迎春花朵儿最小，花瓣五瓣，花叶齐放；连翘满藤缀满花朵，先开花，后长叶，四个花瓣尖尖瘦瘦，往外翻翘；而黄素馨先长叶，后开花，花朵间隔长在叶间，五个花瓣珠圆玉润，肥头肥脑，极讨我欢喜。兴许是终于搞明白素馨是谁，对前几年的混淆带着几分愧疚，故今年春天对它格外宠爱。今天簪了素馨出门，就把自己当成了一朵素馨。

这几年小城的环境更美了，北起龙航路，沿着杭州湾大道，一路向南到隆安东路，约五公里的主干道，两边都辟出了行人健康走道，尽管还有正在抓紧施工收尾的，但大致轮廓已经展现。我把林间小道四个字搬移一番，称它为小林间道，走在这样的小道上，仿佛在印证我的居住观。方丈之外，便是车水马龙喧闹的红尘，稀疏林间，便是鸟语花香的宁静天地，如果那里的大马路象征着繁华的大魔都，那么这里的小间道便是闹中取静的远郊地。

小道两边的花草树木都是常见的品种，三色堇、吊丝海棠、紫荆、茶花、结香、红叶李都能认识，就如混在老朋友群里一样熟稔。嘿，你好！我常这样笑着和它们招呼。瞧，那不是泽漆吗？小时候一直叫你牛奶草，现在才知道你的学名很有味道。四十岁前我只关心与人建立关系，认识男人、女人，分辨好人、坏人；四十岁后我将努力与大地建立关系，认识树木花草，分辨春夏秋冬。当然计划中会有变化，会有意外，这都很正常，但却不能阻碍一个计划的诞生。这番话曾被闺蜜不断地取笑，今儿个说给花儿树儿们听，它们都很认真地点头，它们是听懂了。

一个人的修行

人只要年轻,怎样都是漂亮的。季节也是如此,只要是春季,怎样都是美丽的,更何况春天里如此宁静的时刻,静谧本身就是最好的风景。走在没有一个人的小路上,我就是林间扑腾的小鸟,独处的快乐如此强烈地弥漫在心间。如果说一个人刻意追求群处,渴望或者喜欢一群人围着自己转,是一种欲望,同样,一个人刻意寻求和渴望独处,其实也是一种欲望,那种独处,是让天地围着自己转,而人,无非是从这个欲海,来到另一个欲海罢了。

今天选的音乐还是金·布莱克曼的*serenade*,我喜欢单曲循环播放的模式,让所有的音符都熟悉得如自己的心跳,毫无新鲜感,这样的模式能让音乐真正成为背景,成为我举手投足的行为垫片。金·布莱克曼的琴声有水珠跳跃的清越,非常适合人踏着节奏行走。白花花推荐了这首小夜曲,我便把它锁定为专用垫乐。耳麦里的琴音,轻爽而柔软,不但让人脸上浮起了微笑,连脚下的步伐也有了弹性。人说音乐是舞蹈之母,科学家们已经证实,植物在音乐中也会舞动,更何况人呢?好在这里除了自己,又没有其他人,踏着韵律自然挥动手臂,向来不是什么很难的事情,刚开始还是小幅度的,手臂和脚步都保持着走路的基本姿势,舞着舞着便忘乎所以,伸展得极其夸张了,更要命的是突然眼睛瞥见不远的木椅上坐着一位老者,看见他时,他正吃惊地望向我,我已然来不及收拢姿势,还在按惯性地舞动向前,继续?停止?闪念间我戛然而止,不好意思地向他欠欠身子,用轻得只有自己听得见的声音说了一句:不好意思。而后快步从他前面经过,如一个小贼被抓了似的窘迫,恨不得快速遁土而逃。

有春风拂面。尽管气温不高,春寒未退,但春风就是春风,一律的刀子嘴豆腐心。扎了个松松的丸子头，有点风中的凌乱，穿了绒质的长裙，迎着风，长裙兜着了力量，有了羽飞翅膀的感觉。我一直认为，任何存在，都建立在反馈之上，万事万物只有你给予了反馈，事物才在真正意义上得以存在，并显现出它的价值，这也是阳明心学的理论基础。就如现在，我那乱飞的散发和飞舞的裙幔，就是对春风的反馈，因为我的感受，春风得以存在。人与天地之间关系如此，人与人之间关系亦如此。

沿隆安东路绕到隆平路，没有其他理由，就是去看二月兰。当时园林设计者真是神来之笔，在水杉林间遍种二月兰，每到三月，隆平路就是小城最梦幻的地方。路边居然发现了两株棠棣，前几天源源刚刚教我分清了棠棣和棣棠，我心里直呼老天爷，取名字的祖宗哎，能不能不要这么坑后辈呢？这么多汉字随便用，偏偏将两个字颠来倒去玩我们！诗经有云"棠棣之华，鄂不韡韡，凡今之人，莫如兄弟"，念出这样的句子，细看棠棣枝头三两花朵连柄而生，便会明白古人所借用的比喻了。

隆平路还有一个妙处，它平行着一条快要废弃的铁路，站在铁道中央眺望，铁路的尽头便是诗和远方。翻过道口，便是临桂路，那里的林间小道更加精致成熟，散步其间的路人渐渐多起来。路过一块指示牌，标注着城市的地图位置，红点指示自己所在的路标位置，让人突然有一种俯视的全局感。其实人一生学很多知识，读很多书，说到底就是在找自己的生命位置，在时代的地图上，人的灵魂标注在哪里，前进的路又在哪里，人一生奋斗无非就是为了得到这张标识图而已。

念此，在指示牌前，我呆痴了。

一个人的修行

一段绿，便能生一段梦

一条路，因为那一段绿，便始终犹如在梦中。在我居家的小城，很多人或许不一定知道这条路的路名，但只要提起那个方位，便没有人不知道这段神奇的绿的，因那段绿，每时每刻都能让人生出一段梦来。

七十年代，建设者们为了将工业区和生活区做一个有效隔离，便在那里划了一道线，南从海边起始，北至沪杭公路，建造一片500米宽的防护林，而这条小路由东向西穿林而过，因为路窄，两边一人无法合抱的香樟，早已隔着路携起手来，这五百米的一段小路，便成了小城最有风情的地方。一年四季，走在那条路上，你所感知的便会不同。

春天，那里的绿是鲜活的，长且狭窄的小路，就如一个圆咕隆咚的洞，一直向着光亮的远处延伸，简直是一条绿色的时光隧道。我有时走在里面，有点微微的晕眩，大脑被如此的新绿刺激着，有点富氧的感觉。你瞧，树上的那些春天的树叶啊，仿佛是胆怯、羞涩，却终于按捺不住的孩童一样，因刚来世界不太久的缘故，她们是那样好奇地张望着，探头探脑的，星星点点地散落在枝头叶间。这种嫩绿看久了便耀人眼，眼前陡地迷糊起来，幻化为薄薄的袅袅的一团绿烟，飘荡在路的上空。江南的春天总是有雨的，有雨的江南才写实了春天。春雨中，你再来这条路上，看见细雨被这新绿过滤之后，雨滴中便有了一层油润、滑腻和清香。

自然的馈赠

夏天，那里的绿便老憨起来。每到这个季节，郁郁葱葱的树们都极尽生长之能事，将每一寸阳光，每一可能的空间统统占据。它们连成强大的屏障，封锁了酷暑和燥热，那份沉着的霸道，便是老绿。这些年独喜欢老绿，既有艳丽的过往，但却断然黯淡下去，冷眼看自己沉淀下去，一副不怕老、不怕衰的笃定。长夏里的树叶张张都写满了这样的情绪，是历经风雨骄阳之后的懂得。树林里居然有人在吹笛子，也有练小提琴的，练嗓子的，那些声音越过密林，风送声声，隐隐约约藏在绿色的大幕后，像树枝上夏的知了。

秋天，那里的绿被金色腌制得醇香无比。一入秋季，天地就如一杯冷却了的红茶，整个时空都是金红色的。尤其是夕阳，更是金黄得有些做作，那光芒染得万物一派金辉。金色的阳光是一切秋色的底色，果实、树叶、小草乃至普普通通的一条路，都在金色的夕阳下自发地镶上了金边。夕阳斜斜地在路的那端投射过来，映着纷纷扰扰的落叶，美成一个童话世界，那些绿叶，此时已成一个个信使，轻盈地旋转着、飞舞着，以生命中最优美的方式在空中做着最后的谢幕。想起了杜甫"无边落木萧萧下"的诗句，果然，凝神细听，落叶是有声音的，寂静也是一种声音，一种更接近心灵的声音。落叶在空中的曼舞是短暂的，因为大地在等待她，色系相近的落叶像一块块拼图板，落到一个地方，就完成了一幅油画的组合，重重叠叠，反反复复，构建了美学意义上的深邃。我走过，扬起脚将它们踢乱，没过多久，便又有一片片落叶填上，姿态各异，一幅落叶的油画布景又一次完成了。

冬天，那里有一场严阵以待的阅兵式。路的两边除了香樟以外，还有整整齐齐的冬青，和站得笔直的水杉，它们个个像坚强的卫士伫立在

111

寒风中，接受着你的检阅。它们一排排一列列，展现着江南少有的阳刚美。经霜之后的水杉渐渐枯黄，但叶子却不落尽，每一棵的树顶总有一团明黄高擎着，犹如一把把高举的火炬，将路的一边照耀得壮丽非凡。而那条小路依然悠长深邃，因明显的温差的缘故，你步入其中就如进入一个地宫。喜欢于冬日的午后在这里闲逛，看透射在地上的树枝的光和影，让人忘了那是冬季。

如果说小城是一本书，那么这份绿色的沉醉，便是书中精彩一页中夹着的书签；小城如算一间屋，这份绿色，便是屋里的一扇小窗。绿在，时光流在，岁月流在，美也在。

那条路叫金零路。

夜想随记

是夜，于我便是最好时光。

案几上茶汤正浓，需微卷舌，在杯沿吸成龙卷风般向上的真空，茶汤与空气不停搅动中缓缓上升，瞬间吸入口中，随着"哎——"的一声尾音，香汤入喉，香味随之扩散开来，泉涌在口舌咽喉之间。我常常琢磨，喝茶时是人极其满足愉悦的时候，却要发出哀叹之声，可见悲喜本是同源，或泪奔，或沉默，或癫狂，喜极和悲极表现出的状态都是一样的。今夜喝的依然是瓜片，每晚选茶时总有些踟蹰，今天喝什么呢，自言自语间，手指划过各色茶叶罐，停留最多的还是瓜片和龙井。很多

自然的馈赠

茶人都说喝茶从绿茶开始，越喝越往颜色深里喝，直喝到普洱便挪不动了，从此定了心，爱上普洱不能自拔了。我却在普洱的老班章金芽处，戛然而止，兜出了普洱的深涡，又回到了绿茶，如叶落归根似的，依然要回到最初出发的地方，那里还有我最初的未完的寄兴。

茶盘的一边总有闲品小花点缀，今夜闲插的是一枝胡颓子。晚间散步时，见胡颓子树果粉嘟嘟的，极为可爱，便折了枝串带回家，算是我今夜的茶宠。万事万物，都经不起人仔细，一仔细，便仔细出或爱或恨的情感来，眼前的胡颓子果就是如此，灯下仔细打量它，便觉出它的好来，那小果呈圆锤型的，皮色粉嫩透明，吹弹得破似的，种核长长地顶在外面，如张飞手里的长矛，煞是威风。植物界里所有的花果都有着最具想象力的性感，我常常在惊呼中明白了花草们的用心，这份天地的匠心，一旦你能读懂，那么你与这株花草间就能会心一笑，就能惺惺相惜。对着这枝胡颓子，想起一个人，陆兄退居时，曾送过他一盆胡颓子盆景，胡颓本身也不是什么金贵的树种，然"胡颓"二字甚好，取莫要颓废的用意，一个人功成名就从高位上退居回家，颓之便是大害。今夜便惦起陆兄来，大洋彼岸的他不知一切可好。夜，确实适合用来想念和牵挂，而人，有时需要一些信物，帮助彼此建立良善关系，帮助点燃回忆的信捻。

夜，是一个人三精九灵最为活跃的时刻，不妨松发赤足逍遥一点，如此静谧的时空里，也是口与心说话的时候，而我的话又落在纸上，于我之自言自语，就是心笔对话，在纸上放颠放劣一回，云里大地一番，什么都能尽兴造之，做一个人的山大王，就是这点过瘾，想起古人诗云：心间存日月，笔端有风雷，描绘的也是这样又寂静又澎湃的时

113

一个人的修行

刻吧。

　　夜自然是用来熏香的,要不然宁静的夜色岂不被浪费了,当万物渐渐宁静呈下降态势之时,一缕清香却跃然而起,袅袅上升,其香精神便在此时与万物相遇、相容和相爱。我常常把香当做月亮的信使,差它来回奔跑于月我之间,传递我们的信息能量。今夜的熏香中加了茉莉,如茉莉花的小曲,熟悉的味道摁也摁不住地流淌出来。茶清香冷之际,便已物物自化,事事自渡了。

　　窗外居然下起雨来,夜和雨连在一起,就如蜜和糖黏在一起这般熨帖,天上人间被雨夜统一了宁静,真好。如果世间有100件美妙事情的话,那么80件大概与夜和雨有关联。书房安在半降式地下室,有个天窗伸在小园里,这样的错落结构,导致屋檐的雨水都汇合在天窗玻璃上,每每下雨,打在玻璃上的雨滴就分外明亮,如安装了一个雨声扩音器一般。想起古人常在书院角落植种芭蕉,常有人赞叹芭蕉"叶如斜界纸,心似倒抽书",芭蕉是植物中最有书卷气的,但我却以为,主要还是看中了芭蕉叶的扩音雨声的功能,芭蕉叶大如蒲席,圆弧的造型形成拱形,雨水滴在上面,回声极其悦耳,所谓芭蕉夜雨、梧桐晚风的美妙,均只为风雨而备。原本我是贪图地下半层面积够大,才占辟书房,没成想这一方天窗,成了听雨最佳的场所,这份意外收获着实让人欢喜。

　　雨有了渐停的意思,听雨,不仅仅是听它落下的节奏,而且需听停的节奏,雨滴间隔的时间越拉越长,就如乐曲慢慢滑下去、轻下去,雨便要停了。极喜欢玉蟾真人"檐牙咬雨"四个字,哎呀呀,这个人究竟是在屋檐下看了多久的雨,才能写出这样四个字来啊!檐角咬着水珠,硬是不让雨滴下来,那种劲透进我的血液里,把人的心嚼碎了。

夜是每一天的临界，而凡是边界，就有奇点出现，一个站在边界上的人，在奇点里就会有万花筒似的惊喜，以及无从预知的曼妙。常与夜做这样的交易，我把时间生命交付它，换回一点夜的东西，有时也不知夜给的是什么，反正它给什么，我就宝贝什么似的藏起来，藏在日后连自己也找不到的地方去了。呵呵。

微雨细丝何须归

自古以来，伤春和悲秋永远是文人的诗眼，而雨自然是诗眼中的一滴晶莹的泪了。

又下雨了。这雨一下就是一个月。

江南的雨徐徐疾疾、轻轻柔柔，将春日的院落揉搓成一阕阕清丽婉约的宋词。

一向偏爱宋词，故也喜欢江南的雨，更爱在一个细雨的午后，捧一沓古人的诗笺轻吟，让一段段哀婉的离愁，留在自己的唇齿之间，便是跟随而来的或长或短的叹息，也略略带了点岁月的清香和隽永。

爱在如梦如幻的微雨中踯躅，雨若即若离、如真似幻游走在身边，这样的情致里，便想寻找那一株落花和那双飞的轻燕，晏殊定然也在这样的雨季中漫行过，不然"落花人独立，微雨燕双飞"诗句，不会随着亘古不变的细雨，一直飘飘洒洒到今天。

享受雨最好的方式是聆听。屋前屋后终究没能栽下一株芭蕉，去消

一个人的修行

受雨赋予的爱意，然而一夜声声，声声到空的意境，时常在暖暖的被窝里梦幻成真，待到醒来，才知道，那是屋外的空调外机，在滴滴答答唱一曲自娱自乐的欢乐颂。我笑，一如缠绵轻柔的雨淅淅沥沥。

雨是可以催发人的情致的。它一如温醇的酒，是天宇酿造给人间的琼浆，羲之醉酒书就了狂放，青莲的诗中酒气弥漫却依然幽香。巴山夜雨，醉酒当歌，西窗纤烛，红袖添香，那雨啊，缱绻了多少夜读人。酒罢，一支悠笛响起，如天籁般渐近渐远，留一段袅袅的尾音在微雨中划一个圆圆的圈。

平生爱极了雨。春雨是喜，夏雨是怒，秋雨是愁，冬雨是苦，就像爱冬季是因为有雪一样，爱春秋二季自然是因为那不同凡响的雨了。

在我的眼里，春雨自然是少女了。纤弱、柔嫩、敏感、细腻，如烟如梦般随春风而至，带着阵阵情窦初开的腼腆，晶莹地挂在梨花瓣上，不单单如此，缠缠绵绵的春雨一旦下起来，天与地之间，便被她细细地编织起怀春的情网来，"横也思来竖也思"的古老情话，最早的意象，会不会就是受了春雨的启迪？所以，我想，春雨是要看的。

那么，秋雨便是我眼中的须男了。淋漓、苍劲、沧桑、无奈，经历了夏季的轰动和辉煌后，这样的雨是饱经各种滋味的。"一叶叶，一声声，空阶滴到明"，每每读到那样的诗句，我总愿意将这雨想象成秋雨，那空洞的声音，该是人生落寞的无奈和寂寥的叹息吧。回忆着春花的绚烂，夏虫的呢喃，秋夜的雨，便只得偷偷地顺着玻璃窗，一路滑将下去，直到冬季暮年！所以，我想，秋雨是要听的。

常常在看雨和听雨中感怀春秋二季，牵引着我的思绪向雨中穿行、穿行。

微雨打湿了诗魂,也勾画着紫丁香一般的身影。

这雨,一下便下了整整一个月。

中山路的燕子

在上海长大的孩子,骨子里莫名其妙有一种不知天高地厚,仿佛上天入地、全世界所有的城市都没有上海好似的,尽管这绝对是谬误,但上海人深陷这种错觉,而不以为然,对家乡的钟爱已达到不可理喻的程度,心理学家称这种现象叫集体自卑回路。而我,这次小住厦门几日后,突然萌生了除了上海以外对另一个城市无与伦比的钟爱。

去以前我的态度是极轻慢的。即使鼓浪屿的建筑和岛国模式极符合我的审美,那又怎样?即使环岛公路的自行车骑行,满足了我少女般飞翔的心情,那又怎样?即使有堪称最美的厦大,即使见到了最长寿的千年榕树,那又怎样?更何况曾厝垵已成败笔,早已没了书本上隽秀的模样,十足是个粗俗嘈杂小吃杂摊一条街了。尽管这个城市很美好,但因为不生根的缘故,与我而言便不经心,缺乏一种纽带关系。世间一切的美好都是与周围建立一种纽带关系后,才成就美好其价值的。如一个超级美女,因与我毫无关联,她的美对我而言便是无所谓的。人与我交往,不管是功成名就、才华横溢的精英,还是德高望重、风格彪炳的高士,严格意义上都是因为他们与我建立了某种特定的纽带关系,他们所有的成就才被我称之为成就。我与人交往亦是如此,只要我缩小交往的

一个人的修行

范围，不刻意、不努力与人建立某种纽带关系，那么我的品性、才干、情趣、喜怒、悲欢等等一切信息，便不和旁人有关系了，我放了别人，别人自然也放了我，我与周边人和事都是自由的、松乐的。这是我这几年主要的处世哲学。

就在如此自以为是、傲满自得的情绪中，突然被一窝燕子打动了。

因住宿在厦门最繁华的中山路，那里相当于上海的南京路步行街，整体格局就是上海的金陵东路，一条长长的回廊将晴雨等同起来，把所有店铺紧紧连接在一起，那种街市建筑，老派而有腔调，繁华又熟悉的街市，对我而言，毫无新鲜感和求知欲。可那是在一个明媚的春天，天还刚刚醒来，晨光早得还带着乳白色，阳光横着从地面上洒过来，把整个街道画成向西倾斜的几何图。所有店铺都紧紧关着门，街市还未开张，自然一个人影也没有，步行街又没有车辆，整条空落的大街，只回响着我的脚步声，我如一湾平静的小河水暗怀喜悦、却不露声色地向前流淌。吱——吱吱，回廊高高的屋梁上，传出几声燕子的叫声，那燕语，于此时的寂静中，是如此的和谐唯美。我循声而去，只见燕巢筑在回廊的屋梁上，一只家燕呢呢喃喃，在巢边跳跃忙碌，仰头望向它，仰头的姿势让人产生崇敬，凡是高于自己眼睛的地方，就在某个地方有高于自己灵魂的优势，此时的燕窝和燕子享有如此的地位，因此它的一切，此时此刻在我眼里都是神圣的，标准型的剪刀尾是，乳白的腹部是，褐色的项圈是。巢内似有身影在晃动，定是它们的孩子，见我站在廊下看它们，那家燕也不惧人，也偶与我对望，我积极地在瞬间的对望中寻找它的眼神，喜欢我？好奇我？但它不给我任何暗示，人习惯于找意义，任何机相都要定义成含义，而燕子是无相的，这才是真正地对望。我企图和它搭讪，而我唯一会的鸟语就是口哨，对着它"嘘……"地吹口哨，像个八十年代的女流氓。还在卖弄之时，它突然"嗖——"的一下飞了，燕子是飞行速度最快的鸟类之一，我的眼光来不及跟随，它便没了踪影。

燕子自古以来被称为玄鸟，它既有繁荣的象征，又有衰落的哀叹，既是勇敢的化身，也有诀离的智慧。不管你是什么达官贵族，燕子也毫不畏惧，照样在雕梁画栋间安家，当然，就算你不幸家道沦落，它倒也不计较，依然不离不弃每年必来，千山万水和天险重重都阻止不了它南飞的勇气，同时再好的温柔富贵也不能长久留住它，它懂得收场，该走就走。我常常觉得燕子是极有智慧的，千百年来几乎没有什么人和文字是诋毁燕子的，它在空间上和人们不远也不近，稀疏有度地相处，既亲切又不挨近；在时间上和人们若即若离，你想我了，我便来，你厌烦了，我便走，所以燕子是极有分寸感的动物，而分寸感其实就是力量。

一边是繁华里的街市，一边是房梁上的燕巢，我的感官被搅乱了，它们是如此不搭界，却又如此协调，他们有一万种理由不应该在一起，却冲破一万种可能坚决黏在了一起，他们各自都谈不上什么特别，而搭在一起，便有一种别样的意味，道不尽，说不清，一丝悲喜隐隐约约，让我的眼眶陡然潮热起来，人何尝不是繁华中的一窝燕雀呢？而人如何能像它一样自如地出入于繁华和窝巢之间呢？人如何能像它那样进退有度呢？像它那样既勇敢而又不失智慧呢？

有教堂的钟声传来，清晨里，那清越的钟声，也如阳光一样，铺洒在街道的每个角落，此刻清落的街道，便有了一种神圣的光芒，那些光芒让人不敢轻举妄动，我静静地坐下来，看屋梁上的家燕呢喃，听教堂诗班合唱《阿门颂》，这样的时刻有天使在空中飞过，这些让我丰盈，

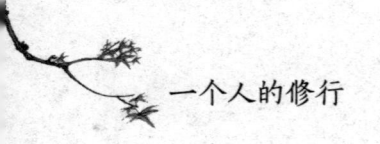

使我亢奋，以至于不能专注做任何事，只得以枯静的体态，调息冥想。

就在这样一个清晨，蓦然爱上了这个地方，厦门。

云水谣

我执意要去云水谣，去前还特意买了新衣，裘裘不知道缘由，但他的优点是：凡是自己不知道的，也不需要问究竟，他把自己定位成我的跟班，只需跟着前往就是了。尽管如此让步，我仍然嫌弃他，因为云水谣这个地方，真的只适合我一个人去。

有些地方是自然风光渲染了它的精彩，而有些地方是精神内核赋予了它的生命，云水谣是二者兼顾的。它以前叫长教村，因山川秀美、古道悠长、百年老榕、神奇土楼等精彩的自然风光，10年前成为《云水谣》这部电影的拍摄基地，于是长教改名为云水谣，至此，它有了精神象征，象征着人间忠贞纯洁、死也要在一起的爱情圣地。

电影情节走的是爱情片的老套路，秋水和碧云一见钟情，无奈别离后，彼此坚守最初的承诺，这类坚贞题材已无法激起我的观影共鸣，倒是花开二朵使故事有了升华。秋水和碧云身边分别有了另一个痴情人，子路和金娣，他俩也用自己的方式苦等着秋水和碧云，这棵爱情树终于要分枝了，碧云选择了继续坚守，她拒绝了子路，秋水却无法拒绝金娣，因为金娣付出了常人难以付出的代价，最后竟然将自己的名字改成了碧云，以满足秋水思念之苦，李冰冰扮演的金娣，我极喜欢，那一颦

自然的馈赠

一笑就是上海姑娘的风范，尽管明白金娣用的是强迫计，但那样的强迫一点也不让人气愤。新婚洞房，金娣对着那杯酒说：姐姐，你怪我吧，是我不让他再等你了，听完这句，我哗地眼泪下来了，这泪流地有点复杂，为碧云的"总成空"流，为金娣的"毕竟有"流，为秋水的左右都是"罪人"流，也为至今一无所有的子路流，在四个人里谁也没错，但人人都是受害者，人人都是爱情圣坛上的祭品。影片的结局是秋水夫妇双双罹难于一场大雪崩，二十年后他们的儿子终于和那个真正的碧云相见。一部好的电影，一定是能引起不同角度思考的，一定允许不同观念彼此碰撞的，每个人都能在这个故事里找到一个争议点，或批评，或赞美，或遗憾，于是人人在这段爱情故事里得到了救赎，也因为这个原因，我深深记住了"云水谣"这个名字。发愿要在云水谣的古道上走一走，要在碧云站过的榕树下停一停。

此时我就在云水谣的古道榕树下。

云水谣最让人难以忘怀的不是清澈的溪流，不是鹅卵石铺就的古道，不是风格古朴的土楼，而是13棵老榕树，是它们，一下子让这个小村落气势恢宏起来，它们星落在溪边岸堤，如慈爱温和的老寿星，印证着这个村落千百年的历史。每棵榕树都足有20~30米的高度，最大的一棵需十几人才能合抱，据标牌介绍，它树冠广展的面积达1900余平方米，在如此一把绿色巨伞下，人的安全感得到极大的满足，简直想躺下、睡去，什么样的梦在这里都是渺小的。我赖在树下不走，坐在堤岸光滑的卵石上消磨时光。我想碧云，想象她千辛万苦找到秋水的家乡，在这棵榕树下等爱人的心情，我也想秋水，想象他对着水车发呆时的思念之痛，他们的心竟然活在我的胸膛里。其实每个女人心里都住着一个

一个人的修行

碧云,住着一个金娣,爱情的戏码里,女人都有这样勇敢的天分,最义无反顾的是女人,拿自己毁灭给爱情看的也是女人,大部分女人一辈子都没有机会好好践行一次,因为爱情是龙卷风,不是人人都能遇上的,况且女人们在成熟后还会世俗地把这份勇敢,定义为愚蠢和蒙昧,但内心那个勇敢的灵魂,终究不会散去,忠于爱情、信仰爱情之心,永远不会死去。

裘裘不好意思催我,就去买各色小吃来,意思是吃完这盅便可继续赶路了吧,我真想告诉他,碧云和秋水的故事,告诉他那个金娣就是我的化身,25年前我也下了一场爱情豪赌,赌我的未来如我慧眼之所见,赌我坚信的爱情如我灼心之所愿,我也如一只勇敢的飞蛾,向着光明一头撞去。今天我不但赌赢了,还比想象中赢得更精彩,我从不认为这是幸运,这是努力,不断努力圆自己吹过的幸福牛皮,兑现自己夸下的爱情海口,只是这些努力散在每一个时间片段,便不觉得很累,不知不觉中我们渡过了青春的欲海,跨过了亲情的高山,二十五年后欣喜地发现,彼此已经到达灵魂伴侣的境地,不着一言,也都懂得,于此才敢说,这是幸运。

这些话不需要对着他说,理工男的逻辑永远推理不出文艺女的复杂,我只需慢悠悠地吃豆腐脑和烧仙草,偶喂他一小勺即可。对于我眼圈红一阵,白一阵,他也见怪不怪,因为我不仅仅是他的女神,有时还是他的女神经。

一只蚊子

今年夏天,在我的书房里,养了一只蚊子。

能够被人类称之为豢养的,通常是很有灵性或者很有用途的动物,而这只蚊子就属于蚊族群中的佼佼者。首先它是清醒的,它认清自己的位置,绝不在属于我的地盘上,打扰我的清净,更不会在我的耳边示威叫嚣,它沉默内敛,飞得极其稳重憨厚,除了维持必要的食物需求外,绝不多说一句话;其次它是知足的,从不贪图过多的享受,它懂得细水长流,自觉地控制着食欲,几天才出来觅一次食,一次只吃一顿,绝不贪食,事后立马消失隐遁,无声无息。基于这两点精英品质,我便容忍它在书房住下。并给它取名小黑。

读书写字之余,偶有一小痒包鼓起,我遭受的利益损害也就仅此而已,其程度不但微乎其微,而且一切不适,也控制在可忍受的范围内,因我之心存有如此小小的宽容,对面天平上便多了小黑一条生命,千万别把这句话理解为慈悲,或者佛教中的不杀生的善举,完全没有这么高大和深刻,绝对不需要上升到意义范畴,我只是维持现状罢了。

岁月老皱了皮囊,却调味了灵魂,这些年自觉越来越有趣了,甚至有点要回归幼稚的趋势,在旁人眼中十足无聊的事情,都让我玩得兴趣盎然,譬如,眼下面对蚊子包态度便可窥见我之玩心。一般被小黑袭击的部位并不固定,待痒点明确,我便将它挠到隆起成型,这时的小包十

一个人的修行

分圆整，应有1~2厘米直径的样子，这块小小鼓起的圆圈阵地，就成了今夜指甲刻画的图板了。最喜欢刻并行的三横，又觉得太单调，中间来上一竖，便成了"王"字，有时也刻"之"字、"又"字等，总之笔画简易的文字，都在小包地上刻写过，不知道我这个习惯是为了练字，还是为了止痒，总之，一有小包，上面的字便无端端地刻上了，完全已进入了一种无意识的状态。有一次，自己定睛一看，小包上居然神不知鬼不觉地刻了"王八"二字，"噗——"的一声，一口茶水连喷带咽呛得我直咳嗽，我把自己彻底逗乐了，又是咳又是喘，差点笑岔了气，不知道自己指甲刻刀是咒骂蚊子呢？还是调侃自己？

那次以后，某天无包的一瞬间，竟有点想念小黑了，这种奇怪的念头之下，催生我认真分析这种心理，这大概也是一种潜在的刷存在吧。因为小黑的存在，偶有痒包存在，因为需要挠痒刻画，这片肌肤以强烈感知的面貌，显示着存在，因肌肤的存在，故唤醒真实肉体的存在，这是一次次鉴别存在的体验。人是最自恋的动物，所以一切人际交往都是以衡量自我存在与否为条件的，有句话这样说：你我交往，不是因为你是谁，而是因为你的眼里我是谁，我以何种姿态存在于你心里，决定我和你交往的深和浅，哪怕对方是一只蚊子，哪怕对方是一个坏蛋，对方还不断地给予一点小伤害，那又怎样？人依然会想念，会惦记，会付出，因为人在思念存在，惦记着被惦记。

这类心理还极愿意承认瑕疵，允许不足和不完美。记得前年手腕上被感染了，渐渐发展成一块指甲盖大小的皮炎，只要用点药膏涂涂，估计二三天就能痊愈，而我恰恰没有采取措施，想到它，轻轻挠挠，它也反馈我一点，想不到它，它也不粘我，简直是一个高情商的"情人"，我便如此与它耗上了，允许它带给我一点麻烦，也允许那一些些的丑陋，那是一种上瘾，明知不可为而为的畅快。于是想到古人曾说：人无癖，不可交，一个人精神上若没有瑕疵，或者品性上近乎完美，那是可怕的，乏味的，不真实的，只有允许肉体和精神上存在瑕疵，这才是生动的，有趣的，可靠的。人的某些不良嗜好或者暗癖，潜指的就是这种饱满而富有的精神状态。

有了这些理论依据，便给我和小黑的友谊找到了借口。这个夏天，我便与它相安无事，相处得非常愉快。直到仲秋的凉气渐渐逼进屋里，我才惊觉好久没见小黑的踪影了，也许久没有刻画我的小包了，贱贱地开始思念起小黑来，并担心它的安危，挂念它能否安然度冬，痴想着明年我们能否有缘再聚。

我的傻念头，就这样一串串止不住地冒出来，冒出来，真的连"呵呵"这样的轻蔑声也不足以让我羞愧了。

一个人的修行

情到深处

有一种心安叫不知道

女友出差在外，16岁的女儿一不小心被风锁在门外，第一时间向她告急求救的电话，她居然疏忽遗漏了接听。她女儿去邻居家求助，邻居大伯请了消防官兵，爬进了她家的三层楼阳台，女儿才安全回了家。而当时远在千里之外、毫不知情的她，那个晚上睡得分外香甜。而事后她惊出了一身冷汗，无法想象如果在情急当下，自己会怎样处理，这样的后怕情绪延绵了很长一段时间。以至于她告诉我事情经过时，浑身还在微微发抖。

我说，有一种安心叫不知道。于是，向她讲述了亲历的一场虚惊。

儿时居住的老家枫泾，地处沪郊，是三省交汇处，是入沪的南大门，一条铁路穿镇而过，尽管一般特快列车不停靠，但每天有清晨、傍晚两班慢车可自由往返市区，故镇上的居民很早就开始享受坐火车去市区的便利了。每年暑假，我也是搭乘绿皮火车，或去市区的奶奶家，或去松江的舅母家小住。那时通讯不发达，没有电话联系，一般大人们都事先有个日期和列车班次的约定，孩子们如约乘车，大人们如约在车站接送，从未有什么差错，也不知道有什么风险。

13岁那年，在往返很多次的路线上，我搭上了与目的地反方向的列车。等到我清醒地认识到自己乘错方向时，列车已经缓缓驶出站台。女孩的第一本能就是哭泣吧，哭等于向外界发出了求救信号，哭也可舒缓过度紧张情绪，除了哭，慌张的我，压根没有什么办法可以弥补眼前的祸事。我的哭声终于引来了一对中年夫妇，得知我的遭遇后，那男人坚定地向我保证，枫泾有他的故交，是他非常熟悉的地方，女人也跟着安慰我，要我跟他们一同在下一站下车，等下一班逆方向的列车经过，他们务必送我上车，陪我回家。我真是安心了，心里充满了感激，一时和他们有说有笑，热络得如家人一般。下一站很快就到了，男人拎起行李走在前面，女人牵着我的手紧跟在后，快到门口下台阶时，男人莫名回头向女人笑了笑，那笑容诡异极了，笑纹在男人脸上盛开，让我突然打了个冷战，脚步不由自主地停了下来，女人见我停了步，手里便用上了劲拉我，嘴里催我快点，我一下子完全清醒过来，心里一个强烈的声音叫着：绝不能跟他们下车。我一下子蹲在地上，用力甩着女人的手大叫起来，那女人拼命地把我往车下拉，嘴里还喊着：你怎么这么不听话。闹腾中门口的乘务员出来劝说，女人这才甩了我的手，飞快地跳下车跑了。在乘务员向她领导汇报情况的阐述中，我更加确定刚刚在我身上发生了惊险，如果没有那个笑容，没有我最后一秒的清醒，我的人生将从此不同。

我被乘务员送到一个小站，由这个小站的工作人员顺利地把我送上

一个人的修行

一列北上的货运车,货运车到达枫泾时,已经是深夜12点58分,是押货员替我拉开了货箱闸门,扶我跳下了车厢,在跳落着地的那一刻,我如此强烈地感觉着,我,我终于回家了!小站工作人员早已下班,唯有一盏昏黄的灯在风中摇晃,站台门也已上锁,要出站台,必须翻过站台的矮墙篱笆,而此时,任何艰难都无法阻止我回家,我的智力瞬间满格运行,顺利完成了一系列高难度的攀爬动作,并安全地摸到了家门。当我在寂静的深夜喊门时,我的声音是如此平静,一如胜利归来的勇士。外婆如做梦般地把我迎进屋,她说傍晚火车站没有接到我,以为我贪玩,晚一天回家,准备明天傍晚再去接站,早知道我是搭错了车,她还不知要急成什么样呢?当然,向她汇报经历的时候,我将遇上人贩子,险些被他们掳去一节隐瞒了。她不知道,就更心安了,连后怕都省了。

那以后,我常常做一些不让外婆知道的事,于是她心安了,其实我也心安了。自己做了母亲后,也从不刻意打听儿子的事,他不让我知道,自有他的理由,也自有他处理的法子,我乐得心安。

女友听完触类旁通,悟道:如此说来,真不知道是恰巧安心,假装不知道才是真安心啊!我大笑,遂记下此句,待以后慢慢体会实践。

一件"六一"盛装

按理自己的年龄渐长,自己的孩子也渐大,"六一"节该静静地被扫到日历的角落中,默默地等待着翻过,然而,随着孩子们渐近渐远的笑声，一段童年往事每到此时，便越来越清晰地影显到脑海中来。

孩提时候，除了过春节，"六一"节便是最大的人生盛事了，通常，那天的装束是这样的：白衬衫、蓝卡其裤，再配上一双系带的白跑鞋，胸前一定飘扬着鲜艳的红领巾。那一年，我也是这样穿戴着，一大早兴冲冲地赶到学校，刚刚要踏进教室，突然门背后冲出一个人影来，对着我"哇"地大叫一声。这是我们时常惯用的恶作剧，一年不厌其烦地、乐此不疲地重复着，这一招成了进教室的第一关卡，那天，也许是太兴奋，我竟然没有戒备预防，猛地被一吓，本能地捂起耳朵，大叫着向左边闪去，只听"哧"地一声，我的白衬衫被门插销撕裂了一个大口子，刚刚惊魂未定，又被眼前的祸事吓住了。对我而言，这绝对是一件祸事。为了买这件衬衫，我不知哭了多少次，才得到了外婆的许可，我知道，不是外婆吝啬，实在是家里没有一点多余的钱，从一年级开始，我一直是全校屈指可数的全额补助生，所以，每次穿它的时候，我就格外小心，轮到自己值日做卫生，我也算准了日子，断断不舍得穿它的。

可是现在，它似嘲笑我一般裂开了大口，"哇！——"我再也忍不住，扑倒在自己的课桌上放声大哭，我的哭，当时在全班是有名的，一碰就哭，且一哭就不停，谁见了谁怕，惹祸的是我的死对头，绰号"芋艿头"的男孩，他在我周围不同的角度说尽了好话，依然毫无作用，哭着哭着，我仿佛不是为了衬衫而哭了，好像是为了继续哭而哭了。终于，一场闹剧一直上演到班主任钱老师出场才落幕。

钱老师的判决是这样的："芋艿头"当众向我赔礼道歉，衬衫由老师当场帮我缝补，老师的针线活真的很绝，一个大口子，不是仔细查看，很难辨别是补过的。事情尽管有了圆满的解决，但是，参加这一天

一个人的修行

"六一"节的所有活动,我一直在如何回家交差的阴影下折磨着,直到晚上的篝火会,我才真正地笑了。

篝火的柴是大家从家里拿出来的,偌大的操场上,熊熊的火焰照映着天空,也照映着我们张张通红的脸,三百多名师生手拉着手围在火堆周围,我们跳的舞蹈是"找朋友",每个人可以随意寻找自己的朋友,敬个礼,握握手,便舞在一起成了好朋友。想不到,第一个找我的就是"芋艿头",从不善歌舞的他,真诚地举起手向我敬了个礼,并带着明显跑调的声音大声地唱着:我们都是好朋友。突然,我幼小的心中涌起一份感动,被他憨实的诚意所感动。那晚,我几乎成了班中最受欢迎的女孩,所有的同学都转到我的面前,和我拉起了手,尽管我年龄还小,但是我深深地感觉到,同学们是用自己的热忱来化解我的忧伤,用友谊温暖我贫寒交迫的心灵。

远处,钱老师在火光的映照中,向我们频频微笑,她缕缕白发飘扬起来,在我看来是那样的美。我突然觉得自己又泪盈满眶,不听话的泪水"扑簌簌"地掉落下来……

从桑葚说开去

朋友圈有人晒出一盒桑葚,配了这样一句文字:还记得桑葚染红舌头的童年吗?我被那句话突然戳中了穴位,记忆中的往事任由这颗桑葚的牵引,渐渐浮上心头。

情到深处

记得儿时的学校后面有一大片桑树林,中间隔着一条小河,同班的"长脚"发现了一个规律,她说上午两节课下课时分,小河的水通常很浅,我们两个只要稍稍挽了裤腿,就能趟过河去,5~6月份,正是对岸桑树果实成熟的时候,用十分钟课间时间,偷渡到对岸去,采些桑葚,只要听闻岸边上课预备铃一响,立刻火速撤离,决计是来得及的。这套计划听来如此周全,我没法抵御桑葚的美味以及冒险本身带来的刺激,跟着"长脚"过上了偷食的美好生活。每当以百米冲刺的速度回归座位,气还没喘匀,第三堂课的老师便正正好好踏进教室,那种神不知、鬼不觉的成就感,比嘴里桑葚的酸甜味道更让我们沉醉。

但很快东窗事发了,当我们按原计划折返之时,突然发现小河的水不知何时涌涨起来了,靠赤脚趟过去根本不可能,尽管我们两个都会几招狗刨式游泳,但面对湍急上涨的河水,谁都不敢跳下去,再说湿了衣服,老师那里没法交代啊,而岸边的预备铃声一阵急似一阵,烤焦了我们的归心。"长脚"果断命令停止渡河,绕了很大一圈,走回了学校,一路上二人编好了谎话,演练了几遍,都发现毫无破绽,才怯怯地出现在教室门口。斗智斗勇的戏份一般都派我出场,"长脚"说我说话伶俐,喜欢绘声绘色,这样看起来比较真实。可我刚向老师说了一个开头,还没好好发挥自己讲故事的专长,就被老师一声断喝制止了:你们到哪里去偷吃了桑葚?天哪,有人告密?我感觉自己脸上渗出了细密的汗,脑子里一片空白,一时待在原地说不出话来,"长脚"慌忙过来帮腔,还没完整说出一句话,又被老师厉声打断:你们还敢撒谎,伸出你们舌头让全班同学看看?是的,那一坨舌头红,是偷食的快乐痕迹,我们终究无法抹去,老师抓住了有力的证据,我们的防线被彻底地击溃

131

一个人的修行

了，从实坦白了所有的行动，为此我们接受了最严厉的学罚（抄课文100遍）和体罚（一个月卫生值勤），在以后的很长一段时间里，那片桑林成了我俩的伤心地，谁也没再提，谁也没再去。

不知何时，河对岸传来大兴土木的声音，桑树林彻底在我们眼前抹去了。

第二年开春，同学间又开始互赠蚕宝宝幼虫，我和"长脚"犹豫了，没了大片桑树林，我们养的蚕宝宝吃什么呢？经过几次实地查看，我们在小镇上共发现有三棵桑树，属于无主财产，且那些院落可以自由出入，这样蚕宝宝的口粮应该没有问题了。于是我每天放学回家路线就是围绕着三棵桑树迂回前进，蚕宝宝一天天地飞快长大，渐渐每天一次的喂食根本不够，它们一个个昂着头，如一只只乞求眼睛，看得人心里发痛，每天飞奔回家将桑叶送入蚕房，看着它们吃得津津有味，那份满足和安心真是要将人融化了。但是很快新的危机又出现了，我们发现三棵桑树根本来不及长叶子，我想留一晚的嫩芽，第二天一早就被"长脚"摘了，我们俩为了抢摘一张叶子差点翻了脸。喂其他叶子？宝宝昂着头就是不吃，喂乌笋叶？它们第二天集体拉肚子，正当我一筹莫展之际，"长脚"带来了好消息，说离小镇十余里的乡下，有一大片桑树林，只是她也不认识，只知道顺着道一路向北。只要有方向就是新希望，我们决定下午逃课出去寻找那片救命的桑树林，这是我迄今为止第一次，也是唯一的一次上学逃课，什么老师追究、家长责罚等一切后果，统统不去思考，我们义无反顾地豁了出去，因为安抚自己一颗焦躁无助的心，从油锅中煎熬中解脱出来，那种渴望的力量是强大的、无敌的。

132

情到深处

　　找寻的路是如此的遥远，我们不知走过了多少片农田，穿过了多少村庄，其间还逃过了一条恶狗的追咬，也不知究竟走了多长时间，天色将暗，而我们仍然没有看到桑树林。我们在绝望中，只好掉头回家，一想到那群昂着头、等我回家的蚕宝宝，我的脚沉重得根本迈不开。请问附近有桑叶树吗？一下午问了几百遍的问题，这次突然有了正面的回答，喏！那不是吗？来人向着斜面虚虚一指，便闪身走远了，我没仔细看清他的脸，只是看到他微微跛脚的背影，晃着双手远去，那一刻我把那个背影看成一尊神。我们狂奔扑向桑树林，如果歌唱可以表达喜悦，我们将歌唱，如果跳舞可以表达喜悦，我们将跳舞，但是，我们的喜悦掩盖了世间所有的形式，我们麻利地摘采着，饥饿太久后突然饱食的激动，让我们忘记了说话。

　　我们终于满载而归了。

　　走在回家的路上，越来越重的夜色，犹如我们重新凝重起来的心情，焦急寻找、喜获丰收后，我们如何打扫战场？这么晚回家怎么办？明天上学怎么办？今晚的回家作业怎么办？我们背着这些沉重的问题沉默着，此时沉默是排解忧愁的解药。远处终于看到了小镇的灯火，那里尽管有着重重的危机，但是我们别无选择，唯有向前向前，不管不顾地一路飞奔回家。

　　那晚面对外婆的责打，我一点也不躲避、不委屈，仿佛那是应该应得的，唯有一下又一下的疼痛，才真实地提示我，我已安然回家，这让我内心得以疏解，整个人反而彻底放松了，这样的镇定很像一种倔强，是一种不受管教的样子，这个误导让外婆更加生气，甩下"今晚不许你吃饭"的狠话便闭门不再理我，我麻利地爬起身来，赶紧将带着体温的

133

一个人的修行

桑叶铺进蚕房，捧着那个纸盒，听着宝宝们沙沙的声响，我那泪水才止不住扑簌簌地落将下来。"别哭了，饭还是要吃的"，不知何时，外公盛了饭菜已经递到我面前，真想和外公说，我不是为了没饭吃才哭的，而是我的蚕宝宝终于有饭吃了，我落下的所有泪珠，里面都藏着一个糖心，那就是欢喜和安宁。可惜那时我说不出来，也并不如此清晰地明白那份欢喜是什么，唯那感觉深深地种进了我的心里。

直到初为人母，那份深埋了12年的感觉，"腾——"地再现在我的感知中。吃中药、喝鲤鱼汤、打催奶针，一切法子统统试过后，襁褓中的孩子仍然没有"口粮"，姨母来探望我，无意间说了一句戏言：如今的年轻人啊，都是少奶奶。这样的话彻底击溃了我，我捧着大声哭闹的儿子，就如捧着当年的蚕房纸盒，那种揪心的痛，深刻得让人每一个毛孔都塞满了焦虑和悲伤。那天我才明白，那一盒蚕宝宝就是我母爱觉醒的开始，因为这样的觉醒，我从混沌中开辟了人生的新天地。

喜欢这样的一句话：母爱是维系世界的脐带。一个人没有成为母亲，和世界只有几十年的关系，如果有了孩子，那就和世界有了永远的关系。我把它记录下来作为结语，献给人类最伟大的母爱，送给世上千千万万伟大的母亲。

4：50分

梳洗完毕，看一眼腕表，只有凌晨4:50分，离五点还有十分钟呢，我想在露台上坐等，愿孩子多睡十分钟的附加心愿，让这十分钟显得越发金贵而漫长。

儿子今天大婚，一天的行程满满当当，晚上睡下时他要调5:00的闹钟，被我制止了，自告奋勇地说：明天5:00妈来叫你，他用疑惑的眼神询问，我坚定地向他保证，5:00一定准点叫醒他。儿子怀疑我是有根据的，我家最大的懒觉爱好者是我，从小到大，叫醒孩子上学的永远不是他的母亲，相反是他，常常赤着脚奔到我房里，大叫着：妈妈，快醒醒，要上班迟到了！所以我非常赞同那句话：闹钟永远叫不醒懒惰的人，叫醒你准点起床的一定是自律和责任。而今天，儿子，就在你大婚的日子里，我想尽一下母亲早先没有尽到的责任。

正月里的凌晨，天色还是抹黑的，头顶上的夜空星光闪耀，一轮圆月挂在西边，娴静得如我家即将过门的儿媳妇。人说静里有乾坤，静静地坐着，所有的美好都泛滥起来。

最先凸显并强烈表达的是母爱，当自己明确自己内心涌动的是什么，并如此真实、坦然地存在着时，那一瞬，自己便把自己感动了。我们有收到礼物时的惊喜和愉快，更有送出礼物时的幸福和满足；我们并非只在被人爱时，才感到幸福，有时更会因自己如此真挚地爱着别人，而感到幸福；我们常常因别人的某些高尚言行而心生敬仰，更会因自身拥有某些高尚而感动。所以这一刻，对儿子的爱如此清晰地显现出来，结结实实地震撼了自己。母爱，对于我而言，是最珍贵的人间情意，此时此刻，如此饱满、狂野地向外倾倒，而向外倾泻多少，仿佛就等量收回多少一样，这让我浑身充满了力量。

随后紧跟着就是不舍的情绪。嫁娶之间，便是得失，我十分明确

一个人的修行

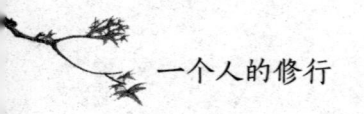

这是父母和孩子道别的分岔路口，况且这个离别，往往假以繁荣的状态来掩饰，非常隐蔽，既不为父母所知，也不为孩子所知。心理学上说一个人需要出生三次，第一次受精，第二次剪断脐带，第三次精神独立。前两次都以物为介质，最后一次则以精神为依托，孩子从精神上分离母体，如没有处理好彼此的伤口，这种分离带来的痛苦和烦恼，带给父母与孩子的伤害，远胜于前两次。那个喜日子就如一座屏障，越临近，内心越明白，明白翻过这个屏障，我们母子就是另一重人生。

昨天晚上，我倚在房门，看忙碌的儿子还在准备明天的物件，一时间有些恍惚，错觉为他正在准备去学校的行装，眼泪差点就落了下来。新娘三天前就被接回了娘家，最后一晚的新床不能睡，儿子得在客厅里搭个临时床，儿子背后有眼睛，知道我在门口，"我自己会搭床的，你快去睡吧"，儿子头也不回，就用言语阻止了我的援助，其实我想邀请他去我房间睡，我想三人再挤一晚，那种拥挤，让人温暖，让人想起二十年前，那个非要挤在父母中间才能睡着的男孩。"搭床太麻烦了，明天又要收拾"，这是我牵强的借口，中国式的父母终究是含蓄的，说到底是骨子里的羞涩和内敛，连爱自己的孩子，都那样不好意思，这真是莫名其妙。儿子显然没有理解我邀请的深意，按正常逻辑思考了三个成人挤一张床的各种不舒坦，他以他的思维方式很快做出了"不"的选择。我有些遗憾，但并不失落，这是意料之中的事，只有我把那一晚的拥挤当成了离别前夕的纪念，其实即使毫无纪念仪式，那个晚上一样神圣。

龙应台曾说过：所谓父女母子，只不过意味着，今生今世不断地目送他的背影渐行渐远而已。这句话说得冰冷冰冷，但冰冷本身也是温度的一种，不愿意承认冰冷，何来所谓的温暖，温度是一个起伏，是反差，是由此及彼，或者由彼及此的过程。所以认全它，承认它，才是父母对自己的救赎。父母需要牵着过去，而孩子们，永远只向着未来，我们只在当下这个点上，有交集、有需要，而后各有自己的使命，各有自己的方向。

相差只有十分钟，天际便有了青钢色，寒冬的清晨即将迎来一轮蓬勃。露台的窗上贴着大红的喜字，一派精神抖擞，玻璃上有薄薄的霜雾，那是手指涂鸦最好的画板，我在上画了两颗紧贴的爱心，并用手机拍下了那个镜头，留存纪念。

5：00，收拾好自己的心情，准点推开儿子的房门。

婆母大人

今年清明节，我站在婆母的坟前，对着她的照片止不住扑簌簌地掉眼泪，婆母大人已经去世十五年了，她下葬的时候我都没这么伤心过。儿子在一边嘲讽我：是不是做了什么亏心事？正向奶奶忏悔？这个臭小子真是一针见血，把我看透明了。

前一个月，儿子把婷婷娶进了门，我一下子也成了婆母大人，那一阵，我常恍惚自己就是去世的婆母，感觉自己和她合体了，从没有像今天这样理解她，懂她，更没有像今天这样想念她。夜深人静的书房，我在电脑上写下这些话：妈妈，要是你还在人世，该有多好啊，我自己做了婆母以后，我才知道儿媳妇该怎么做，我多想重新做一回你的儿媳妇

啊，做比以前好十倍百倍的儿媳妇，我还想亲口夸你一下，夸你是世间最好的婆母。

第一次去拜见婆母的时候，就被婆母年轻的样貌惊到了，站在我身边，就如大姐姐一般。私下我一直拿此嘲讽先生：妈妈1.63米，身材高挑，儿子1.65米三等残疾；妈妈珠圆玉润、白白净净，儿子包公炭脸、黑黑瘦瘦，妈妈热情开朗、风风火火，儿子沉默寡言、闷声不响；妈妈眼睛又大又亮，儿子偏长了双小眯单眼，你呀，投胎技术太次，是不是捡来的孩子啊？！先生也不回答，总是一味地憨笑，憋急了就来一句：我妈比我厉害，她能干着呢！

婆母的精明能干是全方位的，她是那个时代上海女人的典型代表。在物质严重匮乏的年代，越是家里捉襟见肘的境遇，就越是考验家庭主妇持家能力的时候，一个弄堂里的几十家人家，谁家的母亲精明能干，谁家的生活质量就会略高一筹，那个家就会显得滋润，就能光鲜亮丽，而婆母就属于那种能将物质财富功能发挥到极致的女人。且不要说女人们擅长的烹饪、针线功夫，就是男人们的造房瓦匠活计，婆母都能拿得出、放得下，她的巧心思藏在这个家的衣食住行里，她的能干在家的每一角落都生着根、开着花。

记得那年上海酷暑高温，十几个平米的阁楼热得像个大蒸笼，她居然在老虎窗外面自建了一个小阳台，小阳台不是钢筋水泥浇筑的，都用竹片、布条等物编制结扎而成，白天吊起收拢，到了晚上便放置下来，成了可睡可坐的窗外小阳台，屋顶上微微徐风，正是解暑的好场所，我曾躺在上面，看着屋顶上满天的星斗，那样明亮璀璨，且触手可及，这是我此生感觉离星星最近的一次。类似这样的发明创造，在婆母家比比皆是，如今看起来是迫于生计的权宜之计，但它何尝不是与生活较量的大智慧，何尝不是为寻求美好的大执着。

记得还有一次，家里的一件羊绒衫被虫蛀了一个大洞，不但破洞面积大，而且形状还坑坑洼洼，拿到外面的店铺里去咨询，都说没法补，既找不到一色的毛线，就算勉强补了，也会留下大大的补丁痕迹，根本没人愿意接这档子破烂活。那时我和先生安的小家离婆母家有七十多公里远，一年她就来我们家小住个把月，而她一来，我便抱出一大堆衣物来，由她或剪或修或改造。我常常觉得婆母的巧心思都藏在头发丝儿里，用手捋一捋，便有了好主意。这件破洞的羊毛衫自然难不倒婆母，她当年在街道生产组做临时工，编织、剪裁、缝补样样活儿都挂着头牌。只见她在毛衣的边边角角细细地翻找挑看，终在腋下处挑出一团毛线，她说：毛衣缝制到最后会多留出一大截毛线，藏在毛衣的隐匿部位，这是手工制衣的规矩。用这团本色的毛线，婆母娴熟地补好了这个破洞，当她喊一声：好了！我们便立刻围过去察看，我的天呢，哪里还有什么破洞，无论正面、反面，都让人看不出破绽。正当众人夸声一片的时候，婆母牛气地来一句：现在眼睛不好了，补的针脚还有痕迹，若是年轻时，我可是能补孔雀裘的人。此语真是妙语双关，夫君正姓裘氏，婆母爱唱戏，她巧妙地点了《红楼梦》中晴雯为宝玉夜补孔雀裘的典故，也说出自己为裘氏家族呕心沥血的写照。那一刻，我对我的这位母亲肃然起敬。

婆母精明之处还在于极有经商天赋，大概是祖上有经商血脉的缘故，她是改革开放前期最先下海做小本生意的人，家在方浜支路，离老城隍庙很近，在福明路就近批发了日用品，便到各个区的菜市场去贩

一个人的修行

卖,那时候商品流通很不便利,就算在同一个城市,市场仍有不同的供需矛盾,婆母便有很好的市场研判能力,哪个区县缺什么,哪样商品毛利高又脱手快,她有自己一套独特的生意经。她还曾跟着年轻人在全国各地跑展销会,她也曾参与过民间资本借贷,也是第一批进入A股的股民,尽管最终也没见她发什么大财,但婆母的一切商业行为,都表明她的资本意识比同时代的人有着更敏锐的觉醒,她有弄潮儿的潜能和资质的。

  颇有才干的婆母和自视甚高的儿媳,历来被视作天敌,而奇怪的是,我们娘俩却和和睦睦、欢欢喜喜地相处了十年,一直得意地认为,之所以有这样的局面,全赖于我的知书达理。而今天,我突然成了别人的婆母,一下子站在了过去和未来的中间,我瞬间秒懂了婆母那隐含着深意的眼神和笑容,直到今天我才有资格和婆母进行着能量交换,在灵魂深处进行着深刻的酬答,同样角色在我们两代人身上的演示和对照,我才由衷地折服于这位母亲,体念到了她的宽容大济,还有她无边无际、无私无我的母爱。

  在被别人彻底读懂和彻底读懂别人之后,有一种强烈的、豁然的愉悦,这种愉悦不仅仅是属于我的,同样也属于婆母,早在十几年前,她或许就预见了这一切,她能预见有一天我会真正地明白她。如今的她,就是这样,向我徐徐展开,我感觉自己就这样一步步走进她,直接走到她身体里、心魂里,我如感知自己的心跳一样,感知她的心跳,呼吸自己的呼吸一样,细数着她的呼吸,她和我从没有如现在这样真正交合在一起,融熔得根本就分不清她的和我的。

  婆母、我、婷婷三代婆媳,时间在我们之间架起了代层进化的关系，我有了清晰的彼岸意识，上了岸的我和婆母并肩而立，回首那条河，眺望河对岸，发现年轻的自己是如此的面目可憎，比现在的婷婷差远了。而我如今，若有一丝一念对儿媳的不满，便能想起我的婆母，是如何以大爱的心包容我，宠爱我的。念此，我徒觉自己身上的担子重了，我不是一个人在修炼，我是带着婷婷一起在修炼，我是继我的婆母之后，带着一个亲情链在修炼，这个链环从我这里开始，便要向着更加纯粹美好的未来展升，这个家门走出来的女人，都要有着超越自己、超越婆母的能力，有着层层向上递进的能力，这也是香火，世世代代传递下去、延绵下去的香火。在她的坟前，我珠泪难收，心里默默地和婆母做了这样的约定。

妈妈，真的特别特别的想你，请有空来我的梦里一次，有太多太多的话要和你说呦！

母 亲

读木心的散文，他里面有一句挺潇洒的话：诚觉一切都可原谅。初读时有共鸣，世间万事，诚然没有什么不能放下的，再读时便有了惶然，在这世间上，真的都全部原谅，统统放下了吗？至少，我于母亲这一段，便是永远都休想放下了的。是的，我永远都无法原谅母亲你的离去，永远不。

时至今日，我已经有了完全理解你的能力。能彻底懂得一个仅凭自

一个人的修行

身顽强拼搏以及卓越才华的女人，二十二岁就成为几千号知识青年的带头人，突然一夜被打倒、被撤职、被关押的全部绝望；我能懂得一段奋不顾身、历经曲折的爱情征程，眼看已经修得正果之时，突然一夜被告知那个他是现行反革命，你必须以清算的姿态斩断情愫，亲手拆了自建小屋后的撕心裂肺；我还能懂得你血淋淋地目睹着友谊的背叛和陷害，目睹着人性最丑恶、最残忍面目之后的万念俱灰；我甚至还能懂得一个时代的浩劫，对裹挟其中的渺小个体而言，是多么的无奈和无助，那种无力抗争的毁灭力可以摧毁整个星球。但我仍不打算原谅你，我不能理解，作为一个母亲，对着一个襁褓中的我，你可以毅然决然地喝下那碗毒药，你来自于人民，你可以自绝于人民，但你创造了我，便不可以自绝于我。

你是多么多么的自爱、自尊、自强啊，让你抛弃你的爱情，你宁愿死，逼你放弃你的事业，你宁愿死，而连死都不怕的女人，你却怕活着啊！你怕活着见你的事业从此与牢狱相伴，你怕你活着也不能与你的爱情团聚，你怕见到白发双亲的痛断肝肠，你怕你的女儿从此一生孤零。为此，你不敢抵抗时间，你选择一了百了，可见你又是多么多么懦弱、胆怯、自卑啊！

所有的选择都是你的自由，你对你的一切都享有绝对的选择，唯有对我，你粗暴地剥夺了我的选择权，你替我做了选择，选择让我一辈子做一个没有娘的孤儿。《孔子项讬相问书》中有一句话：人之有母，如树有根。你知道吗？你的女儿一生都是一个无根的人，不管她的花朵开得多么娇艳，她的枝叶多么挺拔繁茂，她知道自己因为没有根系，必须更深地扎进黑暗，固定自己、稳定自己，她一生奋斗的都是扎向泥土这

情到深处

个动作。

你的这个选择，是你女儿所有言行的归因。她那么要强，一点也不敢懈怠，不敢不优秀，不敢不努力，拼尽全力要完美自我，连你都舍弃她了，她怕被全世界舍弃；她是那么害怕被舍弃，所以她的择偶标准是安全第一，她不敢奢望自己男人帅气、有钱，她宁愿下嫁表面上硬性条件都不如自己的男人，必须保证婚姻生活的100%安全可靠；她是那么善良，别人给她一丁点爱，她便感动得一塌糊涂，掏心掏肺地对所有人，即便对她有伤害，她都可以略过，经历了你给她的伤害，世间已没有任何事情可以伤害到她；她有时是那样的多愁善感，一会儿哭一会笑，全没有个正常的样，有时却又决绝冷漠到让人害怕，你的遭遇使她既学会了妥协，又学会了果断，你的轻易放弃让她既能洒脱地舍弃，又揣着小固执，绝不轻言放弃。

母亲，你连一个坟茔都没有，这是不是你对世间决绝的另一种表达？那一年回到阿克苏，父亲带我去扫墓，我以为再简陋、再马虎，最起码一个小土包总有吧，而父亲把我带到一片玉米地说：就这。而后老父蹲在田头悲哭出声：那时正在隔离审查，也不知道你娘埋的正确位置，这是事后一位友人偷偷指认的地方。我前一天晚上想好的，40年了，我第一次来祭拜你，我得跪在你坟前的，我得扑在你坟头上哭一阵的，我得放出声音喊你一声娘的，再也不是像以往那样在被窝里叫，在肚子里叫了，可那天，你让我跪哪儿？扑哪儿？叫哪儿？我杵立在田头，自己把自己站成了一棵与你同在的玉米，站成了一块刻着你名字的墓碑，我一滴眼泪也没有，真的一点哭的心也没有，因为我的心已痛得稀巴烂了，哪里还有眼泪？默然地看老父点蜡烛、烧冥纸，完成了简单

143

的祭奠仪式后，我头也不回向公路走去，我发誓永远不会再来看你。回城的路上，天突然下起雨来，夏日的北疆下雨是极其稀罕的，我知道，是你来了，你终究忍不住了，你冲破云层跌入人间来，你也有儿女情长，你也有想你女儿的时候啊！看着车窗上跳跃的雨滴，我整个人也大雨倾盆了。

母亲，我常常想对于这样的结局，你一定是后悔过的。你在俯瞰人间大地的时候，一定看到严寒已经过去了，人间的春天早已百花齐放，你选的丈夫，一如既往的厉害，甚至越老越能耐了，你的重孙也即将出世，一切都在变啊，变的速度之快远远超出了你的想象，唯一不变的，也有！那就是我一如既往对你的想念，一如既往对你的怨恨。

母亲，你知道吗？大恩，如仇。

宝黛问答

哥哥，你说我的泪是千年的琥珀，那你是琥珀中凝固的精灵吗？

那一年，我在西方灵河岸上三生石畔，以一株绛珠草的姿态摇曳在晚风中，是你每夜都来探视，来时却戴着神瑛侍者的面具，日以甘露灌溉于我，我暗笑。你袖中清风都包含着柔柔的甜腻，我紫色的舞裙在天地间瞬间旋转成花朵。

那一年，我终于得换人形，每天坐在河边，以湖水当镜，前前后后不停地梳妆，总觉得不够美不够美，再美一千倍一万倍也不能报你灌溉之情于万一！每夜的梦里，我游离恨天外，饮愁海为汤，醒来的一身汗水，都带着微微的缠绵。

那一年，我拉着警幻的手哀告，说你的甘露之惠，我已经无水可还，可不可以把我一生所有的眼泪还他，情不两欠？警幻笑我痴钝，世间万物，俱有借还二字，唯有情缘，借借还还无穷无尽，永远没有清账的那一天。

那一年，你拉着我的手问：妹妹你也有玉吗？傻哥哥，你就是我的玉，哪里还需要别的蠢物配于胸前？你就是我的玉，永远挂在我无尘的心室，哪里还容得下世间俗物挤占你的位置？你恼了，恨恨地将那块石头扔了，我心痛一阵，笑一阵！

那一年，你的衣袖里藏着《西厢记》，其实是藏着你自己的张生记，既然你让我共读了，我便去唤心里的那个莺莺醒来，月上树梢头，人约黄昏后。

那一年，海棠诗社里，口角噙香的菊花便是我的自画像，你却不知在那画眼里全是陶令公的寄愿，你不晓得那诗全是庄子的幽梦，我便想同你归去，同你隐去，谁稀罕那玉堂金马、荣华富贵，我只要高山流水、松月清泉。

那一年，怡红院里行新令，潇湘馆内陈旧文，我吃了你的闭门羹，又收了你的痴心帕，我的天一会儿晴喜，一会儿雨悲，一会儿春风拂面，一会儿风刀霜剑，在你的四季里，我没有属于自己的时节。

那一年，我也如红消香断的百花，即将飞谢庭前，艳骨风流的人，总能找到一种仪式，自己给自己办一个葬礼。你且止住珠泪，随花、随我一起飞到天尽头，天尽头，便有你我可以容身的锦囊和香丘。

一个人的修行

那一年,你的红绸盖盖在了别人的头上,表面上,我悲痛欲绝,含恨西去,其实我是那样的幸福,世间没有任何男子可以让我以古老的殉情方式离去,我以唯一的方式标定了你的瑕玉无价。离去的肉体就如世俗的一切,一直以来是你我神交的孽障,那么,还要这副臭皮囊何用?还一个清清朗朗的灵魂不好吗?

我的泪终于流尽,最后一滴凝结成琥珀。

而你,却不逃,情愿被我紧紧包围,窒息在那里安睡千年。

内心深处的自我

人生若只如初见

当初,纳兰容若在写下"人生若只如初见"这句时,大概也没有想到它经典的程度,以及对后世产生的隽永力度,尽管早已被诸多词家穿戴了太多的誉美外衣,甚至还被人作为书名大大地开挖咀嚼过一番。就算如此,每每心中翻数到它,依然让我心血上涌,唯怅怅轻叹一声,然后自言自语、重复低吟,久久不可释怀。

年少时份,一卷古词在手,读罢,常常黯然伤神,倒不是那些词作的意境感染了我,而是变态地怨恨起来,偏偏好词好句就让这些个人先吟了去,也是应了那句"恨不相逢未嫁时",自己何不就早生个三五百年,分得一勺吟诗作词的零星酒水,也填得一句"人生若只如初见"这样的传世名言,如此残生便无憾事了!

而今重读,不禁为少年的轻狂微微渗出汗来。想那容若,是煎熬了多少的泪血,才酿造了如此浓稠、凄烈的文字琼浆啊,没有了人生最起

码的阅历，如何能穿越过百年尘封的时空，如何屹立在这位血情男儿的身前，与他共商，人生为何只如初见？有时，拾捡古人的一点牙慧，当真也是承担不起，且消受不了的。

是啊！一切从头来过好吗？多美的希冀啊！一切就停在初见的那一瞬间，回眸一笑的惊艳后，便翩然而去；诗意纵横的宣泄后，就悄然隐去；借用过的手绢，当然永远也不要归还了，留在时光的河流中去洗涤吧。让一切，在最美的开始处断裂，戛然而止，没有未来。想来这一切是那样的残忍，且带着丝丝的悲壮，如果没有经历谢幕时的哀怨，谁能忍心视繁华为粪土？没有经历生离死别的痛楚，谁能忍心早早地拂袖而去？没有洞透人生终究悲苦的结局，谁能忍心残杀摇篮中的生命？所以，人生若只如初见，便是西下的夕阳对朝阳的礼拜，应是曾经沧海后对桑田的依恋，更是一个岁月老者对青春懵懂的馈赠。

世间的人真懂的时候，也是来不及的时候了。

更多的情形是：似懂非懂的时候，刚刚在人前叹一句"人生若只如初见"，一转身又在进行另一种开始，而后，又感叹，再开始，循回往复，直到站在生命的最后一排，眺望前方，最后吐出一句：人生若只如初见。然后，应声倒下。

细 福

自己大抵是个多情的人吧，所谓多情，不是情有多么厚重，而是情有多么绵长，情意都是经过丈量才显出它的意义的。时光如一颗青豆，你剥开它时，它是如此清新喜人，如果懂得精打细算的人，将它以自己的方式保存起来，那么，几年、十几年、几十年后的某一天，一场思念的雨蓦然而至，在你面前的青豆，便会发芽，生根，诞出很多新的生命来，岁月依然水灵，依然青葱，浑圆如昨，清晰如羽。

我是如此庆幸，还是春风少年时，就多长了个心眼，与万物的交集喜悦，每每心有感悟，都被我以多情的方式加以挽留。十几年的积累，如今我的抽屉里，竟是一个万紫千红的桃花源了。

不吃巧克力，也不爱甜食的我，遇上别人家送来的喜糖，常常就犯了难，每每转送他人，或者将过期的糖果扔掉时，总感觉背着人造了孽一样，白白地耽误了人家的一份心意，况且那糖里喜气逼人，也确实让人心生欢喜。不知从何时起，每一家的喜糖，我不一定全吃下，但必留一片喜糖纸屑，装在这个玻璃瓶里，几年下来，那个小瓶已颇具规模，轻摇之下，窸窸窣窣的喜悦还未散去，瓶里的甜蜜自有它存在的逻辑。糖纸头不舍得，喜糖玻璃瓶自然也就留下了，在软木塞上挖个小洞，水栽绿植就能安家了，四个月以后，绿植的根须雪白如银，一丝不乱地从容生长。其实什么瓶子都可以，什么小花都可以，它们或长或短的陪伴，都能让我心生一种力量，爱万物的力量。搁在茶几，它们就是我的茶宠；放在我的书桌，它们就是我的绿笔。

保留这些物件，文艺一点的说法是留住回忆的印证，直白点的说法就是捡破烂的心情，一件物品透射着自己的喜怒哀乐，残留着自己的气息，某一天残破了，废弛了，就是舍不得把它消灭，这就是一个老人的藏旧情怀，而我，未老透，却怀着一颗老心，带着一些回忆的碎片奔向

149

一个人的修行

未来。

　　一串珍珠项链,大概是我第一件像样的首饰吧,那个年代的珍珠并非颗颗滚圆,椭圆中带着腥黄,那根线链早就断了,有一天看见它,被自己设置的密码难住了,为何留了三颗呢?是93年暗意?还是提醒自己戴了三年呢?望着它,我唯有空白。老东西除了让人思潮翻涌以外,也容易让人思绪清空。

　　珍珠颗粒中混着一颗细核。社会上还不流行男闺蜜称呼的时候,自己其实就拥有这样纯真的情意了,那天他巴巴地跑来,送我一盒蜜饯,兴奋地说卫零路口开了一家专卖店,品质上乘,做工精细,强烈推荐我一试,他说他最近吃的零食都是那里买的。这个随时翻他口袋都有几样零食的大男人,有时真比姐妹还贴心,我吃光了他的零食,却留下了一枚细核。今天,它尖尖硬硬地躺在那儿,一如我们坚贞定型的友谊,一想到还将十年、二十年、三十年躺下去,凉薄世间得一聚散,我的心瞬间温情脉脉。

　　第一支钢笔,严格意义说是我拿自己工资买的第一支钢笔。写交接班记录,画流程图,抄文学警句,十分宝贝,只给它吸纯蓝墨水,就像现在加95号汽油一样。一直用得有一天突然不停地漏墨水,只好包张白纸,可还是染得手上全是,工段长笑我,随手又送了我一支半新的。有时真想再试用一下,还吸纯蓝墨水,看看三十年过去了,漏水的毛病治好了没。

　　出门旅行的时候,带回来最多的就是草木标本了。各式各样的草木残骸,让人记不得在哪里采摘的了,枫叶就有十几片,但我知道必有一片是香山上的,那是我托人代邮的。那一片有缺口的银杏叶也不会忘记，天平山没看到枫叶，却在这棵古银杏树下坐下了，晨曦穿过薄雾，斜洒在古树一角，那种金黄色的亮光近乎于魔邪，整棵古树被祥光笼罩着，让人不敢往前，动弹不得。我俯身拾了这片银杏叶，居然是残缺的，刚想扔掉，重拾一枚，心念转动，该是禅意所授，许我收藏悔悟才是正觉。这棵枝丫是老父在阿克苏家院里的枯枝，折了带回来做我的书签，嫌弃它太枯昏的模样，就硬配了水晶坠子给它。水晶坠子也不是买的，女闺蜜送的遮阳伞，伞的龙骨坏了，就留下伞柄下的坠子聊作纪念，拆它的时候，心里还忿忿的，如今的商品装饰品比正品的质量还好，真是本末倒置了。

记忆的梗上，谁没有二三朵娉婷的花呢？天向来不眷人，给一个五短身材安一颗飞扬爱美的心，然后躲在一边偷笑，看看这个女人如何倒腾。骨子里爱旗袍，却有着吃啥都胖的体质，所以对我而言，旗袍的梦太美，却最短，一般一件旗袍最多穿两次，第三次就是"嘉兴肉粽"了。这枚盘纽是第一件旗袍上拆下的，那件红色真丝旗袍，早已不知去处，却如炫丽的烟花，照亮了我整个天空。

还喜欢记录一些瞬间，一滴水，一片凋落的花瓣和一只小虫，甚至是一束光，在大地画出的别样的意境，都让我心生与万物同在的幸福，与时间同在幸福。这一点真要感谢手机的随拍功能。当然有些物件也是痛苦的记录，但我今天看来，都是一种审美意义的存在，它们不知要抱怨什么，我也不知要原谅什么，诚觉世事尽可原谅。

真是纸短情长，这个午后，我突然感觉手里的笔好无力，根本载不动这些岁月。

村上春树把这些小小的确定的幸福，命名为"小确幸"。我看着

一个人的修行

这些凌乱繁多的小物件，把它们唤作：细福。这是时间送给我最大的礼物，是爱和温暖，是人世间带着温度的岁月。

在浩瀚永恒的宇宙之间，每个人的视野和生命都是有限的，在狭窄的空间里，在有限的阅历中，挣出自己的天宽地阔，这是我的一生的功课和作业。

我，一直是那个勤奋好学的孩子。

生命是一种序

序，是世界存在的总状态。宇宙万物按照自行的规律运行，这种规律便是序，有序是序，无序也是序，序包含着他们，并允许他们之间相互演变，极端无序了，便向有序演进，极端有序了，又向无序发展。

《千字文》有云：天地玄黄，宇宙洪荒，斗转星移，日月盈昃，辰宿列张，寒来暑往，秋收冬藏。这些周而复始的规律，孕有序之因，结无序之果。天地万物如斯，人的生命也如斯。

人的生命就是一种序。从时间的维度上去看，人之一生最能体现有序性，婴幼儿时期生长为要，童年少年时期启蒙读书，青春年少恋爱婚姻，人到中年固培事业，耄耋之年颐享天年，就是我们俗话说的：什么年龄做什么事，任何一个环节乱了序，就乱了生活，也就乱了生命节奏，这样的人生便是局促的、不安的、忙乱的，缺乏自我把控的，缺乏笃定安宁的。

从空间的维度上来说，人的一生都在为属于自己的空间而努力，这个空间有时是一个有形的，如属于自己的一个家，得以安居的小屋，或一张书桌，一张床，有时也表现为无形的，如个人的自由，与人之间的关系远近，职业舞台的大小，甚至还包括个人思维的空间。而空间的关键要素也是有序，一个井然有序的空间，是令人愉悦的，不管是一个小家，一段情分，一份事业还是自己的思维，只要是有序的，这个空间就显得绰绰有余，一样的空间就可以存放更多，身心和灵魂均能得到最好的安顿。

所以，人的一生就在管理两件事：空间和时间，把空间整理得整整齐齐，把时间安排得妥妥帖帖。想这个问题入迷的时候，前方遇到了红灯，看着闪烁的指示灯，我突然醒悟，红绿灯就是演示时间和空间最好的教材，当空间道路无法保证车辆顺利通行的时候，我们用时间的限度来调节，让一部分车辆在一段时间内停留，确保空间的有序。而人之一生也常常遇到时空交汇的矛盾，需要我们要么牺牲时间，赢得需要的空间，要么创造空间，赢得时间，就如我们造一座立交桥一样，空间拓展后，赢得了红灯停留的时间。这就是空间与时间关系，这个关系只为了保持一种有序，有序一切才有意义，才能显出意义。

其实我们每个人的身体本来也是一种序，饮食起居，生长衰老，都是遵循着生命能的序列而展开，《本草问答》中言道：人身天地，气血阴阳，魂魄脏器，五行六气，循之道也。故道家养生以先天八卦为根，辅以五行生克之理，按照身体自然属性，采集天地精华，调养气血精魂，以求仁寿。故西医是力治当下，仪器下显示的病灶一清二楚，以霹雳入手，精确剔除，而中医更注重未来，按照身体病灶显现，安排未来

一个人的修行

的序列，所以中医从不讲治，而讲调和理，经络气血安妥有序了，调理归位了，生命机能自会恢复，古谚语说：半托郎中半病家，就是这个意思，自身不积极主动配合，再高明的医家都无力回天。

　　笑儿决定回小城生活就业，婷婷也随之搬入，家里突然形成了新格局，整个二楼都是孩子们的空间，他们的生活方式真令我们惊愕啊，"妈，上班去了"一声招呼过后，你再路过二楼，如龙卷风刚刚刮过一般，所见之处，房里的那些东西仿佛是天外飞来的一般，让人实在搞不清楚为何总是这么多、这么多。从整理房间的话题开始，我和孩子们开始探讨思考有序的意义，并从一些微枝末节上，领悟到如何管理时间，如何轻重缓急排列次序，领悟到人生终将变得更为有序。让事物变得更有序，就是使自己变得更有能力。或许我不会像其他母亲那样，跟在两个孩子的屁股后面，边抱怨责备，边替他们收拾干净、整理归位，但我可以为他们清理一下思维上的垃圾，整理一下精神维度上的序列，引导孩子们将自己的人生、生活安放妥帖，尽早地从微小的事端中，窥视活着的真谛。我把这些真实想法以文字方式加以记录，这大概是一个热爱文字的母亲最擅长的事情，也是尽到了我以为的最大的责任了。

　　讨论结束时，婷婷总结发言：一屋不扫，何以扫天下？闻此言，我知道我们那天的讨论是卓有成效的。

　　傍晚，打理花草，看一只蚂蚁沿着花盆艰苦爬行，生活在二维世界里的蚂蚁，它们的世界是平面的，所以完全不恐高，没有复杂立体，只有一条直线的简单，或许它们才是真正的快乐天使，如我这样活在三维世界里，还用第四维分析这么多，把如此细微的一件事分拆得这么复杂,还美其名曰地教育孩子们,谁知道不是多此一举的自扰呢?留存在第五维、第六维的神灵们,或许也在天际的某一边,闲看我在某一个花盆边引导孩子们爬行吧!

念此,原先整整齐齐的思路瞬间混沌起来,哎,人类最高级的序,应该是精神的序,这种序哪里是我一个凡妇俗子能够整理的呢?

生命原是一场负熵。

《牡丹亭》

风儿又送我戏票,让我选择看《牡丹亭》还是《邯郸记》,我想也不想就回答:《牡丹亭》。看昆剧我只看《牡丹亭》,或者说目前我看昆曲的水平只能看牡丹亭。昆曲需一部一部地慢慢领悟,没把一部戏看烂、看透,都不算会看戏的。我也浏览过《长生殿》《桃花扇》《风筝误》,终究不及《牡丹亭》。

说是看《牡丹亭》,其实只是看其中的折子戏而已,全本是万万看不到的,汤翁《牡丹亭》全本55轴,按每晚演5~7轴,总也要7~10天的时间,400年前在戏馆里的客官们,就和如今看电视连续剧一样,每天看几轴,看到情节转折处,来个明天继续,那是肠子都被生生吊断的感觉啊!

有些人说不喜欢昆曲,因为它太慢,慢得已经带着颓废的味儿了,一句唱下去便不知何时停下来,而我恰恰感触于这样的慢,觉得这样的

一个人的修行

节奏,就如两个心爱的人,互看互笑,一句话也不说,奢侈地浪费着光阴,每一秒都是全世界,每一眼都是地老天荒,这样的慢对慷慨激昂来说,对惊天动地来说,就是颓废、是沉沦、是堕落。这当然不够上进,不够积极,但它真,所以它吸引人,所以它美。因为每个人的骨子里多少都有这样颓废、堕落的渴望,就如人人都有积极奋进的本能一样,那种不上进的奢靡是人性里某种蛊,咒语响起,便会发作,且醉跌下去,无药可救。这几年北京瘫风靡网络,就是集体无意识的一次渴望颓废的心灵共振和宣泄。

也有些人说看昆剧太难懂,听不懂唱的内容,就算看了字幕,也读不懂词曲的意思,最后连剧情都是无法连贯的,故观赏的价值就小了。我当然不能说,每一个看昆剧的人,先要学诗词歌赋,还要深谙平仄韵律,但我却可以说:为何我们凡事以懂为目的呢?应试教育的结果是,不懂就是无意义的,不懂就会恐慌,不弄懂就是可耻的、低等的,不弄懂就是浪费时间,这基本已经是我们的认知衡量标准了。其实我们除了运用掌握的知识改造世界以外,更应该用不懂的心去感知这个世界,从来没有人会追究鸟在那里唱什么,但我们依然爱听,依然在鸟语中感悟愉悦。昆剧于我,就是因为不懂,才结的缘。

一旦捧着一颗不懂的心,走近昆剧,你就明白以前有些毫无具象的词汇,突然在你面前清晰起来,你会在心里惊呼,噢,这一句就是温软,真真要命的温软,而这一句就是苍度,这一个眼神尾尖,才是烟绿,那一个手指端处,便是金粉。所有属于江南的温婉,昆剧都以她自己独特的方式加以诠释,如蜿蜒河道中的一声欸乃,恰到好处地从那边传来。

内心深处的自我

京绕胡、昆傍笛，以笛、箫为主要伴奏的昆剧，更有了缥缈仙逸的滋味，飞扬天外的悠扬，如隔着那山飘荡过来，听不太分明，却格外分明，听不太清晰，却丝丝入耳，有让人非要翻过山头寻个究竟的冲动。所以，昆剧是表现梦境最好的剧种，因为昆剧整个儿都是梦幻的，无论唱词、曲调，还是身姿、布景都如为梦而生，都是与梦的一种温存。就如《长生殿》，前几十场几乎都是铺垫，直到玉环香消玉殒，三郎独夜愁苦入梦，惊闻玉妃生还消息，不顾一切赶去相见，豁出命似的一路追寻，哪里还有花娇玉影，刻骨的相思就是怪物，它能在梦里惊悚你，也能在醒时吞噬你。三郎在噩梦中惊醒，他问高力士：外边什么响？力士答：梧桐上的雨声。三郎发狠道：恨杀他枕边不肯相扰，声声点点到寒梢，只待把泼梧桐锯倒。闻听这几句，台上的人悲声哽咽，台下人泪雨难禁。所以，昆剧中多有体现梦的主题，而凡是和梦境相关的折子都特别出彩。就这角度而言，汤翁的临川四梦就是一串清醒的梦话，而《牡丹亭》是他梦中最华丽的绝唱。

《牡丹亭》是刚烈的。丽娘说：打拼香魂一片，月阴雨梅天，守个梅根相见。要么生，要么死，没有折中、妥协、将就，更要命的是如此刚烈坚贞，还没有个来由，没有确信，只是一个梦而已，只是一段自我寄托而已，即便如此，丽娘仍如裂帛一般，不能爱就死。世人都说，整台《牡丹亭》简直就是一场情爱之梦，这样的至情因为太真了，便觉得假了，假到让人唯有珍贵的份了，如此迂回的情感交织在人心里，简直要把人往颠痴的路上逼去呢。就此思想上和艺术上的强烈冲突而言，《牡丹亭》是汤显祖最成功的巅峰，难怪读《牡丹亭》唱本能读着读着忧郁而死的，演丽娘的人唱着唱着也会在台上吐血毙命的，真可谓：情

157

一个人的修行

不知所起,一往而深,生者可以死,死可以生。想当年,《牡丹亭》初演,台上台下,人人俱痴,谁能清醒?

《牡丹亭》是风流的,因为隔着梦,那风流既飞飘云外,又漫流一地,简直到了肆无忌惮的地步。柳生才见丽娘,便道:哪一处不寻访小姐来,却在这里!这种搭讪省去了问名问姓,直呼呼,如老相识,你原来在这里啊!丽娘答:素昧平生,何因到此?柳生却道:小姐,咱爱煞你哩!省去、省去、全省去,不用回答来龙去脉,别问为什么,就是一见倾心,就是爱煞你哩,比现代的霸道总裁毫不逊色,其实爱恋本无为什么,就是生生一见,情不知所起啊!柳生继续挑逗:小姐,和你那答儿(苏州话"那里"的意思)讲话去,丽娘低头问:那边去?丽娘竟然不逃走,不回避,不高声喊人,乖乖地要跟着去。柳生答道:芍药栏前,湖山石边,丽娘又低头问:秀才,去怎的?女人明知故问的可爱,是天使降临的翅膀。柳答道:和你把领扣松,衣带宽,袖梢儿搵着牙儿占也,则待你忍耐温存一晌眠。即便是今天,听那些唱词,都让人猛地心头一跳,分明是一团淫邪,却不觉得罪过,心里反有一丝喜欢,因为它是磊落端然的,坦荡直击的,更不觉得它艳俗,他说袖梢儿搵着牙儿占也,很多翻译注释都说是嘴唇亲吻衣袖的意思,我更愿意翻译成用牙儿嘴唇去轻咬那衣袖,把脱个外套也调停得风雅异常。当台上男女主角搭着手臂,四目交汇,团团合唱:"相看俨然"四个字时,我突然发现,游园惊梦只剩相看俨然了,台上台下唯有相看俨然,人生一切情爱都是相看俨然。此时的我,魂飞天外。

读小禅的文字知道了昆剧《怜相伴》,她说《牡丹亭》关乎情欲,《怜相伴》关乎灵魂,是昆曲中更高一层的梦境。逐欲购李渔《怜相伴》戏本，细细研读，终没有如愿。期盼着有一日能坐到戏园子去的，细细一观，静静看崔笺云和曹语花之间的坚持和忠贞，去体会所有爱情都是人性的，与男女性别真的没有必然关系，体验灵魂吸引比肉体占有珍贵千万倍的真滋味。

就这样，让昆曲住进了自己的瞳仁里，即便是闭眼，那唱词、那旋律、那身段，俱在，与心跳俱在。

听昆曲，适合一个人静静地听，那里有一份沸腾的孤独，一切都刚刚好。用《牡丹亭》里的二句唱词形容非常恰当：不到园林怎知春色如许？这院子委实不足观也！不入昆剧的园林，确实无法想象她的美，而一看，便怎么也看不够，看不足，看不厌啊！

荟萃园

年初换了新单位，完全没有料到，陡然增加了一份福利。单位出门向南步行不足1000米，城市沙滩、体育场、海滨公园一大串景观连着，往东北步行500米，一条满植梧桐的风情小街和曲径通幽的一大片人工绿地，往西北步行800米便是荟萃园。午休散步，我随意选择一个方向，每天都能逛出点惊喜来，有时真有点王者选妃的气概了，今天"临幸"谁呢？真真奢华极了。

去得最多的还是荟萃园。这座小园筑建于上世纪90年代初，因围海造田建成了一座海滨小镇，那里风物秀娟，俊彩呈驰，人文荟萃，故建

一个人的修行

"荟萃园"以示纪念,小园总占地15亩,园内曲廊回宇,绿植叠翠,假山亭阁,鸟语花香,构思精巧,别有洞天。

喜欢荟萃园的人非常多,但逛游的却非常少,再大的空间,人一多,便是游乐场了,再精小的园子,只有我一个人,便宛如一个世界宇宙了。很多人喜欢她精致,喜欢她典雅,而我最喜欢的,说出来有点掉渣,竟然是她草木前竖着的标识牌,一个精致的小园,如一个草木科普基地,那些标牌就如一个向导,把主人一一向你介绍,徒然有一种被尊重的感觉,那些花花草草礼貌地给你递一个名片,我们间便亲密起来。站在一株植物面前,默念着一方小小的标牌,俨然是与它们握手拥抱了,哦哦哦,久闻大名,原来你就是啊!这种恍然,让人心里明亮,且住满了精灵,感觉整个小园都是有温度的,有人间气的。有标牌识别,好是好,也有懊恼的时候,远远瞅见一块标牌,快步跑去一看,却写着:石榴、梅花,更气人的竟然还有写垂柳的,这简直是浪费资源呢。在这些老相识的花木面前站着,自己连手脚都是别扭的,就如自己姐妹突然和你生分起来,也跟着别人叫你职称职务一般恶心,真真十分的无趣,最心疼的是又白白地浪费了一块标识,如果整个园子有标牌数额限定,我就巴望全部树在自己不识的植物面前。这是我的自私,这种自私是私底下的自以为是,有点傻,但我愿意。因为要正确分辨植物,是非常困难的事情,它们种类繁多,科目交错,远远看去,这棵树和那棵树,简直长得一模一样的,有了这些标牌区别,再走近它们,仔细看叶子脉络走向,抚树皮花纹,闻枝叶的气味,记住它花开结果的节气,如此这般,才算真正认识了他。就如一个真正的熟人,你不用等走近,远远地看见,便能喊出他的名字,辨认植物也是一样。所以,认识一棵树

内心深处的自我

而荟萃园让我明白,一个真正上品的园林,只有看懂了植物的布局,才是真懂了设计者的用心。荟萃园便是以植物谱写园艺的经典之作。园内没有孤树,基本上都是二二对种,象征阴阳二元平衡,东边平坦的月季园,西边微隆的小梅山,最得地势吉顺,月季开罢,红梅吐艳,一年四季,花开不败,真谓紫气流转。池塘边依次是翠柳、石榴、睡莲、腊梅,意为四季花神的轮值。园内的一得廊、园中园、海天楼等别名都是应证五行而取的,那是造园者的暗语和智慧,读懂他们,便与这座园子有了心领神会的相惜了。

出了园子,就是大堤路,两边高植着无患子树,深秋时节,拾一颗无患子果实,浅浅地握在手里,就如握了一颗无忧无患的心一样,哎,我握着的居然是一颗看花看草的无忧心啊。

节制力

后窗下园地里那棵石楠又爆窗了,一年两次的修剪,仍然止不住它的凶悍疯狂,这种毫无节制的生长几近于泛滥,身边的垂丝海棠、石榴、小叶女贞个个叫苦连天,面黄肌瘦。袭袭终于下定决心,问园林大叔借来钢锯、扶梯,要彻彻底底对它修理一番。

当然大自然一向有弱肉强食的生存法则,作为石楠它自己也挺自豪的,比啥都不差,你说叶子,人家春秋二季红叶娇艳夺目,被冠以"千年红"的美誉;你说花朵,人家团团伞花热热闹闹,春季里远远望去,

163

一个人的修行

银华满树,烂漫如雪,且花期漫长,奇香四溢;你说果实,百花肃杀的严冬,它却红果累累,一派金玉满堂、吉祥讨喜的样子;你要说经济价值,人家木材坚密,是古时做车轮的首选,叶根入药为利尿剂,还可做防蚜虫侵害的农药,果实榨油可制油漆、肥皂、润滑油。如此全能型的优秀选手,既不挑肥拣瘦,又旱涝无怨,既不需要施肥呵护,也不提出任性的生长需求,这些优秀的品质,真让人叹为观止啊。

而此时,它们却一大堆一大堆地躺在地上,我的思绪也一大堆一大堆地堆砌起来。生命的本身是平等的,但生命的质量绝非平等的,它确有高低贵贱,而衡量排布这些孰高孰下的,是生命体自身反省的程度、自悟自觉的程度以及自我的纠错能力,同时还能自由地节制和把控自我的发展速度,这种能力的大小,主宰着这个生命体的总体阶层。从这个层面来认识的话,石楠无疑是低端的,它的毫无节制抵消或者模糊了自己的优秀,它缺乏分寸感,就是缺乏了控制的力量,没有控制力便是美好的破坏力,这一点休怪石楠不明白,就算是我们又何尝能明白?

庄子在《人间世》中有云:虚室生白,吉祥止止。天下所有的吉祥都集于恰到好处的停止,因为止止,于是止至善,至虚至静,《大学》中也有同样的论述:知止而后有定,定而后能静。《道德经》更将"知止"作为生存的法则,所谓知足不辱,知止不殆,可以长久。所以中国传统文化中,止,已经上升为一门学问,是古人修身养性重要的精神内涵,大智知止,小智惟谋,才高非智,智者弗显,位尊实危,智者不就,过不了"止"这一环,你什么样的修炼都是不够格的。

为此,我的内心深植了杞人的气质,常有忧天式的叹息,连着几年风调雨顺的日子,心里莫名便有一丝慌乱和担忧,如若此时有些小磨小难，或者所谓的世间不公迎面而来，自己反倒是充满了欣喜和安乐，仿佛笃定了什么似的，再也不亏欠老天一般。即便再美好的事物，都谨守着不过分的原则，如此方能安心。常常看一些红得发紫的公众人物，毫无知觉在尽力燃烧，心里便涌起一份预知的担忧和叹息，一个人在人生的舞台上闪耀一次确实有必要，但整个人生统统是舞台，时时刻刻都在发光，如此万众瞩目之下，哪里还有什么满意的人生？当然这些名人的人生，因为铺排得足够大，收拢起来也是极其艰难的，能急流勇退、见好就收的终是凤毛麟角，前些日子读弘一，读李娜，读爱玲，透过字里行间，感受到他们自我收敛的力量，深深明白他们内心的欣喜交集，懂得他们的自由和灵魂快乐，他们的人格因为拒绝扩张而得以永生，凡是自己能够彻底做主的生命，就是令人肃然起敬的生命。当然更多的名人要么不觉醒而沉沦，要么觉醒而不坚决，一会儿无可奈何，一会儿随波逐流，一生中肉体挥霍了多少随心所欲，灵魂一定就有多少逼仄囚禁。这个星球和世间都是圆的，故物能是流转的、平衡的。

　　一日，和聊聊说起石楠的秉性问题，她听后若有所思，小声地下了一个结论：做人一定要像姐姐那样谦虚。她的一句恭维，让我徒然想起了木心，他曾写道：一味冲谦自牧，容易变成晦暗枯涸；终身狂放不羁，又往往流于轻薄可笑。不谦而狂的人，狂不到哪里去，不狂而谦的人，真不知其在谦什么。当日读到此句，我恨得全身骨头发痒，这个老头，为何扎人这样生狠，字字被他戳出血来，挤出淤毒来，他的文字个个从书上竖立起来，刁毒地斜眼看着人，直将人看得背脊发凉，继而瘫软在地。是啊，我谦的是哪门子虚啊？狂且不能足有傲狂资格之人，何来资格论守谦下？真是不登高处何需低？说来可笑，我还不如那棵石楠

呢，凭什么取笑石楠无分寸？反省石楠狂乖张？有本事也如石楠一样张狂一回，再来看看能否坚守分寸，能有多少节制力，到时候，呵呵，就未必如此说辞了。

今朝醒来，微信群在讨论今年冬季下雪的话题，CC在上面留言：聪明的雪，再浩浩荡荡也知道分寸。读此，身心俱醉。

转弯处

偶尔一次老友聚会，多年不见，个个容颜不老、意气风发，风流倜傥的继续倜傥风流，风情万种的继续万种风情，真不知时间怎就轻易饶恕了我们几个。在貌似一切没变的假象下，细细观察，发现每个人的性情其实都有些变化了，最明显的就是两位先生，一位E君刚从现职岗位上退居二线，一位D君刚刚晋升到管理几百号人的部门经理，原先喜欢挥斥方遒、指点江山的，居然沉默微笑着，更添持重老成的风度，原先木讷无言、谦卑低顺的，居然思辨敏捷，妙语连珠，成了今天最闪亮的明星。

一个人回程的路上，默想聚会上的景幕，竟然嚼出一点味道来。谁都明白E、D二君的变化动能在那里，不同的职业角色定位，改变了他们的言谈举止，这些改变几乎是人之常情，堪称职场或人生的基本规律，可是为什么呢？这些基本规律到底如何产生的呢？

我愿意相信E、D二君是到了人生转弯处，转过一个弯后，人生的方向便大大不同，前进的方式也会不同，步伐的速度也会不同，眼界所到之处更是一片辽阔，总之，一切的一切都将与前不同。

大自然中所有的大河大江，都因为那神奇的一弯，才缔造了绝美的风景，也造就了江河两岸的勃勃生机，可以这么说，转弯就是新生命的诞生时刻，那里藏着大气象，夹杂着大生气，脍炙人口的诗句：山重水尽疑无路，柳暗花明又一村，描写的就是转弯处啊！我记得有句台词是：转弯角处能遇见爱情，转弯角是个奇妙的地方，人类绝大部分有趣的、惊险的、精彩的桥段，几乎都发生在转弯角，那看不见的弯口，背后到底是什么？谁都不知道，那就意味着什么情况都有可能。人的转弯处所遇到的不同，常常是你自己绝计设想不到的意外。

E、D二君自然都处于人生的转弯处，他们必然发现和感悟到了不同以往经验的事物，在离心力的作用下，他们需要丢弃一些东西，改变一些性情，他们领略到了不同的境地和风光，即是即地调整自己的心气、眼界，甚至于调整自己的言行举止，他们也如产业转型一样，需要按人生市场的需求再次进行选择。

除了外界环境、职业生涯改变促使人生转弯之外，其实每个年龄段都有一次转弯的机会。越年轻弯口角度越大，孩子的时候，弯口大得几乎就如一条直线，你依然可以保持全速前进，年龄越往后，转弯的角度越小，直到你不得不把原来的奔跑速度慢下来，慢速度下，你便有了左顾右盼的机会，进而你便有了欣赏、思考和反省的机会，如老牛反刍一样，你能在慢中，细细咀嚼自己的经历，站在转弯口回望之前自己走过的路，检验来时路上的每一个人生记号，并瞭望自己转弯后该前进的方向，续又往前进去。

一个人的修行

中年以后的转弯方向，有时居然有了折回的意思。原来引以为傲的东西，却让自己愧辱不堪，有时甚至在杀死原来的自己，原来鄙视遗弃的东西，此刻反倒救赎着自己，帮助自己重新感受到了人间的温和暖。譬如我和烹饪的关系，最近突然转弯成了我与这个世间建立亲密关系的一个平台。一直以为，一个女人手指只能有一种味道，要么油盐酱醋的烟火味，要么琴棋诗画的书香味，厨房和书房就是俗和雅的分水岭，正是我如是的短视，之前我不仅轻视厨房，轻视食物，更轻视在厨房里捣鼓食物的女人。而今天，我庆幸在我转弯以后能够及时醒来，明白食物对于生命的意义，它绝非简单的维持生存，它还传递爱，延呈精神，它是大自然进入人体之内，进行特殊沟通的方式，其他生命体灌注到自己生命体而得以延续，其他灵魂贯注到自己灵魂中而得以丰富，所以这一切必须赋予一定或简或繁的仪式，这种仪式让人心怀敬意，放下马虎、轻视和亵渎。当我满头大汗、手脚笨拙在餐桌上摆好自己倾尽全力烹饪的食物时，内心奔跳着的是满满的期待，一篇好文即将面世，期待好评如潮，更高的一份职位即将兑现，期待祝福如涌，从本质上说，这些貌似高雅的期待，和今天桌上的菜肴能否获得家人交口称赞，并风卷残云吃光，其本质是一样的。世间体悟幸福的途径千千万万，只要把自己的爱和能传递出去，在自认为最重要的时刻获得认证，就是实现了自我存在的全部价值。

对人的态度其实也会转弯，以当今成功标准来说，智慧的、有才华的、有权势地位的、有财富积累的人士，通常会得到更多的亲近和交际，如今的我，突然不然那些成功标准了，粪土当年万户侯，这句词真是妙极了，初读时，我理解为是一个领袖级精英对普通精英的鄙视，

内心深处的自我

再读、反复读，便有人生观、价值观的颠覆和重塑，人在最初级和最高级的两极时，他们的外在表现是相像的、相通的，这是返璞归真的规律。热衷与各类精英交往的背后，说到极致还是人的贪图，无论以物质的、精神的任何方式返现，总是一种有利可图吧，如削减了自己的这份贪图心，人瞬间变得简单起来，纯粹起来，不管面对的人是谁，真诚的笑容，发自内心的善意，都让人与人之间的交往充满了温暖，无论是乳臭未干的孩童、耄耋老者、贩夫走卒，还是萍水相逢的路人，统统都是一样的。多么愿意尽快抹去附注在个人身上的识别标签，尽快掩藏外露锋芒的才睿，只做一个纯粹的真人、善人、快乐人，欣欣然地笑着、看着、活着，如此真好。

转弯路上，安心祝福，祝福自己这些改变和不同。

永远不要奇怪于自己的审美取向、兴趣所住、爱憎宽度、言行举止等为何发生偏移，即便是你的容貌（不止指衰老）也将发生决然不同的改变，不管是轻微或者决然相反的不同，都是你迂回需经的道路，也是你灵魂拔节生长的象征。

相　遇

外公当年写得一手远近皆闻的好书法，下笔有颜公风骨，用笔浑厚强劲，大气磅礴，一派道德君子，每个字如站在纸上似的，端得重重的，凝厚得推也推不动。又因他慈目善眉，寡言缓行，为人敦厚宽

一个人的修行

仁,故远近相邻都乐意来求个春联和店招,有时走在放学的路上,猛一抬头,街上某个大匾上正是外公的字,和同学们指着说起来,人前人后倒是光彩过很多次。但也有苦恼,外公轻声和气地催促我们去练字,那种和气真比外婆的大声呵斥厉害得多,叫你生生地无法逃脱,纵然有一万个反抗的念头,也都貌似知书达理的样子,乖乖地去练上几笔。家中后院支着一块神奇的写字石,深灰色,五尺见方,平面磨得如镜般光滑,上面有细线雕刻着米字格,用毛笔沾了水,在米字格上临帖,还没写完满格,第一个字迹就已经干了。所以,站在写字石边练字,绝不是写几张纸这么有定量,只要碗里的水不干,你的字可以源源不断写下去,这样一项确实叫我们几个孩子叫苦不迭。好在暑假里,表兄弟姐妹们都在老宅,孩子一多,那块写字石自然不能再用,一大早,外公便拆了大门,将它搁成一张大书桌,孩子们团团围着书桌坐下,一人一张过期了的文汇报,对折成32小格,每人需涂满32字,家中的私课堂才算下课。午后,外公郑重其事地拿了这些报纸去批改,写得好的字就用红笔圈一个圈,再来每人点评一番。童年的众兄弟姊妹中,我是中庸的,不出挑,不拔尖,毫无值得长辈们夸耀自豪的孩子,练毛笔字也是一样,历来红圈较少,外公对我的评价是野鲁敏直,虽是女孩模样,却生就一付男子肝肠,偶有聪慧的心思,但也直直鲁鲁,终究少了女孩子该有的静宁之气,故常唤我:沙和尚!我怎是愚钝傻忠的沙和尚呢?我的内心分明驻扎着一只机灵野心的悟空,风流圆通的八戒,但在这条取经的路上,我无依无靠,没有哪尊菩萨是自己坚强的后盾,唯有言行愚钝,忠恳踏实,如沙悟能一般处世为人,才是保全自我的最好法门。这些归纳性的结论是我成人

内心深处的自我

后给自己童年总结的策略，而那时年幼的我，却并没有如此清晰的思路，更没有如此深厚的心策，只是本能地知道要如何更好地生活，本能地收敛乖服，本能地做着一个自然朴实的沙悟能，所以做得很像，或者说简直就是，那时的沙悟能没有破绽，没有伪装，外公乃至全家都不能通透地看明白我，是再正常不过的事了。

年少时期对练字着实留下了一些畏难的心绪，可仿佛一夜之间天就亮了一般，不需要人叮嘱，不需要有动力驱动，什么也没想，就抓起了那支搁了三十几年的秃笔，从横平竖直一路练起来。先是弄了幅水写纸，用笔沾了清水，既方便又节约，可每每看到水迹慢慢褪去，我仿佛站在儿时那块习字石边，整个人都恍然起来，有时我想，童年的记忆，乃至人生的一切，也如这渐渐隐去、不留痕迹的水影吧，后来的人又可沾了水重新书写他们的人生了，这个世间，分明就是这样一张硕大的习字石呀！

原来儿时极其厌恶的事情，兜兜转转到如今，却又喜欢起来，在砚台上慢慢磨转的时候，那个圆弧就是世间最美的运动，磨痕忽隐忽现之间，你可以看到光阴的年轮。原来墨真的是香的，外公常说闻得出墨香，不是鼻子的功能，是肚皮的功夫，如今我明白那种异香，是由自己体内而发出的，与墨同味始觉香。临帖之间，犹喜横折之时，千斤腕力集于笔端，直直往下行去时，与纸间擦出微微的沙沙声，真乃万籁俱静的美妙，调息、走笔、抑扬、顿挫，纸间收笔，长长地舒出的便是一种欣然，我微微感知了这份喜悦，于是，欲罢不能。

没想到，就这样和外公在书法上再一次地遇上了。

40岁前拼命追逐的东西，突然觉得没有必要再追赶了，因为它不时

一个人的修行

回头勾引人时，偶露的狰狞，让人心生恐惧，真的一把抓到手了，真的敢拥抱它吗？如果一个人停止了追逐，停止了既定方向的飞奔，或原地思考，或反向行走，或转弯变道，这时的人就会相遇了。40岁前是只考虑速度的，生命需要效率，要赢得的人生没有速度就是失败，今天，我突然觉得速度是一个中性的词，速度并不代表着快，慢也是一种速度，不同的速度，就是不同的人生。快，让人来不及体会，来不及咀嚼，一个人只有放慢了速度，才有可能相遇。

我返身向内寻求的时候，最先遇见的就是自己的先祖，这是与自己的历史拥抱，祖辈们不经意在耳边念叨的话语，都闪烁着光亮，飞翔在自己身边，他们固执坚守的俗礼，都是藏宝的密笺，等着我取出受用不尽。复盘他们的一生，如在昭示我的未来一样，容貌的渐似，直至弯嘴挂笑的神情，都让人明白脐带和血亲力量。停止并慢下来的时光里，我如无目的遛弯的人，自然而然地在嗜好上与祖辈们期期而遇了，那份相遇的惊喜，有祖辈们终于盼到儿孙辈回家团圆的欣喜，也有游子野荡终于回头是岸的释然。

之后，又和外婆的戏曲遇上了。

从小的时候，我就有种感觉，戏曲专为女人而设，一个中国的女人，不爱戏曲，不懂戏曲，不迷戏曲，应该是说不过去的，而播种这些意识的，是我的外婆。她是不进剧场、不捧角儿的隐形戏迷，只是守着家里红灯牌收音机，天天让家的空间里弥漫着戏剧氛围的女主人。我无处可逃，但凡入耳的便是咿呀之声，在一个浓汤里泡久了的孩子，毛孔里、骨髓里、头发丝里渐渐就有了汤里的味了，这就是潜移默化的功效吧，感觉自己很小的时候，就能正确地区分京剧、

内心深处的自我

越剧、沪剧、黄梅戏、评弹等各类剧种，再后来各剧种还能分出流派来，再后来居然能听出唱词，再后来竟能一字不差地整段背唱了，起先外婆甚是欢喜，以多一个小戏迷为乐，待到我能唱出整段时分，她便慌了，小小年纪都记着"月上柳梢头、人约黄昏后"的情话，这如何是好？戏子在她们心里毕竟不是什么光彩的职业。接下来的日子，我便常常被赶到隔壁房间去做功课，而人心浸在戏里，隔壁墙壁怎能阻隔一颗迷戏的少女心呢？所以，那时我便有了一种肚子里唱戏的功夫，嘴巴不张，声息全无，肚子里却可以跟着曲调百转千回，入情入戏的。如今想来，那时的我果是颠痴的，当然少年的情窦大概也是让戏曲启蒙的。渐长后，对戏曲反而搁下了，或者说不敢迷了，怕人家笑话，周围的同龄人都有些鄙视和唾弃，看着唱戏，就如赏一件古董文物似的，十足的一枚异类，自己毕竟还是功利的，从众的，生生地将儿时的戏瘾给洗白了。

然而，骨血里的东西，有着宿命般的顽强，稍有际遇，便复发，如老树发新芽般地欣欣向荣起来，又似一坛深埋的老酒，开启后满室芳香，得了魂似的醉人。儿时的戏根深深地扎下去，直到中年之后才源源不断地向上传递着力量，那种力量婉转内敛。一天峰子问我，你听的京剧，到底唱的是什么呢？有这么好听吗？我灵机脱口：因为听不懂，所以才好听啊！想想这句话真是很有哲理的，儿时听戏终究要追求一个明白，以学会唱词为要，以熟悉曲调为主，目的就是开口能唱，而今听戏，不在乎能否学会，甚至也不需要听懂，仅凭它在那边唱着，我便美了。记得儿子曾童言无忌说过一句戏言，他说京剧就像是鸟叫，我想想大有道理，人人都说鸟儿叫得好听，可没人去问鸟儿叫是什么意思？所

173

一个人的修行

以,最喜欢一个人,一壶茶,一捧书,选一些生疏的段子,就让它在一边放着,我跟着尾韵哼着,一个美妙的午后就这么降临了。京剧讲究的是乾旦和坤生,我总不愿解开这个心结,好好的旦角,咋就让男人掳了去呢?孟小冬的坤生演得也是极好的,又去看了王佩瑜的戏,偏偏还是不能动摇我,我固执地爱上青衣,觉得一个女子如要学唱戏,没有学青衣,着实是委屈了点。曾跟着董雪萍老师学了半年青衣,一星期一次,一次两小时,下了班飞赶到京剧院,再深夜坐末班车赶回,稍稍脚头慢点,就有搭不上回家班车的风险,如此风来风往,终究不堪劳顿,第二学期便罢学了。然而老师教授的科班理论,就如规尺一般,打在身上生疼,但实实在在留下了痕迹。

京剧是"有声必歌,无动不舞"的深渊艺术,要进门得曲中三昧,有时也非人意愿所能,故我把自己钉在观众席上,就这样爱着,听着,学着,就让人万种沉醉了。做任何事,我可以宽容自己不成功,但却绝不允许自己不成长,在最古典的艺术中感知最前卫,这也是我重拾戏曲的又一种出发吧。

峰子那天总结了我,说外面国学热正酣,说我是追逐国学的时尚女子,无非是标榜和包装自己品味罢了。这话说得很薄,非常尖锐,却没有弄疼我,因为我毕竟不是冲着那个热去的,自己走向哪一层,唯有自己清楚。我这样回答他:中国文化深水静流式的特征,决定了很多国人,都会在某一天醒来,返身寻找自己的文化根源,与历史相遇,与古人圣贤相遇,与草木自然相遇,和自己相遇,最后回归到脐带中去,大文化在那里等着我们,至少我,铁了心要回到这个大群中去的,去认祖归宗,去安放心灵。习字、唱戏均是,哪有功夫管外面的冷热呢?

这一段时间相遇的感觉，凸凸显显，成了我之存在的另一种表现形式。

一个人的修行

决定了的事，就去行动，哪怕各种要素变化，都能寻到支撑自己完成的动力，这就是我。我把这些解读成自己的执念，执念即为贪痴，而破解贪痴，持贪痴，入贪痴，才能终弃贪痴，这样的法门是我自己画的灵符，在心间一贴好多年了，可至今也没见有多大功效。就如今天，我决定一个人出门一样。

计划好休假一周，躲到无名的山里或小岛上去，几个人散散心，养养神，过几天半神半仙的日子，偏偏一个个忙、忙、忙地爽约了，最后连袭袭也被应急抓了壮丁，只剩下我，还有我的一大把假期。此时，我的心如彻彻底底倾倒在地上的一盆水，全没了收回去的可能，唯一出路，向前流去，义无反顾，头也不回。

一个人的行李，美好地堆在那里，像一幅静物画，它是我心情的写照，简单、归拢，貌似孤独和倔强，其实愉快满足，啥都齐全。天才蒙蒙亮，那寂静和清澈的感觉，对爱睡懒觉我来说很陌生，整个世界似乎仍在沉睡，连风刮过都带着刚刷好牙的清新，还有鸟在叫，似乎在播它们的早新闻吧，身后的行李箱像拖拉机似地轰然作响，听着轱辘声响彻小区的甬路上，我有些不好意思，感觉冒犯了周围的一切。

175

一个人的修行

步行、公交、地铁、长途车、轮渡、三轮车,这些是我今天选用的交通工具,我不要快捷,不要方便,不要省事,时间反正是我的,体力反正是我的,浪费我愿意,不合算我愿意,突然感觉有钱就任性的理论,还是有点心理依据的,一个人宽裕什么就不在乎什么。

7个小时后,来到这个小岛的渔村,自然的山丘如天然的绿屏风,弧度美好地圈出一大片海湾,每一座房子从海边一层层地往山上建,都长着一副面朝大海、春暖花开的模样,这是标准的形胜之地,我喜欢。渔村的民宿足有上百家,集中在一起,很有规模,无论走道还是沿途的小景,营造得匠心独具,且家家户户都带着小院,里里外外生意兴隆。我住下的那家还有个菜园子,出门时,老板娘冲着我的背影喊:晚上回家吃饭啊!我不觉眼睛一酸,差点落下泪来,一句回家吃饭,将人心紧紧拴住。

后山小路盘旋向上就是大悲山,一条路从头到尾就是我一个人,安静得听得见自己爬山的喘气声,路越走越荒凉,越走越逼仄,眼看着就没了路,一转弯又豁然开阔,我想,大慈之路本就该如此寂静,如此曲折难行的。夕阳也因为宁静,挂在那里,轮廓分明,浓郁的金黄色播散而下,眼前万物在浓郁的光影下,也轮廓分明、凹凸有致起来。我的背影好高大,如一个着长袍的修女,我与我的背影合影留念,与它紧紧拥抱。

灵音禅寺,不但规模蔚为壮观,建筑风格更是别具一格。每一次去礼佛,我十指成林,都是空着手的,啥时候能空着心去就更好了,不仅仅见一见如如不动身,还可以悟一悟如去如来心了。当然,我还有一点小小的贼心,就是闻闻檀香,那是能入我灵窍的味道,是我安放心灵的药引，已渐有瘾，久不闻，便想念。那是一座海抱山、山抱佛的寺庙，台阶很多，台阶上石刻着各种图案，无非是表达通往吉祥的寓意，居然有刻铜钱的，设计者也真会迎合众生的喜好。终究还是有莲花图案的，步步生莲，这足迹是菩萨留下的，那就每一步踏得稳稳地跟着吧。

喜欢找僧人闲说闲聊，总希望能聊出个机缘来。于是合掌问身边的两位僧人：九龙壁旁的对联有"九龙出水"和"五福临门"，请问为何只有八条龙呢？僧人一脸才发现的样子，机敏地应付着说：一条龙在云里没出来。我暗笑，刚想继续问下去，其中一人远远地叫住一个僧人，那人微胖，看着像他俩的师兄，师兄合掌回答：还有一条龙就是女施主你，在此敬祷的每个人都是龙，合璧为九龙。好牵强的答案，我继续问他：九龙出水是什么水？他答：东海之水。我又问：我这条龙呢？僧人师兄抓头挠耳，不知所云，我替他圆谎：水主财，是不是我出点财帛敬奉一下，就五福临门了？他连说：善哉善哉。财帛可以买五福，哈哈，貌似很公平的买卖啊！开阔的院子房梁上团团一圈挂着"六和"匾额，即"戒和同修、利和同均、见和同解，身和同住、口和无诤、意和同悦"，我便请教：此六和谁为先？他略一沉吟，随手一指说：大概从里到外，依次是戒、利、见、身、口、意吧！我再请教：六和出自哪部经书呢？大师兄便摇手不答了，他说他去叫写这些字的师叔来，我索性在院子的花坛沿上坐下，等一等那位师傅。不一会儿，胖师兄就领来一长者僧人，口呼佛号，连连向我致意，并问我是否是居士，我忙解释，哪有居士问这些皮毛问题的？只是闲来杂读，对佛理教义有点兴趣，爱玩个文字游戏罢了。长者僧人也没有回答六和典出，只是替我解释六和之意，我再问，"戒利见身意"相配的是"五同"，为何只有"口和"

177

一个人的修行

中没有"同",却是"无诤"呢?是不是抄写错了?长者被问急了,忙向我保证这个绝对错不了,是方丈亲自给他的底稿。据他补充说方丈最近在普陀,回来后便向他确认。换个轻松话题吧,见香炉里有三炷香不同寻常,香灰非但不落,还自己绕行打圈,我便请教长者这有何禅机?他答:敬香之人心有千千结,我问:我没有奉香,师傅可知我心有没有千千结?他答:能他人解见和自我观照,女施主是烦结已解之人。知道他这句话是恭维我的,我也恭维他一下:皆因佛心长留,故而烦结自解。于是各大欢喜,相互道谢后告别,他送我出山门,指了一条后山小路,说沿着僻静小路,可一观鉴真大师系舟原址。其实对鉴真六次东渡我却不以为然,鉴真若有长叹,想必就是:早知今日,何必当初吧!回家后我查阅了佛经简要,知道六和是"六和敬",是释祖规范弟子行为的戒律,以"身和同住"为首,寺庙中专业僧人的一些解释都是有所偏误的,这自然是后话,不提也罢。

花木们一路簇拥着我下山,偶有长裙被藤叶缠住,竟让人悟出依依之情来。满眼最多的就是各类常春藤和爬山虎,尤其是断壁残垣上的爬山虎,你怎么看怎么美,一个颓废一个盎然,你知道生命之间是可以跨物质的,死便是生,生也将亡,你静静地站立在他们前面,一种美妙如爬山虎一样,瞬间缠满我心间。不认识的绿植多得数不过来,随手摘一朵野花,拍了照传给源源,考问她名字,她不假思索地打过来四个字:海州常山。真是叹服,如此生僻的植物和名字,她都记得正确无误。有了名字,就有了感情似的,一株海州常山一直被我擎在手里,不舍得扔掉,见客房茶几上有公安局的警告牌,很是扎眼,太生硬的警示,往往让人很逆反,遂在上方挖一小孔,将一株小花种在里面,一刚一柔,瞬

内心深处的自我

间生出诸多情趣来，警示该有开出花的温暖力量，才是好警醒呢！

晚上不需要娱乐，我的基本配置是宁静。一净室、一壶茶、一本书、一文玩，今夜读的书是易经，从第一次看算起，不同的版本已经整整看了16年了，有的版本晦涩，有的版本粗疏，南怀瑾先生这一版是我最受益的。有些书是快餐，解决个一时饥饱，有些书就是大米饭，一生都得吃它，易经于我就如大米饭一样，过段时间再读，又有新的收获，真是一辈子常读常新的好书。一个人的旅程身边带本耐读的万经之经，是再好不过的选择了。南老在书中说：易经可辟邪壮胆，读到此句，我笑出声来，莫不是暗合了我境遇？他还说有的人不适合晚上读，一读就睡着，他也不适合晚上读，一读就不能停，一读就一个通宵。我却不失眠、不犯困，读着正好。

在岛上，最烂的风景就是海滩，最有风情的也是海滩了。不喜欢下海游泳，我一直以为领略大海的美，深入海水里游泳，绝对是一种美感浪费。大海边是闲散人的天堂，赤着脚，散着发，和风一样自由的身心。捡捡石头贝壳，看着海浪裹着泡沫，向着你的脚下冲刷过来，潮水退去时，脚下沙子快速地流动，似要将大地陷塌了一般，调整呼吸，让你的意念也亦如潮水的节奏，一团团滚过来，正确划分每一个意念，和潮水融成一体，这样扬升起来的美好，唯你和大海共有。海边的泡沫，一丝丝一缕缕，大概是海的烦恼吧，越是海的中央，越似宁静，越边际，却徒生这些小小烦恼，人与海都是秉承一样的自然规律吧。在沙滩上画条大鱼，期盼它能早归故里，我也是上天画在沙滩上的一条鱼，在某个机缘来临之际，也能返身入海，去地心深处轮回了。海滩上熙熙攘攘，孩子们欢快的笑声就如海浪一般，此起彼伏，只有一个孩子，远离

179

一个人的修行

人群，一个孤独的小人影，在空旷的天地下，如此让人震撼，他的耳边没有喧嚣，甚至没有天地的存在，他透射进自己，营造着自己的小小王国。我不敢走进，不敢打扰，远远地望着，突要流下泪来，那也是我和我们啊，我们都是天地间孤独的孩子，不管曾经多少繁华和荣光，说到底，每个人最后都是孤独的本体，孤独是一个人生命最后的状态，早点习惯，早点适应，真到了那个时刻，才不会慌不择路，才不会惊慌失措，失去了应有的仪态。

沙滩上有小暗流，形成了一条微型的流沙河，趴在沙里，认真地看细沙流动的状况，伸出手指，阻挡了一下它的途径，它只略略改变了一下形状，没多久又恢复了原来的流动和路径，我笑自己，那一手指，是要模仿上帝之手吗？万物有灵，流动沙子也是生命，它按自有规律，寻找、探索，不断向前，刚才我冒充上帝，伸出的那个调戏手指，便是它的一个笑话，一段经历。人们喜欢大家伙，天生崇拜比自身高大的东西，壮美山河也因为宏伟壮观，而得到重视和赞叹，缩小的美为何便视而不见呢？做渺小的人物有何不可呢？微型的流沙河边，我哼起了小曲。

所有的行动都带着随机的新鲜，走走停停，随念生动。看见了各类军事堡垒、暗道和洞筑，极想进去看看，到底还是忍住了。看见小店名叫楚楚屋，便也进去逛逛，和老板娘胡乱说些话。更闲的时候，就坐在门前的楼梯上，看门前楝树上一束光影，缓缓地向西移去，地上的那摊阴影越来越大，不断变换着形状，我把这些变化着的影像附丽在自己身上，那束移动的光，那团落下的影子，当成我的生命中的一段，这里便有了一个时间的标注和记号，这岂不是非常简便的记录方式？

内心深处的自我

还有，认识了一个山里木匠，他的茅屋搭在半山腰，为村里打做家具谋生，我在他门前席地而坐，他热心地搬出一个小板凳来，我们便搭上话了。我指着一块大料说：中间挖一个圆孔，这不是大材小用吗？木匠笑答：这些统统都能用的，哪里有什么大材小用的道理？是啊，用小则多，用大则少，世间哪有什么多余之料呢？贵贱之分是木的材质，大小倒是其次。木材如此，人的才华也是如此，哪有什么大材小用的道理呢？如大用，只能用一件，如小用的话，就可用很多件，反正都会用掉的，着什么急呢？该让人反省的是自己是什么料？料有多大，这才是木匠们关心的。望着忙碌的木匠，我想他才是我这次出门遇到的禅机高人啊！

归程，前排座椅上刺绣着一个商标图案，像我行程的一个大大的圆满句号。我有"到站即醒，开动即梦"的本领，一路酣睡到家。拟将枕上日高卧，卖与世间荣贵人，呵呵，想起我这份得天独厚的功能，便着实有了几分得意了。

一样的渺小

今年清明播种的佩兰，绝收了。

当我还在为种子发芽率奇高而庆幸时，有一天却突然发现嫩芽不是在增多，而是在不断地锐减，仔细翻看每片叶子，也没有发现害虫。第二天清晨，谜团终于揭晓了，整盆嫩芽全部变成了光秃秃的枝干，齐

181

一个人的修行

刷刷地杵在那里,似乎在向我讨要说法,我一阵头皮发麻,迅速做出判断,一定要将凶手绳之以法。凶手是一只蜗牛,背着与泥土浑然一色的小屋,悠悠闲闲地躲在花盆内壁。蜗牛啊蜗牛,为了这几片佩兰,我一朝三顾,旱涝两忧,你到底和我什么怨?什么仇?人的愤怒有时并不完全来自于伤害结果,有时还来自于是谁伤害了自己,没想到和出乎意外会放大自己的愤怒,这很不合逻辑,但愤怒本来就是不讲逻辑的。蜗牛憨厚、迟缓的外表深深欺骗了我,这一点是我难以忍受的。于是,说时迟那时快,我充满愤怒血液的手指,飞快抓起了蜗牛的硬壳,用力地向地下狠狠摔去,就在手指摔力爆发的一瞬间,我莫名其妙地停住了。如果是电影拍摄,此时应该出现画外音,蜗牛在喊:我何罪之有?我心里的另一个声音也在喊:你有资格吗?

是的,我必须回答这两个问题,要不然我的手没法继续甩下去。

蜗牛有罪吗?为了活着,食色性也,无非是因为它吃了我辛苦播种的佩兰,才必须受到惩罚!?佩兰很无辜吗?被我播种后,欣欣然以为获得了生命,然后,不是蜗牛把它吃了,就是我把它当茶吃了,一样被吃,我和蜗牛有区别吗?因为我曾经有恩于佩兰,就比蜗牛更有资格享用它吗?大自然竞争法则,不仅仅是谁强谁吃,还有谁吃得快谁吃呢!我竞争不过以速度缓慢而大出其名的蜗牛,就恼羞成怒了吗?

万物同源同宗,从同一个地方来,也将到同一样的地方去,我们一起生于天地间,接收天地的馈赠,遵守一样的规律,如果以万物之心看万物,我们都是地球的孩子。人类小时候就被训练成以人类的眼睛看万物,其实害虫根本不知道为何自己是罪恶的,熊猫也根本不知道自己为什么是可爱的,万物统统被贴上了人类的道德标签,我们喜欢以万物主宰的身份来号令这个星球。殊不知，万物一旦存在，就有其存在的理由，都具有自身了不起的能力，苍鹰能高翔，羚羊能飞奔，佩兰有清香，蜗牛能自居，而人类唯一优于万物的就是思考，就凭此，我们就以为有了凌驾于万物之上的资格，这就是我们思考带来的负面作用，使我们自以为是的可悲之处。

蜗牛与佩兰的辩题还在我脑海回旋，几天后，电视报道里的一声枪响，再次射中了我。

美国俄亥俄州辛辛那提动物园，一名4岁男童爬过围栏，不慎掉入猩猩戏水池，动物园为搭救儿童，用枪射杀了大猩猩。在很多人的心里，人享有至高无上的特权，射杀动物保全自己，这样的行为毋庸置疑，一个父母没有尽责而酿成的险情，为何要大猩猩的生命来买单？我们真的没有既救出孩子又放过猩猩的万全之策了吗？显然是有的，但我们草率，因为对待其他生物的性命，我们一贯都是草率的，我们已经太习惯以人的意识来衡量价值了，只知道人的生命是独一无二的、是不可替代的，完全忽略了任何生命都是独一无二的、不可替代的，那是宇宙间固有的"一往平等"。所以西方哲人很早就有断言：任何灾难都和人有关。因为我们喜欢自以为是，喜欢自我膨胀，喜欢自作聪明，并把控制万物、改造万物为己任，并为之付出艰辛的努力，而这一切，已经为自己掘好了埋藏自己的坟墓。

很不幸的是，我也是人类，也同样这样傲慢过，盛气凌人地高高将蜗牛举起来，准备将它摔得粉碎，蜗牛一点也不慌张，它甚至都没有一丝挣扎，因为它比我更懂得，我与它都是渺小的，今天它在我的手指尖粉碎了，有一天我也在神的手指尖粉碎了，一样的开始和一样的结束。

183

一个人的修行

再说渺小是距离间的彼此认定,并不是一方特有的。

记得十几年前,我曾经作为文学青年拜访过一位大师,大师在沙发上斜坐着,眼帘一直是垂下的,我不知道他是否看清了我的样貌,估计他以为自己站在山顶上,一个站在山顶上的人,对着山下的人说话,自然眼睛是低垂的,估计从山顶上往下扫视时,山下的人必然是渺小的。我很恭敬地听着,时时仰望他,我这个山下的小人儿,望也望不到山顶,在我有限的视野里,站在山顶上大师的身影也很模糊,也是渺小的。出大门的时候,我对自己说,今天我学会了远望,不会远望的人,不懂得渺小,不会远望的人,只能近观,巴不得把人看看清楚,那时人的眼里只有大师的高大了。

年事杂记

一年又将过去,年终盘点自己的一些鸡毛蒜皮的小事儿,也是一件颇有乐趣的事情,翻看一年中积累的照片,像一部正在播放的纪录片,我实在是生活的一包大调料啊,平平凡凡,却有滋有味。人类的伟大之处是能将自己的思想,跳出自己的身躯,跑到别人的心里去,一旦记下文字,就成了公脑,能唤起亿万人记忆的公脑,这样真好。

这一年,家中红鸾星动,喜事渐进,笑儿和婷儿完成爱情长跑,步入婚姻殿堂,大喜日子一天天临近,每个人心里都披红挂彩、喜乐无边。我在两家的婚书上写道:笑语娉婷,温裘玉戴,看着一对璧人,仿

内心深处的自我

佛看着上天颁发的勋章一般。家庭是道场，每个人都是一尊神，夫妻之间、父母和孩子之间的相处，就是人生最直接的修行，而一个婆母的自律和修养，是家庭和谐之灵魂，这一点我深深感知，历历践行，在亲密无间和相敬如宾之间，去幸福地感受每个人的自我完善和成长。

这一年，股市投资很失败，最大的失败不是资金损失，而是对股市的麻木和冷漠。从不在银行存一分钱的我，居然开始研究理财产品的利率，真是此一时彼一时。幸好误打误撞买了笑儿和婷儿的婚房，让人长长叹息，这个世界看不懂的事真多。新房是期房，就在家隔壁，和孩子们相隔一碗汤的距离，是最令人温暖的距离。小区还在施工建造，球球便找到了新的乐趣，天天混在建筑工地，一日三查，每日汇报工程进展，整个小区电路、水管、信号、煤气等基础设施地下走向，他都清清楚楚，连今天要种哪批树木都了如指掌。和工人混熟了，他们戏称他房产公司聘任的质量监督员。

这一年，足足用二年半时间才定制的家私终于完工，累计共40余件，对一个家来说，这绝对是一项浩大的工程，从尺寸设计、木材选购、到雕花样式，一路走来，想想投入的精力和财力，简直不堪回首。幸亏遇上了仁亮老弟，一个传统木工手艺人，周到用心，诚信敦厚，圆了我的红木梦，种种机缘集会让人感知无规律的力量。所以，在一件事上投入多少，决定你能承受多少压力，决定你能否咬着牙坚持直到完成。一直喜爱红木的质地，深爱它的气质，每一道花纹都是他的笑容，每一根棕毛都是他的眼睛，有时发出木质收缩的响声，在我听来就是在呼唤我。很长一段时间，深浸在紫檀、降香黄檀、交趾黄檀里不能自拔，每有红木会展，便如得了宝似的颠颠而往，在这些堪称艺术的作品

185

一个人的修行

面前,流连忘返,长久静默。

这一年,如己所愿调换了岗位,多年夙愿终于成真。有人不解地问,职场高龄还去二级单位,真的有必要吗?想起在哪里看到过的一首偈语:手把青秧插满田,低头便是水中天,心地清净方为道,退步原来是向前。这大概是我内心最好的回答。所幸新单位的同仁们友爱坦诚,宽待相处,我很快就在那里扎下了快乐的根。如果要说遗憾,那就是每周都要穿一次工作服,很丑却很无奈,常常宽慰自己,已经学会的妥协和退让,从认真服从和执行这条纪律开始。

这一年,我的红尘更深。每天的生活都从清晨的一泡茶开始,感觉身上隐隐有了清素素的茶气。遇上好的节气时令,偶也自做一些花茶,梅茶和桂茶便是最多的品种。继续摆弄我的盆景、插花,毒日头、大雨中,都有我执念的脚步,心血来潮想要完成一盆插花的迫切,任何理由都拉不住我。当然也旅游,对旁人来说,或者压根算不上旅的意思,只是很轻松的周边走一走而已,躲几天清净罢了。

这一年,还是一如既往地爱书,一书在手,便有拾级而上的从容和淡然,在古典的书丛中越走越深,拾捡圣贤们遗落的思想珍珠,编一根线把它穿起来,平白无故地就多了一条极美的首饰。最近,又疯狂爱上了册页,读古人的画,就如小时候看连环画一般兴奋,那方老墨里,有暗香盈袖,那团留白处,有血泪飞溅。极喜徐渭的写意,青藤门外,愿化成一片张望又慌张的树叶。看八大山人的白眼鸟鱼,那样的藐视一切,那样的桀骜不驯,看得我心疼了好几天。当然,仍然坚持每天码点字,随意地记录,任性地描绘,大概一年五六万字的进展,产量很低,好在没人在意我产量高低,也没人催我高产快产,自由地挥写,慢慢吞

内心深处的自我

吞地过着我的紧日子。

这一年，终于下定决心练习书法，父亲的字不能到这里就断了去。还是遵循我自己的原则，不想找老师，自己学，自己悟，自己骂，自己笑，本来就是很愉快的过程，友人说，没有老师你走偏了怎么办？没有老师学起来慢啊！什么是偏呢？我实在不懂，只要是自己走的，再偏也是正途呢！有老师就如看电视剧，提前被剧透了一样，更何况我干吗要快呢？所以，我临帖也是浮皮潦草，马马虎虎，只看个大概形状，倒是对那些名帖碑上了瘾，读了又读，舍不得放下了。读颜真卿的《祭侄文稿》，看得我伏在案上大哭一场，如此方正严谨之人，写到最后满纸血泪，每个字都泣不成声，横竖笔画毫无章法，人间大悲大痛，穿越千年，一直流淌在这黑白之间。

这一年，我家的花事仍然是头等大事。在泥土里，在花草间，你给它多少，它就还你多少，没有捷径，不能偷懒，夫妇二人常常劳作不懈，小园一年四季花开不败，每一朵花的含苞、盛放、凋谢，我都替她留影，毕竟我们相处一场，真心相待一场，它们如若不嫌弃我，我必真心托付于它。不用刻意避开喧哗，内心自种闲菊。

这一年，仍然爱我的京昆二剧，风儿常送戏票来，给了很多亲临的机会。偶也跟着唱片唱几句，都属低级票友的水平。常常留意老师的微信，跟着她信息，仿佛就一直跟着她在学戏一般，她估计比较厌烦我这类学生，又懒又犟，又超级自恋和自以为是，有时也有点叶公好龙，这些歹处，我心知肚明，但我却不舍得改正，改正了就是旁人了，存在就是成为自己，自己成为自己，这样更好。

这一年，继续玩我的熏香，以前折腾自己手工制作，折腾一圈回

187

一个人的修行

来,还是回到原点,老老实实闻我的老山檀。焚香鼓琴,确实是清欢的门道,但是说白了还是一个"闲"字惹的事。这与手头有多少事无关,只和心闲相连,我心不能闲,一闲就要捣鼓一些疙瘩事。

这一年,厨艺有了很大的进步,其中有婷儿的功劳,她要做大长今,我只好学做韩尚宫了。好在现在学习都在网上,查好攻略,配好食材,和婷儿边商量,边试验,倒也不觉得特别难,洗手做羹汤的我,有一种焕然和醒悟。尽管如此,但我仍不能爱上,厨艺和女红是我精神的跛脚,天生如此,再东施效颦也是伪装的。

这一年,还是断断续续收些东西,对于收藏来说,怎样的才高八斗都是沧海一粟。这几年市场不景气,适合百姓们游逛的集市关了不少,一年一度的展览也销声匿迹,我淘货的来源便断了,偶有一些小收获,也不足挂齿。倒是将老父珍藏的和田白璧,定制成了工艺摆饰,中间白玉就是月亮,周围的木雕全是花卉,正应了花好月圆的喜兆,令人满意。

这一年,迷上了运动,这当然是我夸张的手法,所谓运动只是散步走路而已。一件简单的事,做个360天,雷打不动地坚持,便成了极有意义的事情。老父说我,敏有余,恒不足,呵呵,那也是过去的我呀。友人们在手机互看健步走的步数,互相点赞,就如路上相遇了,互相点头一样,所以,我点赞的时候,都是满带微笑的,我以为,友人们定能感知的。

这一年,和老同学聚了一次,地点在杭州。其实说我们是同学,还真是有点心虚,只是一次偶然的短期培训,做了一个月的同学而已,天南地北的一群人,十几年来就牢固地以同学相称了,且十几年如一日,

内心深处的自我

时不时地见个面,捎个信,问个好。所以我觉得所有的在一起或者不在一起,都是借口,愿意在一起的,想方设法找借口在一起,不愿意的也总能找到不在一起的理由。两天的欢处,生出很多不舍来,临行同学们给了一个任务,就此聚会必须赋诗一首,回沪高铁只有短短的半小时,那也足够了,积攒在胸间的澎湃,一泄而出,写了《西湖那场雨》(附文后),海萍立刻配了音朗诵,成了这次聚会完美的句号。罗老师厚爱,定下明年一月刊登。

这一年,以为散失的老照片终于找到了,凡是一时间找不到的东西,我都固执地以为神灵借去了。整理翻阅那些逝去的旧时光,我的手指沾满了爱的灰尘。从来不说自己老了,看着照片上的稚嫩,我在光阴里跪下,向岁月举手投降,生命不但遗落在岁月的长河里,也留在我脸上渐起的细纹里。如果投票选择人类最伟大的发明,我的一票便投给照片。

这一年,身边的几位挚友都晋升到更高的位置上去了,他们在人生舞台上精彩演绎,有很多人都买门票去看演出,而他们仁爱我,非但不收我的门票,还任意我出入,在最后一排我的固定位置上,默默为他们祈祷祝福,偶尔也鼓几下掌。牛喘月,雁随阳,总成忙世界,蜂采香,蝇逐味,同是苦生涯。我懂,那是一条归路上的分岔道,前面的终点我们还会再见。云泥异路之后,总有人鹰击长空,也总该有人渔樵耕读,我在长亭自摆一壶茶,如若赶路口渴,倒是一个很好歇脚之处,不妨常来。

一年琐碎,都是不惊天、不动地的家常事,而家常的力量是原始和朴素的力量,推着我顶着岁月的寒风一往前行。我耕种心田,盘点时

189

一个人的修行

光,在精神的稻田里收获麦穗,如此,下一年我的粮仓也将填满。精神的粮食常常被糖衣包裹,把他伪装成物质,我们买一辆吉普,其实我们需要的是自由,我们买一瓶啤酒,其实需要的是朋友。就像今天,12月26日,球球买了生日蛋糕,其实我们需要的是合家团聚,喜庆欢乐。

生日快乐,楚楚!

我的自由

企业内部报刊上发表了千字文,或许是因十几年少有此类的作品发表,因为新奇之故,一群文友把一锅水烧开了。先是有人私信善意地提出文稿修改意见,文辞上微改几行,便能更显意境,我觉得有理,于是诺诺。微信群里开始有人点赞和叫好,点赞犹如点卯,不出来赞一下显得不合时宜,所以很多路过的文友都不忘出来鼓励一下。有老师提醒我,该出来冒个泡,谢谢诸位,要不没有礼貌,我赶紧迎上前去,再次诺诺。接着接到一位前辈A的电话,几句寒暄之后,话题又绕到刊登的小文上,一般评论别人文字时,按照惯例总先要夸几句的,然后一个"但是"作为转折,便可以提一些建议意见了。前辈A也如此,但又唯恐伤及我的自尊,言语拿捏得十分谨慎,小心翼翼地提出,如果这类文字要往省级报刊投稿的话,必须注意分寸,不可太自以为是,不要太以自己为中心,这样的文稿编辑老师都不喜欢,编辑老师唯有遇到下列三种人,可以容忍这类文字,一是德高望重的社会名流,二是社会公认的

内心深处的自我

文学巨匠，三是炙手可热的畅销作品作家，如我这样突然冒出来的写字者，要学会隐于人后，隐于事后，才能让编辑读者欢喜。静静听完，我说：老师，我不投外稿的。口气怯怯，却完全属于顶嘴性质的。前辈Ａ口气坚定地预测：你总要向外向上投稿的！然后语重心长举了二位成功者的事例，如何功成名就，如何力拔头筹，自然余下的通话时间，就是话不投机的垃圾时间了，草草地挂了电话后，我突然更加坚定地承认，十几年来自己坚守和独享的那份寂静，尽管在别人眼中无比荒唐，对我来说却无比正确。

我想起了加缪和萨特的"自由"之辨，人到底有没有自由？同为存在主义哲学家，萨特说人是完全自由的，加缪说人是不自由的，萨特说：我们可以自由地毁灭自己的生命，将生命销毁作为终极选择，故人是享有自由的。加缪说：请你向纳粹举报我，我正在地下印刷反德言论，请他们立刻逮捕我，并枪决我。萨特沉默了，说我不能背叛我的朋友，于是加缪胜利地得以推论，人尽管有自己结束生命的极端自由，但终有一种东西可以凌驾生命之上，左右你的言行，所以人终究是不自由的。

人类的自由是一个有限选项里的自由，不是无边的自由选择。就拿那篇小文发表后的事例来说，我可以选择写还是不写，也有投稿发表不发表的自由，但是一旦录用发表了，那么其他意识的自由便一拥而入了，这是外在力量的自由入侵，我的选项里就有了更多由不得自己的选择。对友人的善意提醒和赞美，按照绝对自由的说法，我发表后就完成了我的自由，而后种种应该已与我文字本身毫无关系，但我必须选择按常理出牌，有礼有节应对美意，在不伤及自身的前提下，这些自由我愿

191

一个人的修行

意放弃。但是在触及精神篱笆时，我内心的那条狗就会汪汪大叫，毫不留情地驱赶入侵者，这是我另一种自由：拒绝。

当天晚上和老友续茶，重提旧话，对此事进行了第二次发酵。老友宽慰道：前辈A为振兴地区文坛可谓呕心沥血，他一片苦心对你，总归是为了你好。或许他言语不甚恰当，但出发点是好的。好是什么？每个人眼中都有不同的好，譬如我娶了这个老婆，从此如漆似胶，恩爱无比，从此君王不早朝，但你说，这个老婆不好，休了她，我给你介绍的这个才是最好的，我自然坚决拒绝了，于是你说那是一片苦心，那都是为了你好。这是什么逻辑？己所欲勿施于人。如果你以为你所说的就是好，那你自由地去追寻，却不能强迫别人和你一同去追寻你以为的好，这是其他人的自由，你无权以"为你好"的理由剥夺别人的自由。一个好的出发点，却通向一个我不想去的终点，这是好吗？西方哲人曾经说过：以爱的名义犯下的过错，比以恨的名义犯下的过错深渊一千倍。

老友闻言默然，又道：前辈只是觉得你只停留在自娱自乐的境界有些可惜，你完全可以放开手脚博得更大天地的。可惜吗？这个世界不会因为我而有变量，我们都不是改变方向的人，只是一颗微不足道的尘埃，在此停留一段生命而已。要不要用自己的东西证明自己，谋一个更好的前程呢？目前看似乎不太需要，因为我现在的状况已经是好前程了，要去谋更好的前程就是一种变量，变量就是未知，变量就有概率，就有不一定比现在更好的概率。当然这完全是以我的评判标准来确定的，不一定是每个人的真理，但却是我的内心真实。

老友摇头：既然你将前辈A给你指引的路看得如此黯淡，完全不以为然，那么前几日一文友习作刊登在知名报刊上，另一文友作品获奖并申请获得省级作协资格,你为何也出来深深祝贺和点赞呢?可见你也是有羡慕之情的。羡慕吗?是的,羡慕他们能心想事成,祝福他们自己希望达成的愿望得以实现,这是人最为快乐的事情,我的祝福和羡慕只限于人能自由地完成自己的愿望,并自由地达成愿望,与他们达成了什么愿望无关,与得不得奖、当不当作家无关。因为达成愿望的能力和愿望的本身并不是一样的,就如"道",并不是"道本身"一样。

将以上种种激烈的交锋,记录成文字,然后拿给散木看,他说:你自己是自己眼里的你,不是别人眼里的你,你有了选择成为自己的可能性了,但你同时也将失去成为更多可能性的选择。我点头赞许:或许在年轻的时候,我要的太多,我的掌控欲、求索欲都过分透支了,中年之后,我该学会如何做人生减法,少一些欲望,少一些目的,少一些成就感,包括少一些人与人的交际,少一些与这个社会的关系。

世间只有一种成功,就是你有足够的自由以喜欢的方式度过一生,人生的自由不是自己想去做什么就做什么,而是不想去做什么,自己能够抵住外面的压力和诱惑,坚决不去做什么。今夜,我把我的自由如此这般标定了。

话说共振

近几年,陆续退出了一些圈子,这里完全没有贬低那些圈子的意思,恰恰相反,有些圈子品性高洁,行事风雅,完全具备当今社会衡量

一个人的修行

精英的所有素质，之所以舍得"退出"，总结起来就是无法共振。共振是彼此共同形成的现象，故没有共振，便没有谁对谁错、谁高谁低、谁贵谁贱的区别，只是没有而已，这是谁也强迫不了的事情，谁也勉强不了的事情。

我们生存的现实世界，是一个万物共振的世界，我们所见色彩缤纷的世界，都因共振而造就。钠原子共振波到达我们的眼睛，形成了共振，产生了黄色，汞原子的共振让我们感受到了蓝，氖原子的共振让我们感知到了红，三原色交汇，幻变成七彩斑斓的世界。不光是色彩，包括人类以及一切生命体的一切感知，听到的，尝到的，触摸到的，无不是生命主体体验到客观而共振后的结果，我们欢笑、悲哀以及美妙丑陋的所有事物都是与共振息息相关。连地球都以8赫兹的固有频率在振动，所以我们所处的环境，也是一个阴阳共振的时空，万物赖以生存的一切能量都来自于共振。陈天威先生在《对称论》中说道：没有共振，宇宙就是一锅粒子汤和漫天辐射。

人是天地间信息处理器，是天地藤蔓上结的一串葫芦瓜果。人生来就是为了沟通信息的，为天地互传信息，为万物传递信息，当然更多的是，人类自己群体内传递信息。脑科学发现，人脑电波运动服从于量子力学，我们思考的时候就是脑电波共振的时候，人与人交集，通过思想交流，产生意识的碰撞和交互，脑电波之间的同频率或者成比例的频率就能产生共振，那么人与人之间的信息得以匹配，人与人才得以共鸣，一切感情都以共鸣为基础条件，没有共振和共鸣，即失去了彼此间的存在意义，既没有吸引力，也不再彼此需要和认同。从物理角度上分析，人与人之间的感情、信赖，就是这样公式化的透明，它可观察，可测量，可计算，甚至可判别它的趋势，所以意识流应该是意识的流。

当还是孩童的时候，每个人或许是1，他可以被所有的数字除尽，和所有数字产生倍数关系，所以他和一切的人和事都能发生共振，一个人年轻时也容易和人事发生共振，因为年轻，自身的频率常常灵活切换，自由跳动，所以与人事产生共振的机会非常多，这也是交往到一辈子知心好友的最佳时期，渐渐年长，自身的频率会趋于稳定，不断收缩频率波动范围，有些人到了晚年，甚至只固化成一种频率，谁也不能让他更改，于是和一切人事产生共振机会便大幅减少，有些人进化成了"质数人"。研究了一下质数，发现它们是一群极可爱的数字精灵，100个自然数里，就有25个质数，这恰巧也符合"帕累托"定律，即我们通常所说的二八定律，100个人中只有20%的人发挥着关键作用，包括空气中的21%的氧含量等等很多现象都符合二八定律。如果把一个人频率设定为100的话，其中只有25个质数位置产生的频率，才对人生起决定性作用，这些位置通常只能被极少数人所理解，甚至只有他本人自己明白，他们只被1和自己整除，所以，他们拒绝和任何人事产生共振，在晚年只能和孩子或自己在一起的时候，才有共振的关系，才能产生心灵的愉悦运动。

世间维度上，人是以不同层级进行分布的，进化和升华到哪个层级和高度，通常自己并不知道，需要通过同一级、同一类的互证，才能得到肯定和认可，所以在一个空荡荡的空间里，如果无人回应和印证自己，那是多么恐怖的孤独，那种孤独既是自己不断修炼、不断精进而求来的，也是自己一生努力要摆脱的。除了同一层级的人以外，与自己等比例整数关系的人，不管上下相差几个能级，也能产生共振关系，一

195

一个人的修行

旦有这样的愉悦体验，必须及时抓住，享受当下，因为每个个体都在前进，过了这个时刻，你们之间又不能形成倍数关系了，你们的共振便结束了，所以你会发现，多年的老朋友只能远离，因为彼此或已不在一个层次上，或已不是倍数关系了。

物理学的共振原理和人事相处关系，细细剖开体验，二者之间是一种天然契合的，那是极有趣的一件事情。原来人与人之间的关系，本来就有规律在，它们的规律如此有序，仿佛本来就是这样的，只是愚鲁似我等的凡人，长了一颗蒙迷的心而已。所以当多年的铁杆朋友渐渐淡出我的生活圈时，我也不大惊小怪或者拼命挽回了，因为至少可以证明，我们两人都向不同的层级迈进了，今天的我们已不是昨天的我们，当下的我们既不在一个平面，也不能彼此整除，听起来尽管有点可悲，但不管对我，还是对那个朋友，都是一件值得庆贺恭喜的事情呢！因为我们都没有僵化不动，都没有原地踏步，我们运动着，移挪着，我们都鲜活着，所以，从这个角度上想，我们便有再次重逢的概率，期待重逢，那是我对这段情谊最好的祝福。

太低的意识形态和太高的意识形态，外在表现是极其相像的，它们都是一种简约的、对称的智慧结构，这也是返璞归真之朴素哲学的奥秘。解了这道题后，我对身边留什么人、远什么人都淡然笑之了。

感知的能力

梅雨时节，没有一天不下雨的，撑了伞散步也成了晚饭后经常的事了。下了雨的路上，人很少，再加上空气湿润，整个世界就像黑白照片，忧郁得满腹心事起来。

金悦幼儿园门口，一对母子吸引了我的注意。孩子只有二三岁，穿着短衫短裤，脚上套了一双小雨靴，只见他口喊着一二三，纵身跳进面前的一个小水坑，水坑中浑浊的泥水四溅，溅得他满身满脸，那种普通的物理现象，引得他咯咯咯地大笑。最有趣的是那位母亲，不但没有阻止，反而饶有兴趣地蹲在身边，为孩子打着伞，随着每一次四溅的泥水顺势躲避，开怀大笑。远远地望着她们，心被渐渐打湿！一位可敬的妈妈，不但没有抹杀孩子感知世界的能力，而且教会了他寻找快乐的能力，不是所有的孩子都有一个和他一起欢笑、在背后为他撑伞的妈妈的。

上小学三年级的时候，我也曾意外地拥有了一双漂亮的红色高筒雨靴，那时镇上的孩子都穿低筒的黑色元宝套鞋，愣头愣脑的，有一双自己的红色高筒雨靴，当时对我来说，是一件非常了不得的事情。可令我发愁的是，天天晴空万里，骄阳似火，十几天连个雨星都没见着，新雨靴拿出来又放回去好几回，就是没有"履新"的机会。爱幻想、爱行动的我再也不能坐等老天的施舍了，我决定自己造雨，正确地说是人造

一个人的修行

一块"雨地",用脸盆装了水,倒在家里的院子里,可太阳太烈,水泥地都渴得要命,第二盆水还没打来,刚刚倒的第一盆早已只剩淡淡的水迹,终于找到了一个小小的低洼处,连续倒了几盆水后,期待的效果终于出现了,我急忙穿上小雨靴,尽情地开始了我的踏水游戏,可是水还是太浅太浅啊,我的高筒雨靴的优势怎么也发挥不到极致啊,要不,索性就踩在深深的脸盆里吧,当我把一只脚试探地踏进脸盆里时,一股凉意隔着雨靴缓缓地渗透进来,哦,那种舒爽就是广告里的"哇!"的感觉啊。

可是脸盆毕竟太小,我两只脚齐齐地在中间踩踏,哪有不摔翻的道理?随着一声"哐当——"巨响,我沉沉地摔倒在地,搪瓷脸盆也摔落了一大块瓷画,最要命的是惊动了屋内午休的外婆,她以为发生了什么事,急急跑出来发现院子里狼狈的我,耐不住要穿新雨靴的小心思立刻被她看破,"侬只小货色啊——"外婆通常用这句话开头,以此表示接着要开始责骂或者家法了,无非是一些老套的数落、埋怨话,或者有轻有重地几下拍灰尘,这些其实我并不害怕,心里也不抵抗,只是装着一副甘愿受罚,知道错了的可怜样,希望能快快让她消气,快快放我一马,我得细细地查看一番,这一跤是否把雨靴摔伤了,这才是我刚才这一摔最揪心的所在。

对比两段童年,并不是要从不同的结果,对比谁的童年更幸福,哪个孩子更悲哀,因为我从没有觉得那个烈日午后,我有什么悲哀可言,直到今天,我仍然清晰地欢喜着那雨靴进入凉水的冰爽感觉。两段童年中有一段共同发光的东西,那就是:孩子感知幸福的能力是一样的。如果我们把知识、财富、名利、美貌等有形事物当成种子的话,那么感知能力就是泥土和水,我们更多的人会特别注重培育各种种子,种子从一开始就要优选,就要改良,就要孵化,不能让孩子输在起跑线上,就是怕种子一开始就选错了的心理,当一个人终于具备了一些幸福的外在条件,却突然发现一颗饱满的种子只是紧紧握在手里,没有地方播种,没有水土的滋养,再顽强的种子也会在岁月流逝中枯萎,越来越多的人无法感到幸福,不是他们不拥有幸福的物质条件,而是丧失了感知幸福的能力。而孩子是感知能力最强的人群,一滴雨,一只蚂蚁,一根棒棒糖,都是他幸福的天堂,孩子是纯真的,唯一单纯,只抱守着初来乍到世界的本心,不懂别有用心,和宇宙一起快乐。其实快乐是一种永恒的宇宙本相,鸟儿快乐,鱼儿快乐,万物都快乐,无论生长、还是死亡,整个存在都沉浸在快乐中,除了渐渐长大的人类。王小波说:人类的一切痛苦,本质上都是对自己无能的愤怒。男孩快乐,因为他感知他能跳入水坑,溅起水花,他比这潭水能多了。长大后如被飞驰过的汽车溅了一身脏水,他如果感知到痛苦,必是感到此时车里的人强于走路的他,他无能,所以他不快乐。同样的水珠一样溅在我们的身上,却因为我们的感知,产生不同的快乐和痛苦,感知能力的强弱,就决定着你发现和享受美好的多和少,感知角度的差异,就决定你获得的幸福和痛苦的多和少。

开不开花,结不结果,表面看是种子的事情,其实一切都是泥土说了算。

今天,十几天梅雨终于过去,久违的太阳喷薄而出,东面的木栅栏将阳光过滤成深一道、浅一道的光影,每根小草尖处都闪着金光,如踊跃发言齐刷刷举起的小手,光影下的那一片草坪凝固了晨光。我简直是扑倒在地的姿势,拍下一组照片,内心如被透射似地澄亮起来。起身赶

一个人的修行

紧分享给源源,图片传送中,她的图片像先知似的,也恰好同时到了。两人图片内容也惊人的相似,一棵今年新发芽的铁树嫩叶微微卷着,绒毛在阳光下滤出的光影,把她给迷住了,急急忙忙给我发图片,这图也把我给镇住了。

原来,一个频道的两个女人,一大早都在收听大自然的小广播呢!

读书和写字

和素轩聊近几年自己对读书的态度。

我说现在读一本书,能不能懂,记得多少,有什么感悟,统统无关紧要了,她说是我骨子里的惰性,披着假清高的外衣,享受散漫罢了,以前头悬梁、锥刺股的拼劲不知哪去了。我说我以前是浮皮潦草,满脸的功名利禄,用董桥老先生的话说,那是过分长进了,现在大概是还以前的债吧。

如今的读书就是游魂,觉得好就笑笑,觉得不好也就笑笑,读完或者读不完,都随时能搁下,于是,魂魄归来,顿然骋怀醒来,有时什么也没留下。写作也是如此,行其欲行,止其欲止,无有野心,无关宗旨,把这件很正经的事,当成很不正经地去做。所以,我最怕文友见了面便问,你的书什么时候出版啊,写的进展如何?天哪,我哪有什么具体进展和规定计划呢?又不敢直截了当地杵别人,于是嗯嗯啊啊地编出一些谎话来,好在我善于巧言令色,很快就能逃出话题。偶尔写几个字，得意了，也会传给几个密友看看，还厚颜无耻地夸耀一下，然后就扔在一边文档里去了。曾记得写过《琵琶词》鉴赏小文，也给素轩看过，有一天她再次问我原文时，居然就找不到了，我问她，是否我们共同做了一个琵琶梦啊？百千个文字怎么说没就没了呢？于是她大笑，说我就是天生狡猾，凡是不能解释的东西，都用东方神秘学来忽悠人，对方一旦被唬住，就被扯开思路，不再追究我的逻辑混乱和胡说八道了。她命我，要么重写，要么找出来，断不可偷奸耍滑。没了就没了，反正琵琶曲还照样听，喜欢还照样喜欢，再写一遍，和重新找出来，都是极无趣的事情。

一直以来，我始终认为，我迄今为止最优秀的作品就是我的生活，而不是其他。真所谓艺术应当成为非艺术，文学应当就是非文学，这个非，才是他们的本真。其实我写东西主要宗旨不是要告诉读者什么，而是自己向文字讨生活，讨一个不断丰盈起来的生命，所以，教我重新写一遍，就如重新活一遍，那怎么可能呢？一切文字所展现的都是作者滞后的东西，灵魂和思维早就到前面去了，文字才急巴巴地跟在后面，文字有时就是灵魂的分泌物，有些是汗水、唾液，有些还是垃圾，读一个人的文字，通过一些细微分析，读者可以依稀能感知到灵魂本体长什么样，但永远不是全部，永远不是进行中的当下，所以，读一个人的文字大可不必太珍惜，唯一需要珍惜的是，你阅读或者写作的当下，和文字瞬间产生的一丝似曾相识，感知到豁然开朗，那种愉悦穿越时空而至，那一阵同频率的振动，才是最值得美妙回味的。

笔也是肉做的，写多了，它也很累的。我欠素轩的文字债很多，欠一些热心报刊编辑的文字债也很多，素轩要求给她的文字必须符合她

一个人的修行

的审美,有些行,有些不行,就如非要让屎尿香甜,这就不行。编辑们要求我给他们的文字必须控制字数,有些行,有些不行,就如非要精确地规定吐几口唾液,出几滴汗,这就不行。于是我采用的方法,就是拖着,懒着,反正欠她们很多很多,况且我无赖的办法也很多很多,而且变化层出不穷,一时半会儿,挚友们常受我糊弄,等醒过来又被我开溜了去,他们往往没得办法,只好笑骂几句了事。知道还是众人宠我的缘故,任我胡作非为一些,就如文字和书,毕竟是宠爱我的,任我贬低他们一样。

有位老师问我,你坚持数十年一直写那些文字,自费出版那些书干吗?我懂他问我干吗的内涵,但我懒得解释,因为一解释就是矫情,就是不归路,一解释就离自己的初心越来越远,我只自己闷头快乐地干着,你们爱看我是为了什么就是为了什么,这多好!如果一定要说一个理由,那我愿我的文字,在百年以后,我的孩儿们、孙辈们读起来,就如我在他们面前絮叨一样,还能知道他们祖上有个老奶奶,曾经这样想过,这样活过,这就是我迄今为止认为的、最伟大的、最壮美的全部意义。

宇宙或者说大自然有一个特定的目标:寻求进化。人类和一切所有生命,生生世世都在干同一件事情,进化、进化、再进化,瓜果植物如此,人类动物也是如此。难能可贵的是:人类除了通过交配组合、形成染色体优化、不断进化的手段以外,人类还通过学习和思考,在精神世界上不断进化和提升,这就是人为何存在的原因和基本意义。读书和写作,对我而言就是精神进化的方式,我把无影无踪的意识,以实体的相貌记录下来,有时记录得完美一点,有时记录得糟糕一些,那有什么关系呢？关键是要将这些，借用现代先进的印刷术和强大的计算机存储功能，把它带到未来，那些身体里游动着我的细胞基因的孩子们，读他们祖上奶奶的话，或潸然泪下，或幡然醒悟，或莞尔一笑，难道不是他们精神上的愉悦，不是另一种形式的精神进化吗？有人说，你好狂妄啊，就给你的孩子们看？就你们家不断进化、进化、进化吗？其实，在三四代之内，我们往往把血亲分得很细，这是谁家的孩子，绝对不允许抱错，几十代、几百代以后呢？未来的读者都是你的孩子，你都是他们祖上的奶奶和爷爷，不是吗？这样一说，大家更说这是狂妄至极了，因为不管怎么说都是狂妄的，因为这样做着就是狂妄的。于是，我只好沉默，面对着那位老师的提问，很闷很无趣地回答：不干嘛啊！

面对我的无趣，老师临走语重心长：你这样浑噩地思考和做事，一定会跌跟头的。我乐了，一个人进入某个领域，一开始往往要跌个大跟头，那是因为你碰到了门槛而已，不管你是跌进去的，还是滚进去的，至少你在门槛之内了。我觉得他那句话，是吉言预兆，我恭喜自己已是槛内人了！呵呵！

琵琶词

16：55，泥丸在QQ里发来了林海的《琵琶词》，说定是我喜欢的调调，随手打开，边听边准备下班，两段前奏音节后，突然琵琶声崩而出，一串叮咚却抹着最淡的忧伤，缠绵得让人动弹不得，我怔怔地坐

一个人的修行

下,如着了魔咒似的一遍遍单曲循环。那个夜晚,我没有任何公务,却在办公室里假装加班,听了一晚上的琵琶曲。

其实很小的时候就不喜欢琵琶。跟着外公午后去茶馆听苏州评弹,台上坐的女相公,便抱着琵琶边弹边唱,那琵琶的音色实在嘈杂得很,如吵架的婆娘似的,每个音符都带着杀气,开着机关枪向观众扫来。不过,热闹沸腾的茶馆评弹,倒确实需要琵琶震一震,开篇一起,底下看客便立刻安静下来,评弹女调缠绵糯软,琵琶声声干净利落,浑然一听便是绝好的。台上唱什么自然不懂,我更在意的是外公桌上点的那些茶点,还有琵琶上拨弄的那双玉手,手指如葱,涂着鲜红的蔻丹,在琴弦上或挑或飞,或抚或滚,好看得让人心神摇曳。稍大一点看动画片《大闹天宫》,一个天王拿琵琶当法器,捉拿悟空,更成了意识上的蛊毒,我的心里索性将琵琶当成了武器,琵琶的"武像"因此深深嵌下。长大后听了琵琶曲《十面埋伏》,震撼的场面,紧张的节奏,琵琶如此有张力的叙述,我倒觉得在意料之中,琵琶就是用来打仗的,尽管演奏得好是极好,但于我,没有好感。一直到看敦煌壁画反抱琵琶的飞天,我还这样忿忿不平过,就算盛唐歌舞中琵琶处于首乐地位,它和衣袂飘飘的仙女就是一点也不般配。

是今天的林海一曲《琵琶词》,让我重尘之珠初见明泽,久闭之蛙才出井口,原来,铮铮和琮琮,泣泣和诉诉,更奏千千遍,琵琶也可以如此美艳。低眉信手续续弹,说尽心中无限事,一幅唯美的长卷在你眼前徐徐展开:江南的春季,却是离别的季节。高亮的清脆是离人强颜欢笑的脸庞,欲说还休,长长的泛音便是离人在行李中偷放的那一支发簪,有粉笺上墨迹渐干的誓诗,有策马远去的背影。每一个音符都带着

内心深处的自我

铃铛，如一串风，时时摇动着相思，每个音符都带着水滴的跳跃，一忽儿是一只孤寂的小鸟，一忽儿是红烛跃坠的朱泪。一个人如此思念一个人，甚至于会嫉妒那人随身带走的一切杂物，肌肤相亲的围巾、皮带、袜子，都比远隔天涯的人强上许多。思念的力量能让云朵放弃高高在上的位置，只愿做一飞禽，可以自由飞伴在身边；而远飞他乡的孤雁，也愿放弃飞翔的自由，变成停驻在山前的朵云，在屋前屋后下一阵喜相逢的小雨。有蝴蝶飞来，那是一朵花的灵魂，回来寻找曾经的它自己，两个经过生死分离的自己，必在此地灵肉相融，紧紧相依。

　　林海是用心的，组合音节里的每一种乐器都有了最好的表现，长笛、小提琴、中提琴、钢琴、洞箫巧妙穿插，横来竖去，时隐时现，构成了一个丰富厚质的和声系统。专业界评说此曲最精彩是曲子中间一段，钢琴突然变成主奏，琵琶用频拨促音相符，再配上龚琳娜女声吟唱，此处天籁般的"啊……啊……"，是全曲最具看点的华眼。对此，我不敢苟同。钢琴主串倒还罢了，女声吟唱最是大大败笔，就如一个淳朴村姑，抹了彩妆一样，或许比本人要好看一些，但那些妆容本不是村姑的美，涂在脸上，终究是别人的美丽。如林先生只是要丰富曲调的表现手法，不妨在中间加一段琵琶的暴力，如一段愤怒的裂帛，如飞蛾扑火的惨烈，如摔碎环玉的决绝，琵琶声线都能正确地表达，它那穿透时空的声波，要传递到远方，告诉那个至今未归的人，今夜不回，我就死。哭过闹过，寻死觅活，而后再静下来，觉得这世间除了爱他，等他，就没有更好的事了，爱一个人不都是经过这些的吗？曲末尾声的爱事中，焦虑和浮躁渐渐淡去，人自无声弦自语，依然悠悠，依然绵绵，江南的水乡，一轮日落，缓缓慢慢，私语的夜幕，缓缓慢慢。

一个人的修行

曾有人说一段好音乐，可以让人听一辈子，听《琵琶词》确实有了这样的味道，包括有位名人在专访中说，他一个人开车去西藏，十几天车上只放李志辉的《平遥古韵》，别人不信，我信。好音乐就有让人欲罢不能，越熟越亲的能力，他们能调动起你身上所有的美好细胞，给足你得以愉悦的能量，让人产生依赖和信奉。

好人也是一样，遇上了就抓住他，信奉和依赖他，永远别怕单调，一直单曲循环下去，这是一辈子简单的美好。

家常的力量

坊间流传着这样的定律：正数智商看美剧，负数智商看韩剧。我看韩剧，因此，常被闺蜜们取笑，把我归类为飙泪卡通图。我无力辩驳，只知道，牵动我心，即为我爱，喜欢某一类文艺作品，有时真的没有道理，什么智商衡量，鉴赏水平高低，统统是他人的角度，与己没有关系！喜欢韩剧，并非喜欢偶像，而是喜欢它的叙事方式，细腻的，温情的，琐碎的人间真情，被刻画得感天动地，如春风化雨，滋润着观者心。最近周末黑天黑地的看完了《请回答1988》，哭一阵、笑一阵，仿佛在上演自己的故事。

剧中双门洞一个寻常的弄堂里，住着比邻而居的四户家人，每天傍晚都在上演着换菜游戏，东苑的烧了肉，盛一碗给隔壁尝尝，西园的烧了菜饭，又盛一碗过来，邻里之间的温情就在那一碗碗的热腾腾的美味

内心深处的自我

中传递、交换,而孩子们就是快递员,捧着碗忙碌地穿梭在几个院落之间。《请回答1988》的第一集中,邻居们亲如一家,温情四溢的换菜场景,让我的眼眶禁不住地湿润了,这简直就在上演着我家老宅的故事。

儿时的老宅,门前有一个很大的院落,院落的弄堂口有个孤老,小时候念过私塾,是大户人家的小姐,因被划成地主成分,年纪轻轻就守了寡,也没有生养过孩子,或许是斗地主的那场运动中,被人打瞎了一只眼睛,可谓命运多舛,一生坎坷,外婆和她平辈,直呼她闺名陆伯芳(拟音),我们孩子也跟着喊名字,每每外婆呵斥我们没有大小,不懂规矩时,她总是护着我们:喊名字好,喊名字人旺气,时间一久,陆伯芳三个字俨然就不是名字了,成了弄堂里家家户户助她旺气的一种尊称了,况且尤其这个"芳"字,远远地一路喊过来,着实有些轰轰烈烈、繁荣昌盛的感觉。几家邻居每有时鲜金贵的菜肴,总是不忘给她盛上一小碗,我家外送的任务总由我来完成,记得一次端的是肉丸子烧蛋,送去的路上,食指大动的我,偷偷地吃了一个丸子,晚上送回空碗的时候,她直夸味道鲜美,说尤其是两个丸子中加了冬笋,特别好吃,外婆疑惑问:不是三个肉丸吗?她顿了顿,支支吾吾地说:对对对,是三个,太好吃,都忘记数了,外婆闻言哈哈大笑,你真是越活越糊涂了。在隔壁偷听她俩如此对话,我才放下心来,偷吃总算没有暴露。事后,几次想找陆伯芳去讨好说个"谢"字,她都像从没发生过这件事一样,再也不愿提起了。

饮食是国人的文化母乳,中国人只有团团坐下来一起吃了饭,才算完成了重要的仪式,人与人之间馈赠食物,就远远比其他礼物郑重得多,至少之间的关系比送其他礼物亲昵得多。那年,源源曾经自己挖

一个人的修行

了荠菜，做了荠菜馄饨，特意送到我家，礼袋里居然放了两根葱，一勺子猪油，少许白胡椒，看着这些，便忍不住哭了，这些亲手制作的美食和细微到佐料的用心，该包含着对我怎样的关怀心意呢。今年刚到新单位上班还不满两月，淑兰书记一日就塞给我一个食盒，里面是酱瓜炒毛豆，说是家传美味，定要让我尝个鲜，拿着那个食盒，怔怔地待在原地，突然觉得我们不是什么新同事，仿佛是认识十几年的老姐妹了。人以食为供养，食物与人之间有一种天然的信任感、依赖感，邻居之间、好友之间、同事之间，传递和分享食物的同时，就是传递着信任和依赖，这种温暖和情谊是人对自我存在意义的确认。在那部电视剧里，这种深层意义的确定，就通过这些琐碎的小事，在你眼前一一实现，一一回放，令人观之受益，自照回味。

剧中的女主角德善是家里的二女儿，二女儿的身份本来就是孩子中尴尬的排行，没有长姐的里程碑意义，也没有小弟幼弱的宠爱笼罩，排行第二的女儿，似乎就是家里的多余，是父母施爱的过度。德善的生日和姐姐差一周，从小到大都和姐姐合用一个蛋糕，姐姐吹完蜡烛，许完愿，父亲拔掉两根蜡烛再点上，就算过了德善的生日了，为此德善小姐委屈地喊出：我是不是你们亲生的啊！看着泪流满面的德善，我非常明白她那一刻的怒吼，是多少年委屈的累积，我清楚地感知到她的绝望，和深扎在胸口的那根刺，有多么的疼痛。自小我也在大家庭中长大，孙辈中五个堂表亲孩子，我也是老二，一个外甥女寄居在外婆家，自然没有长孙男娃们至高无上的地位，也没有父母的格外庇护，外公外婆就是我的隔代父母，所有的大人们对我的情感，更多地体现在对一个自幼丧母孩子的怜惜上的。12月26日是我的生日，可偏偏和伟大领袖是同一天，那一天，家家户户都在吃寿面，举国欢庆的日子里，我的生日一直淹没在铺天盖地的集体祝福中，这一天是全国人民的，是全家族的，唯独不是我的。记得有一次，外婆端给我一碗寿面，面上额外顶着一只荷包蛋，那时候荷包蛋的金贵程度，不是如今孩子能想象的，这个象征着生日特殊待遇的荷包蛋，此时就如一株小蜡烛一样熊熊燃烧着，映红了所有孩子的眼睛，表弟仗着外婆的宠爱，竟然厚颜争闹着要霸占它，小表弟拗不过对美食的向往，外婆拗不过小孙子的眼泪，我拗不过外婆期待的眼神，人间温情暖意拗不过生活的拮据和物质的贫瘠。那只落入小表弟饭碗的荷包蛋，碾碎了我满怀的憧憬，泪珠如面条直挂的我，那一刻也想如德善那样大吼一声。

在这韩国人拍的肥皂剧里，我确实找到了太多相同的镜头：微醺的爸爸，回家后第一件事，就是冲到已经熟睡孩子的房里，把孩子的小脸捧着，胡乱地摸索和亲昵。裘裘年轻时也这样捏玩过梦中的儿子，我在一旁心疼儿子，也心疼这个唯有以酒壮胆，才会表露对孩子宠爱的男人。曾也和德善一样，把活动铅笔芯当成测试幸运的法器，16岁那年，我把活动铅笔芯按了16下，用一大截长长的铅笔芯抄写课文，据说，铅笔芯不断的，就能考上好学校，可我抄了才两行字，铅笔芯就"嘣"地折断了，但是霉运却没有兑现，我的中考成绩是三年初中所有考试中总分最高的一次。也曾和正旭一样，看见好友鞋带松了，毫不犹豫地深蹲下去，埋头为她系好，抬起头来，我们俩相视而笑，那种笑容纯净美好得让人一生难以忘怀。

我称道韩剧的好看，无非是感怀于这些作品中有真爱，人生中，时间带给我们的都是残忍，但给我们的唯一礼物就是爱。韩剧中看似琐碎

一个人的修行

的细节，却内生着家常的力量，人情世故的冷暖，生活的酸甜苦辣，却有着惊天动地的震撼力，所有人无处可逃，或被击中、被同化，或被唤起、被点悟。人生无非是一场假戏真做，你和剧里的主角们就是不同舞台上的演员罢了，他们演，是为了换取他们想要的东西，你演，只为了印证自己的成长。

缓一缓就很好

开上了mini新车，一切尽欢。正为其人性化周到设计赞叹不已之时，突然有了一个重大发现，车喇叭笨重无比，不要说一只手轻按不动，就是双手用力往下使力，喇叭仍然不出声。一切以驾驶愉悦为宗旨的汽车商，一定精确地测量了一个女人瞬间使用的臂力，精确地计算出重新调整思路、重新组织动作一般人需要三四秒钟，而就是稍稍缓一缓三四秒钟，前面路况已经悄然发生变化，开车的司机会发现，其实刚才根本不需要按喇叭。这份用心和周到是更广阔的境界，它给司机设置这样的障碍，这个障碍，是广义概念的愉悦和周到，这一切都让我深深动容，也让我深受教育。

万物发展，自有其运行的规律和速度，根本不需要催促，但我们好像很难做到不着急、不催促，这些喇叭声急急忙忙地响着，就是没耐心再等一会儿，其实只要一会儿，生活际遇就会幡然不同。我们不但自己等不及，还要处处按喇叭催促快一点，再快一点，我们催促植物和家禽快快生长，催促孩子快快学习、快快长大懂事。

　　究竟为何？人性中有快的需求吗？我以为，这就是人之贪婪的本性。一出生我们的生命就是有限的，有限的时间，我们要实现无限的可能，不快一点，我们如何能用尽每一分钟时间呢？有限的生命中需要拥有更多，就要加快节奏，才能更有效率。这些思想，已经成了我们珍惜生命的表现，已经成为我们的潜意识，融进我们身体的每一个细胞，不但左右了我们的言行举止，也左右了社会的价值取向，只有多多丰收、快快丰收的人生，才是成功的人生。所以，快的背后就是多，慢的背后就是少，这样的逻辑天经地义，万寿无疆。呵呵，要知道集体看多，集体求快，是多么有风险的人生啊！多和少，快和慢是比较词，必然是比较后才能得出结论的，为此，人们总需要旁人来鉴定自己，通过比较，你是快多者，你就成功，反之你就失败。如此简单的比较，简直是活给别人看的人生，以别人眼睛决定自己的成功还是失败，终究是不稳定的、不快乐的、不安宁的。

　　于是，我想到了一个总量平衡的问题。所有的能量既不会凭空产生，也不会凭空消失，只能从一个物体传递给另一个物体，在大自然中以不同的形式表达而已，为此，万物都有着守恒的规律，并以对称的方式保持着总体平衡，既然万物有一个活力，那么必有一个死力与其对称存在，这即是整体宏观的总衡关系，也是个人微观量能的平衡关系。你在这方面多了，就在别的地方少，你在这个地方快了，就在别的地方慢了。人一旦以整体概念思考微观人生后，我们会幡然醒悟，会学着慢下来，静下来，从静处体现活着的无穷魅力，平常那些十万火急的事情变得如此不可思议，那些很多很大的名利收获会变得如此滑稽可笑。小

一个人的修行

的时候,我和堂兄表妹们在饼干桶前争论是最激烈的,当大人们一旦宣布,不要抢,每人各自领三块去。话音刚落,我们就安静了,反正每人额度明确,便开始细嚼慢咽,细细品味美味了。人生也是如此,老天给你一切,就像儿时我们抢的那几块饼干,为了增加大人自身的乐趣,老天事先便不告诉你,你饼干的份额是多少,其实他心里账早已算好,只是逗着孩子们玩玩而已。我去他手里抢下的饼干,就是他心里要发给我的饼干,数量多少,美味程度,都是他事先摊派好的,我只需认真接受,好好想想该如何享用,是扭一扭,舔一舔,还是泡一泡?这些才归我管,这些才是我的正果。

突然,想起了很久前的一个恶作剧。我年轻时候好牌局,周末休息不打几局纸牌,心便挠得难受,常呼朋唤友聚会,那时我们的孩子年龄都还很小,年龄又不相上下,一群孩子不管在哪家碰头,都闹得地板发颤,屋顶房梁发抖。记得闺蜜的女儿叫小小,天生一个尖嗓门,还是个小话痨,几个打牌的父母都被吵得眼冒金星,又苦于要经营手上战局,实在没时间也没精力修理他们。一日,我突发灵念,悄悄向小小传授了不说话的诀窍,我说:一个人一辈子说话总量是一定的,如果每人定量是几十万句的话,那么,早说完的人,只好早死掉,所以,小小你要不说话,这样就活得很长,不会死掉了。本来是吓唬吓唬孩子的,不料小小一听,大惊失色,险些要哭出来,说自己以前已经说了很多很多话了,怎么办呢?会不会死掉啊!我只好再安慰她,说以后不说话,或者少说话就好。这招非常管用,大尖嗓门和小话痨大有改善,我们的耳根顿时清净了不少。

15年过去后,小小已是亭亭玉立的大姑娘了,见着我也只是甜甜地笑笑,她仍记得那一年我的叮嘱,简直是个蛊咒一样,持续发挥着效用,应该对孩子那时的心灵也造成一点伤害。然而,如今细想那一年无心的一句戏言,倒真是一句哲言,这么多年来,自己也深刻感悟着无言和少语的力量。如果一个人一生的言语真有总量,那你急巴巴地说这么多、说这么急、说这么清楚干吗呢?

人在钱前

喜爱一家专卖老鸭粉丝汤的小店,生意很火,一开就是十来年。每次饭点去,总要排个小队,今天排在我前面的是位小伙,付16元时,柜台里的老板娘把他的五元钱还给了他,说能换一张吗?太旧了。小伙急辩道:这不是五元钱吗?是假币吗?老板娘和颜悦色地说,是真的钱,但这钱看着不舒服,这五元就算我们店里今天优惠吧,不收你的了。小伙自然乐意,老板娘也未见不痛快,两两都欢喜地完成了点单结账。

是老顾客的缘故,事后我找了个机会问老板娘那天的初衷,她笑道:你是读书人,总想着什么高深的道理,我哪想那么多啊!我说:16元免去5元,小本生意的,决计是不小的让利,开店不就是为了赚钱吗?她又笑道:我妈教我一句话,人在钱前!自己舒坦比赚大钱还是赚小钱重要。所以,你看我家的汤料都是老鸭直接煲的,配料的菜都是我自己亲自洗的,这样我自己心里舒坦。我向着她直翘大拇指:难怪你生意红火,就是为了自己舒坦。真是街巷有宏哲啊,世间有许多品德美好

一个人的修行

的人们,他们或是渔民、农夫、售货员、小生意人,为了谋生他们处在卑微的阶层,他们不懂什么艺术、精神,对哲学或许一无所知,但他们确是世间最自然的精华,他们是散播在大地上美好的种子。

老板娘对零钱整洁的过分要求,她本人或许只是为了整洁而已,我替她往深层里想想,却有另一层巧妙的深意。只赚干净的钱,不要让钱沾了铜臭气,如果这个简单的情节里添加了这些思想的催化剂,就有了做生意的象征意义,就有了为人处世的原则,这些话我终究没对老板娘说,这些理念是寡淡的,远比不上她那句:人在钱前,更有滋味,给不给她贴这些金,她都如此。

之后,陪女友去相亲,也遇到了一个对钱有洁癖的人。按如今社会上的衡量标准,男方也算成功人士,早年下海淘金,如今功成身退,休养身心,由于他见多博闻,再加上谈吐不凡,一顿饭吃得人人喜笑颜开,我心里也暗暗赞叹,他俩的姻缘到了。几周后去电探查进展状况,女友告知主动回绝了男方几次邀约,已经明确双方不再来往,各归陌路了,忙问缘由,女友说第一次相亲吃饭,她就发现一个细节,男士付账时,掏出的零钱都是整整齐齐的,每一张都像熨烫过一样,她当时坐在边上,瞥得清楚,皮夹里居然有一张整整齐齐的一毛纸币,由此断定,他必然是吝啬之人,便不再有继续发展下去的念想。闻此言,恨不能化作电流,顺着电话线窜到她跟前,给她一个大耳刮子。如他这样早已实现财务自由的人,钱为何物,早已经明明白白,他愿意花时间将毛钱整理干净,甚至压烫整齐,绝不会是舍不得一毛钱的缘故,那是为了自己的感受。我把小店老板娘的事说了一遍,我问女友,如果你有他这些资产,你会花时间做熨烫毛钱的事情吗?做和不做,根本区分不出吝啬和

214

豪爽，却能区分出一个人的心性，区分出对人对物的态度，试想一个大男人，要有怎样的静心，才能够做这样的琐事呢？他是早早地将人的感受搁在金钱前面的了。

闺蜜有了悔意，我反又踏实起来，一个在衡量男人小气还是大方的女人，毕竟是把金钱作为考量要素，来衡量人的，而那个男人早已将钱事扔在身后，定会以自己感受去考量，他该不该付出必要的金钱，这样的感情，两个人即便发展起来，也是隔着的，终究不在一个舞台演戏，如何合唱"七月七夕长生殿，夜半无人私语时"呢？反而是无缘再聚，倒是二人之福了。

其实大凡人和人，处世为人，就隔着钱这张纸，一个站在钱前，一个站在钱后，其实距离并不远，但一个盯着前面看，一个盯着钱看，不是人的眼光问题、心胸问题、觉悟问题，就是摆放自己的位置问题，摆放钱的位置问题。

就是这样简单，人和人，就是这点区别。

凉薄的世界里

到了今天，还在为世界的凉薄失望，确实无法原谅自己了。

其实刚出生，就被老天投掷在一个凉薄的世界上，一个永远失去了母亲的孩子，不管这个世界如何温暖繁华，感觉总比别人多几份冰天雪地一样。所以从小就比同年龄的人成熟、懂事，尝尽了凉薄的滋味后，

一个人的修行

竟然不怎么感到寒冷了，反而别人给的一点点温暖，就能让我感到无比幸福和满足，这是迄今为止我能抵御寒冷的最厉害的武器。

即使有了天生的防御力，可在残酷的现实面前，仍然不堪一击，与其说是对薄情的委屈、失望，还不如说没想到凉薄程度让我没有预备，高估了自己的预判能力，面对真正的人性冷漠，我还是那个冻得瑟瑟发抖、祈求食物的卖火柴的小女孩。

这样的情绪困顿中，我开始反思自己，为凉薄二字痛苦，这个根源到底在哪呢？

夏东豪提出了一个逆商的概念，就是你在遇到逆境时，如何解决问题的能力，逆商越高，在逆境中越不会受伤。按照他的理论，我要这样问自己，你觉得世间凉薄，众人待你不公？那请问你要别人如何对你，你才觉得世界是温暖的呢？人人都为你铺路？做你的垫脚石？人人都时时给你鼓励和赞扬？无条件支持和拥护你？如今无非是现实的程度没有达到自己的要求，和自己的预估有一定的差距，于是就判定世间凉薄？不可救药吗？你以为你自己是谁呢？敢这样的贪心、奢侈！一个高逆商的人，根本不看别人做的事是否正确，只管自己是否能够正确地认定。

所有人都不是为了你，才来到这个世界上的，每个人都有自己的使命，如果在完成自己使命的同时，又恰好给予了你一些相助，那是额外的恩赐，不相助也是理所当然。如果常常感到世界凉薄，那就是自己的问题了，是自己的奢求过分了，自己想要控制人和事的欲望太多了，这个世界人情本来就是凉薄的，或者说温暖是非正常的一个阶段，取完暖，本来就要回归冰冷的，人走茶凉说的是正常规律，如果还在叹息这个，便是自己没有洞悉这个世界的本质。读《艾柏林悖论》的故事，女

内心深处的自我

儿、女婿、丈人、丈母娘四个人愉快聚会，丈人无意中提出到一家饭店去吃饭，女儿想，既然父亲提议，违背了老人的建议就不太好，自然不好不反对，只好假装支持，女婿自然不敢反对，表示拥护，丈母娘看到三人都兴趣盎然，自然也假装赞成。结果去饭店的一路状况辈出，人人辛苦万分，更何况酒店饭菜糟糕，让四个人扫兴而归，女儿首先抱怨，丈母娘也火冒三丈，女婿也无奈表示遗憾，丈人吃惊地说：啊，我就是随口一提，没想到你们人人有兴趣，自己也不得不继续保持好兴趣了。在这个故事里，你会有趣地发现，在这个世界上，人人都会感到委屈的，人人都觉得自己为了成全别人付出了很多，你以为别人一定得到了满足，你的牺牲和付出是有成就的，可现实情况恰恰相反，人人都是受害者，这就是人性之间引发的悖论。

在这个世间，赢的都是薄情人。凉薄本来就是要来摧毁人的，摧毁的同时也是来唤醒人的。大凡越是美好的事物，越是美好的心愿，凉薄就越毁得彻底，一点也不剩地毁给你看。天降大任于斯人也，你定然有这个能力抵抗凉薄，有这个悟性来参悟凉薄，才让你经历，才让你去感知。

有时哀伤和痛苦不能缩小了去隐藏它，不能将它浓缩成一个点，它将成为你心中永远的记痕，你索性将它放大吧，解剖吧，它便在整体情绪中被自行稀释了，就如一滴盐水落进海里，才知道大海原来也是咸的啊，原来渴望的淡水是多么微小的比例啊，自己不是幸运的淡水，至少90%以上盐水都和自己一样，那就不算倒霉了。

责问完自己的灵魂，再坐下读小禅的那句话：在薄情的世界里深情地活着，于是我解析了"煮字疗饥"的全部内涵。

一个人的修行

自作多情

看了一幅漫画，颇具讽刺意味。一个即将跑到比赛终点的美女运动员，张开双臂正在向冠军冲刺，不料观众席上窜出个小伙，也张开双臂迎着美女运动员拥抱过去，这一幅题为"自作多情"的漫画，让人轻松失笑中，不免陷入深深反省中。

细细察看身处的世界，几乎人人都是那个小伙，或多或少都曾经扮演过自作多情的角色。父母以自身的得失标准限制孩子的言行，孩子以自身的喜乐给予父母的孝敬，这些都是自作多情的范本，更不用说情人之间数不胜数的经典实例了，就是对待一盆花，我们也会自作多情的，那些把花养死的，基本是浇水勤快的人。人类向来有着自作多情的毛病，喜欢一厢情愿地做出种种表示，想以此博得自身希望得到的结果。人们沉醉于这种先斩后奏，不能自拔，并以情的名义，为所欲为。这一可笑滑稽的劣性，一旦暴露或者失败，却会很快获得宽恕，人们往往也不觉得是很严重的错误，好像非常值得同情和原谅，仿佛自作多情者才是弱者，才是受害者，压根不愿意去追究这种劣质思想的毒害因素，人人都会轻轻一笑，骂一声自作多情！而后就姑且放自作多情一马了。这样愚昧的集体意识，映照的是个体的自我私利，是一切以自己为主宰的错位认识。因为人人都有可能会犯这样的毛病，所以人人便不想去治疗这个毛病。

内心深处的自我

那年登顶泰山，在五大夫松下小歇，读诸多石刻题诗，都是歌功颂德的词调，当时就想，这无非是君王愚昧人们忠君的一个把戏而已，如今想来，这还是帝王式的自作多情啊。你始皇登封泰山，中途遇雨，免遭雨水淋虐，自然要避雨，大松在此，又不单单为你皇帝而来，你嘉奖护驾有功，封"五大夫"爵位，与大松何干？为确保松大夫该有的体面和排场，大夫松周围几丈都被清理砍伐，树冠高度务求不能超过大夫松，就是如此的造次，大松屡遭雷劈，终毁于雷火。唐朝后补植五棵，人说是受了陆贽在《禁中青松》一诗中有"不羡五株封"之句误读，才讹传一棵为五棵，其实我以为，这未必是真的误传，古人极讲究格局，孤松不吉，五棵占据五行位置，也极有可能是为了保护古松，不再遭受雷电的机关布局，可惜到了明朝，五棵松不是被劈就是被洪水冲走，哪里还能保全？难道身封爵位的松树，也和人一样吗？富贵不过三代吗？

读《左传》，里面有一个很有趣的国王，卫国的国君卫懿公喜爱鹤，鹤在他的王宫享受着无与伦比的待遇，但凡鹤出行，懿公都舍不得他们步行，专门为鹤定制了乘坐的轩车，他的鹤被分别敕封为丞相和将军。狄人伐卫，众将让国王派有爵位的鹤出战，国被灭，人鹤两散，卫懿公对鹤的自作多情，终于酿成了亡国之祸。

认真地老去

中年以后，友人聊天总爱感叹：老了。每每这时，我总能说几句开

219

一个人的修行

导人的话，友人反叽：你难道不怕吗？对待将老一事，还真能说上一摞不怕的理由，尤其是进入中年以后，居然越来越勇敢起来，不但没有了惧怕的感觉，有时还有点盼它早点来的念头呢。

老了其实是更自由了。先是自己放过了自己，不对自己有要求，或者也不理会别人的要求，没有了别人强加于你的奢望，没有人给你高目标攀登，这是人最彻底的解放和自由。

老了可以更简单了。简单本源来自于欲望下降，可以说所有的复杂都源于欲望膨胀，人老了，便可以物情两忘，简单起居，清单饮食，每天的生活纯纯净净，甚至可以简单到没有情绪，没有脾气，简单纯粹到只有生命。

老了可以更清净了。不愿理会你的人会越来越多，杜甫曾说：渐喜交游绝，幽居不用名，名利、情感、得失统统都没兴趣来找你，没有诱惑，没有彷徨，没有选择的烦恼，当然，没有了猜忌提防，与世无争，又有谁会来无端地排挤你呢？不争辩，只微笑。长辈们常常挂在嘴上的"图清净"，想来就是如此心境吧。

老了能掂出自己的真实价值了。《菜根谭》里有句话：贵而人奉之，奉此峨冠大带，我胡为喜？贱而人侮之，侮此布衣草履，我胡为怒？身在奋发有为的年龄，人的自身价值往往是带有附加条件的，或夸大了，或者贬低了，都是虚幻成分的，唯有到老了，洗尽铅华呈素姿，自身价值渐渐显露，尽管残酷，但绝对真实。

老了会明白自己到底要什么了。有人说，真正的成熟是你以前拼命想要得到的，现在不想要了，以前鄙视的东西，现在如获至宝了。浮云一生，繁华看尽，你会明白自己需要的到底是什么，吵了一辈子的夫妻，老了突然恩爱了，从不会管孩子的父亲，突然成了最称职的爷爷，买菜烧饭的家庭妇女突然在老年大学里才艺迸发，老有所乐老有所成了。

老了就可以实践无为而治了。可以静静地看一朵花开，数枝丫上的嫩叶，老了才能拼出的美才是真实的，年轻时拼皮肤，拼五官，拼身材，硬件差点的压根没法和人比，同时代的人都老了，在一起拼的魅力才是真正的，豁达、乐观、健康的。怕老的人，无非是怕孤独，而死亡是世上最长久最深厚的孤独，如果生死都已看开，并能坦然地接受那孤独。老着老着竟开出花来，这便是老有清香了。

确实没有认真地年轻过，只好认真地老去。

半旧的女人

最近读了一段文字，是讲中庸哲学的，说凡事折中为上，何为折中呢？落到一个"半"字上。

清代李密庵在《半字歌》中写道：看破浮生过半，半之受用无边。半中岁月尽悠闲，半里乾坤宽展。半廓半乡村舍，半山半水田园。半耕半读半经尘，半士半民姻眷。半雅半粗器具，半华半实庭轩。衾裳半素半轻鲜，肴馔半丰半俭。童仆半能半拙，妻儿半朴半贤。心情半佛半神仙，姓字半藏半显。一半还之天地，让将一半人间。半思后代与沧田，半想阎罗怎见。酒饮半酣正好，花开半吐偏妍。帆张半扇免翻颠，

一个人的修行

马放半缰稳便。半少却饶滋味，半多反厌纠缠。百年苦乐半相参，会占便宜只半。李密庵用生花之笔将天地人间的冷暖、得失、出入、是非、进退、乐悲，和盘托出，用一个恰恰的"半"字，找到了为人处世的"度"，表现出大智若愚的境界与品位。

半字相随的人生，需不偏不倚，居中守正，多一份太闹，少一分太陋，掌握着半张半合的尺度，其实是非常困难的，因为，半，必须是以满为前提的，满盈后才有自主选择退半的资格，是集中体现自我节制的生活态度，须知人生的满盈本来就是难得的，满盈后却能自制隐退，以半处停留，这份超凡的心胸和意志，非常人能够驾驭的。

由此想起了《红楼梦》中黛玉去见王夫人时的场景描写：靠东壁面西设着半旧的青缎靠背引枕。王夫人却坐在西边下首,亦是半旧的青缎靠背坐褥。见黛玉来了，便往东让。黛玉心中料定这是贾政之位。因见挨炕一溜三张椅子上，也搭着半旧的弹墨椅袱，黛玉便向椅上坐了。在极尽描写贾府金碧辉煌、气派不凡、礼数繁琐的一章里，这三个"半旧"却是最亮眼的灯火。完全有资格也有能力极尽华贵奢靡，王夫人却恋恋不舍那个半旧，因她已知无需彰显什么富贵，只要自己舒服就好，这个半旧就是让度，就是迁就，也是气度。

40岁以后的女人，就如这三个"半旧"的靠垫，尽管那锦缎已经磨得有点半毛，甚至洗得有点发白，但依然做工考究，保持着该有的姿态。一个女人，把奢华和雍容当成自己的里子，不声张，不显摆，不虚伪，沉凝低垂，脸色朦胧，让如烟的往事遮盖自己的明艳和热丽。半旧的女人既带着清朗的眼神，也带着谦顺的微笑，傲气与谦让同在，端的是工工整整的敬意，行的是实实在在的礼数，即使有不屑，也没有丝毫的鄙视，更多的是悲悯和理解，像脸上浅浅的细纹，不细究便不会发现。

女人半旧之后，自己的长处和短处都不愿意刻意掩饰了，似强似弱之间，身边的朋友五花八门，什么身份的人群都有，不同能耐的人，他们因你的能耐而走近你，又因你的笨拙而找到自己的价值，彼此在各自的位置上相安甚欢。名利二字更加冲淡了，做什么事情都可以更加任性了，在懒惰中用用功，在用功中偷偷懒，只做一个快乐行者而已。行事做派更加固执了，圆滑地讨好某某，一律都不乐意了，认准的东西和理念，基本就这么定了。审美更趋于古典了，越来越喜欢古老的东西了，喜欢逛老城、老街、收藏老物件，在苍老的物件中细数岁月，摩挲着一件亿万年的石头，便能落下泪来。还喜欢陪老人聊天了，刨根问底关注家族远古的往事，听老人们讲了第一百遍的故事后，继续专注地点头和微笑。更喜欢听戏、唱戏了，什么戏都喜欢，就算听不懂唱词，只要那个板眼在，满心的欢喜就在。远离繁华，远离人群集聚的地方，更愿意住在一个半旧的老城或者远郊小镇，用寻常百姓的法子过日子，用半神半人的心性想事情。

做一个半旧的女人，开始过半字人生。

暗恋桃花源

看完老赖的话剧《暗恋桃花源》，一句话也不想说，就愿沉默着，

一个人的修行

一个人孤独乘车回家，或者坐在车窗前，看着无边的夜色发呆。此时内心是慌乱的，反复问自己，你看懂了吗？因为剧中的隐射太多，创作者想要表达的太丰富，短短的两个小时内来不及品味、消化、吸收，所以，你内心被塞得满满当当，却不敢往外扔一个信息星沫子。

一个月后，我才敢重新思考《暗》剧，两个月后，我才敢下笔写自己的感悟。

舞台上有两出戏，一出叫《暗恋》，一出叫《桃花源》，合起来剧名就叫《暗恋桃花源》，简直有些牵强附会，但你会奇妙地发现被粗鲁后，却有说不出的美妙，一层层的心灵撞击随着剧情推演，如排山倒海一般把我淹没，就如突然强制吃了榴莲，一时不能接受和消化这样奇异的味觉，但假以时日，突然发现自己已经爱上了榴莲。对的，《暗》剧的魅力不在剧场里，而在观后的回味中。

故事情节很老套，编剧逻辑也很简单，《暗恋》和《桃花源》这两个剧团由于抢一个排练场地，不得不合用一个舞台，于是，悲和喜，疯狂和克制，时装和古装，坚贞和偷情，现实和梦幻，重逢和离别等诸多要素，统统无缝对接了。在一次次的碰撞冲突中，绚丽的火花，耀亮了所有人的潜思维。在舞台中央，两个剧的台词渐渐连贯上了，截然相反的情节渐渐合成了一个整体，如此不合常规逻辑的拼接，荒诞夸张的手法，产生了奇异的舞台效果，这种效果是以晕眩开始，以清醒结束的。这样一出"不合文法"的话剧，打出了自己的套路，击败了30年的时光。

人之所以有"凄苦心"，那是因为有了"分别心"，自作聪明地区分万物万事，别有用心地感悟万事万物，于是生就了一颗颗替天操劳的

内心深处的自我

烦恼心。其实,老赖告诉我,万物万事不管我们如何操持它,最后的结果都是一样的。多情的、偷情的、美好的、丑陋的,最后得到的感悟都是一样的,善良、邪恶、坚贞、背叛,都是我们主观设定的暂时美好和短期丑陋,一切都在变化和演进,唯一不变的是人类期盼的心。恋人期盼能够终成眷属,爱人期盼彼此坚贞相守,人们期盼和睦相处,纷乱的世界期盼世外桃源,这样的期盼哪怕以最荒诞的想象展现,依然是那样魅力无穷,犹如人类的暗恋情愫一样,如此强烈的期盼和愿望,是最高尚的情操。

老赖还告诉我,人生就是一场莫名其妙的开始,更是一场莫名其妙的结束。《暗》剧将这类莫名其妙推向了极致。例如大幅桃花舞台背景,莫名其妙地少了一棵,于是莫名其妙地多了一个舞台角色——绘景师,临时背对观众,专注地补画那棵桃花,补画成功后的桃花,果然天衣无缝与整幅背景融为一体,一片灿灿桃林完美无瑕,以至于人们不能再找到原来遗漏的那株。缺那棵桃花时,心里全是它的轮廓,完美补齐后,那棵桃花反倒遁消在桃花林中。想想我们自己,是一片桃花林中的哪一株呢?谁有这个魄力和勇气,甘愿做那棵缺齐的桃花呢?我们都要齐刷刷和别人一样,保持一样灿烂,保持一样色调,保持一样美好,因为,空缺等于失误,空缺等于堕落,这个等式不知谁帮我们划上的?以至于我们都不敢做那个独一无二的空缺。当然,看《暗》剧不能不提舞台上的那个陌生女人,她没有名字,没有交代,从头到尾在找人,是个莫名奇妙的梦游人,我们基本把她当成疯子来解读。当剧目结束的那束光打在她的背影上,最后一句台词是她一声凄厉的惨叫时,我们不得不问自己,她真的是疯子吗?她真的是配角吗?谁说她不是连接另一个世

一个人的修行

界的联络人？谁说她不是另一个维度的主角？是冥冥之中启示我们神明的先知呢？从开场起，我一直在内心问自己：她是谁？她在干吗？于是她就真的成了这场剧的主角。正应验了那句话：凡是有情节的都不是主角，莫名的人才是世界的主角。

散场时，前排的一个女孩扭头问他的男友：她是谁？小伙若有所思地说：那个人就是《等待戈多》中的戈多！此言甚妙，我心暗露微笑。

白与黑

一直以来，我总是固执地认为，世间唯有黑与白这两种颜色，是可以摄人心魄的。

该如何形容它们呢？世间万物，但凡到达极致之后，便会出现蜕变，而白与黑正是达到极致、纯粹到极点的状态，在即将出现背离前的那瞬间，便是黑与白的存在。它们是万色之源头，也是万色之归途，它们象征着生死的两极，又如基底标定了世间所有色彩。它们代表着色无穷多之总汇，也是色无穷少之统减。为此，在中国的传统文化中，白与黑享有着极其重要特殊的地位，它们是整个中华文明的基本色。

黑与白它们自带着古哲学的光芒。老子在《道德经》二十八章中便言道："知其白，守其黑,为天下式"，光明在即，甘守黑夜，心中光明，普照万方，这便是知白守黑的处世法则。太极图就是一对黑与白交互合抱的阴阳鱼，黑者为阴，白者为阳，古人用黑与白诠释了天地、日月、男女、上下等一切对立统一关系，用黑白喻示万物的运动、变化和发展，揭示世间万物对立又统一、阴阳矛盾的本质。所以有人说，若要读懂道教，先去读懂黑白，那里有道家真正的担当和逍遥。

　　黑与白它们自带一份沉重，尤其在生命拐点处更爆发着惊人的力量。中国人将丧葬礼仪统称为"白事"，小时候在乡下意外地见识过一场中国式的葬礼，整个晒谷场白扬扬的一大片人，个个一身麻白，头戴腰里扎着白孝带，当大门里缓缓抬出一口黑漆木棺，那黑色在白色中一现，就如把"白"撕裂了一个口子一般，现场人群的悲哀情绪瞬间"决堤"了，人人扑向那黑棺，抱着、拖着、跪着的，号啕痛哭。孩提的我只是偶尔路过的看客，也在一旁哭得稀里哗啦，其实我根本不知道哪家死了谁，更不太明白死亡的意义，但小小的我却感受到黑与白的力量，它们是那样令人震撼，它们带着仪式的庄重和纯净，宣蒸了人间的悲哀，以至于那一幕深深地刻录进了我的灵髓，再也不能忘怀。从此，小小的我、困顿的我，爱上了白，那年，外婆在我的辫子上扎了白色的蝴蝶结，我便知道这是给已过世的母亲守孝，那两只白蝴蝶翩飞了整个童年。

　　步入中年，开始练习毛笔字，尽管无甚长进，但却爱上了读帖，尤其是看拓帖，正好和墨汁宣纸的黑白来了个颠倒，细心潜玩，那里黑处沉着，白处虚灵，果是计白当黑，各种变化极其微妙。也看一些画册，中国画中无笔墨处的"白"，简直就是一种精灵，它不是空白无物，它是云，它是天，它是水，它是路，它是心中的一切寄托。其中八大山人最善于驾驭黑白，读他的画，便觉有活泛的生气向你吹来，心头那只小鸟，哗啦啦地拍着翅膀飞动起来。一波善画山水，近些年，各项技艺日

一个人的修行

新月异，常问我喜欢哪一幅，我便怂恿他画水墨，我只钟情于黑白，中国的画离了黑白的轴心，便离经道远了，不过远游一番也无妨，所有的人都将叶落归根，无论是生命意义上的还是精神意义上的。

白与黑，它们一个不容一点邋遢，一个包容所有邋遢，但它们都是世间最纯净的、纯粹的，不含一点邋遢的东西，我常想，做一个如白如黑的人，真是极好的。每一次认真地读黑或者白，都能读到清贫的坚贞，寒酸的丰富，冰冷的温暖，渐渐的我还发现，心中纵有五彩斑斓，喧闹繁华，都能被她掩盖，即便有陈年污浊，也被她洗涤一净。它们啊，真是我的一贴方剂呦。

植物界纯黑的花朵极其罕见，每每遇到纯白的花朵，我都报以无限的敬意。如果一朵花，她选择了以白色作为生命的颜色，那么就昭示着，她只想活自己一回，活得干干净净，活得简简单单，活得纯纯粹粹。对那样的生命，确实值得为它驻足、凝视，也值得为它礼赞一番。

让自己更丰富

写作绝对是一件需要勇气的事情。因为写作会暴露自己的愚昧，能让别人看见美好，这两者比重如何，老实说写作者自己也没什么把握，而唯一让我能勇敢地继续写下去的理由是，不管自己的愚昧还是美好，一经落纸，便成了有形的物质，有形了，便好推敲了，便好斟酌了，便能唤起自己或者旁人的反思了，如此周回一次，吾之内心便得到了一次丰富。

但人之内心为何要向往丰富呢？人之内心如何才能变得丰富？

第一个问题：人之内心为何要向往丰富呢？

一生下来就是匮乏的。出生后一丝不挂，一无所有，所以，生命的过程就是不断地丰富、增加，这是我们实现生命价值的必然途径，为此，我们的生命价值或者生命的意义首先便是创造。创造，可以是物质的，也可以是精神的，如农民种地收获，工人制造机器，包括我们繁衍后代，都是一种物质型的创造。记得有一友曾找我喝酒诉苦，一个晚上都在说自己没用，一无所有，怀才不遇，说得痛哭流涕，然后他接了个女儿打来的电话，接听电话的他完全变了一个人，如此儒雅，和颜悦色，整个人都放着人性的光芒。事后我告诉他，他根本不是什么一无所有，也不是一无是处，他创造了一个生命、抚育女儿健康成长就是创造价值。时下，很多年轻人流行丁克，我不能批驳为违背人伦，但我为他们难过，他们在无知无觉中自行剥夺了创造生命的机会，这种精神上的绝症着实令人痛惜。除了物质创造以外，人类一切意识形态留下的都是精神创造。所以，古人为人生目标设定两个方向：建功和立言，即为社会创造的所有物质和精神财富，这便是生命的价值和意义。

灵魂存在的本质就是寻求不断地丰富和提升，其本来的目的就是不断地扩充自我，于是不断地创造，而后不断地体验，从而去印证自我丰富的价值，为此内心必然向着不断丰富的方向发展的缘故。

第二个问题怎样让自己内心变得丰富起来呢？

我觉得第一方法就是读书（学习）。书籍记录着人类最优秀的经验，它是最优秀的灵魂载体。读历史，研究事物演变的全过程，便会产

一个人的修行

生凌驾时空的愉悦,世间没有什么比阅览全局、俯瞰时空,更让人心旷神怡的事情了,人们喜欢登高,一览众山小,便是看全局的心灵需求,读哲学,只要不愿意稀里糊涂地活着的人,都应该读一读哲学,希腊语里就是爱智慧,都要刨根问底地问一问:天为何没有穷尽?地为何如此深厚?自己为何而活着?死了以后还能干什么?哲学就是人通过理性思考与宇宙建立一种关系,它不是学问,是一种思考的状态,是思考的方法。科学是你不说我不明白,你一说我就清楚,哲学是你不说我清楚,你一说我就糊涂。其实不是一说就糊涂,而是你以为自己很清晰,一说哲学你才知道自己如此的无知。读文学,其实更正确一点说是读艺术,让一切不能看见的可以看见,让自己的感觉变得更为灵敏,看见一棵杨柳在岸边,还要看见映照在水里的杨柳倒影,要懂得水里的杨柳和岸上的杨柳,二者合一也是一棵完整的杨柳树,这是物质世界和精神世界的分设,读艺术帮助你发现这棵健全的杨柳。

学习史哲文,如研究木椅子,你知道椅子前身是木头,看见它每一步的制作,你在读历史,你思考为何椅子是四条腿比较稳定,一个平面和四角脚的关系,从椅子的构造看到规律,从椅子功能看到发展,你就是在读哲学。如果你一屁股坐上去体验,感觉身体获得了休息,感觉背后有依靠,双脚不由自主地翘起来了,你这就是在读文学。这样研究一个椅子,你才是全面地读懂了整个世界,所以读哲学、史学、文学度过一生,是你内心变得更为丰富的主要路径。

第二种方法是:处世。人的处世方式只有两种:交往和独处。

人在与人交往中确实可以从他人的经验中获得认识、交流信息,从而不断地丰富自己,所以大家普遍地认为与人交往是一种能力,所以我

内心深处的自我

们很多人都在学习与人交际的能力,并将它作为自身素质的一个方面。其实独处也是一种能力,通常喜欢热闹的人多,喜欢独处的人少,一个人不会和人交往,只是一种遗憾,但一个人不会独处,就是一种缺憾。独处时一个人产生最低限的需要,每个人活着,不可排除有时候必须独处,譬如睡眠,不管和谁睡觉,就是独处,梦是世界上最孤独的地方。这是生理和心灵的基本需求。与人交往是发现经验的过程,自己独处是将这些经验消化,并把它安放在灵魂某一个角落,变成自己的一件东西的过程,所以,它比交往更重要。

独处最大的好处是孕育、唤醒、激发。

孕育思想体系、唤醒人的神性、激发出超人类的力量都离不开独处,释迦牟尼、耶稣、穆罕默德尽管彼此信义不同,唯一相同的都是经过了长时间独处,尼采说:离群索居不是野兽就是神灵。历史上很多不善交往的人,或者交往上的白痴,确是某一方面的天才,因为他们交往的缺失,导致他们只好独处,他们与生活拉开距离,与灵魂对话,和灵魂相遇。耳聋后的贝多芬,大概也是因为无法交往,才激发了无穷的艺术想象力,创造了不朽的作品,《史记》《孙子兵法》多少举世无双的巨作,都是在监狱禁闭中完成的。

有些老人喜欢独处,其实他们是在为死亡做心理铺垫。死亡是人类最大的独处,寂寞的极限就是死亡,只有甘于如此,敢于奔赴最极限的独处,才能安静地、祥和地面对死亡。有些老人喜欢热闹,害怕孤独,或者心理严重依赖子女,其实那是骨子里的惧怕,没有学会独处,也就没有学会如何面对死亡。死亡是人生的一部分,最后成长的阶段,每个人都有这个大限,正因如此,死亡才映照了生命的可贵,思考死亡是

一个人的修行

让自己内心丰富的另一帖良剂。每一个人都拥有生命，但并非每个人都懂得生命，不了解生命的人，生命对他来说，是一种惩罚。学会独处、学会孤独的人会渐渐发现，在群体中，自己只活在当下时代，而当独处时，你可以活在所有的时代，你的内心如画轴般徐徐展开，尚有无穷无尽的美好你第一次发现，你去探寻去感悟的行程满满当当，所以，你所害怕、未曾真正享受过的孤独，永远不会让你感到寂寞。

人生确是一件奇妙的事，你不反思它，你活得毫无知觉，你越反思，便越觉得好不生疏，人生陌生就对了，就如看一个熟悉的字一样，越看越不想，当你在反省中发现你不懂人生时，其实你已经跳出了你的人生之外，在反观你自己了，反照自己也是丰富自己的一种途径。

盘旋的山路是我修行中的轨迹，我在朝圣的途中，抬头远望，彼岸很远，而我需要努力。

十二优伶，悲花绽放在观园

据不完全统计，《红楼梦》迄今已有十八种文字六十多种译本，其传播力和影响力超过中国任何一部文艺作品。三百年来，《红楼梦》更是影响和吸引着一代又一代的国内读者，人们在这座最辉煌的、占据中国古典小说制高点的金字塔里，掬一腔热泪，穷毕生精力，在浩瀚如海的作品和衍生作品中苦苦寻觅、探索着人生。

《红楼梦》通过贾府兴衰存亡的生动描写，以一个整体悲剧的大

内心深处的自我

句号将一切划归其中,无论是人格何等尊严高贵,才情何其敏捷出色,追求美好如何热烈真挚,所有的一切人性美的、善的、真的东西,在不知不觉中遭受摧残、扭曲、异化,直至统统毁灭在你的眼前。"呼啦啦似大厦倾,昏惨惨似灯将尽",它印证了这个污浊黑暗、腐朽不堪的社会必然走向灭亡,这是不可逆转的历史轨迹。而小说反映的悲剧意义却涵盖了社会、时代、家庭、个人等全方位,它是所有人的一场空梦一场泪,于是血泪中铸就并诞生了《红楼梦》。

所有的悲剧舞台上,真正的演员只能是人物,人物的悲剧构建了《红楼梦》所有悲剧的轮廓,充实了《红楼梦》所有悲剧的血肉,人物是《红楼梦》的魂魄,是一切悲剧的起始和终极,也是一切悲剧的具体的显影。因此,研究《红楼梦》悲剧意义必须从人物悲剧这个窗口入手,通过探索众人物的悲剧性的一生,深刻解读悲情红楼的一隅。

然而《红楼梦》内容宏富,出场人物达四五百人之多,事件头绪纷繁,人物关系纵横交错,你中有我,我中有你,实属"剪不断、理还乱"的态势。《红楼梦》的艺术长廊中展示的就是一幅女性群像图,从十二金钗到下层奴婢,她们的人生都被抹上了同样的一层悲剧色彩,那就是都逃不了被男性欺凌践踏的命运。任何一组人物都有其清晰的脉络走势,它分别从不同的视角展现作品冰山的一角。而我的眼光落在《红楼梦》十二优伶上,对她们的悲剧进行一次细致的扫描。梨园众戏子,一群花朵般的年轻姑娘,就是其中一个特殊的群体,卑微的地位,坎坷的命运,她们无一幸免地成了一个社会、一个家族的殉葬品,从她们身上找寻封建社会女性悲剧命运的根源和成因就更具有典型意义。

233

一个人的修行

一、卑微的社会地位是悲剧命运的走向之基本

优伶是指私人豢养的、以满足家庭娱乐为主的家庭戏乐组织成员。《红楼梦》成书年代,正是明清家乐的辉煌和鼎盛时期,达官缙绅、文人雅客豢养家乐成了当时的一种时尚和风潮。由于物质昌盛、人文博兴、戏曲繁荣,家乐从传统的简单的歌舞娱乐转向杂剧、传统演出,其曲目之多、从业人数之众、地域分布之广,是前朝任何时代都难望其项背的。优伶成了社会取悦对象被豢养起来,这就注定了它所具有的低微的社会地位。由于整体社会地位低下和卑微的职业特征,使得"戏子"的称谓,充斥着侮辱色情的成分。例如《红楼梦》二十二回,凤姐指着一个戏子玩笑说:你们看,这个孩子扮起来可像一个人?宝玉宝钗心里猜出,却不敢声张,而湘云心直口快说:那不就像林姐姐吗?一句戏言,就惹出了一场宝黛之间的矛盾。黛玉言行中极注重人权平等的,她的反叛精神和人无高低贵贱之分的理论,曾经博得了多少后人赞许和敬佩,她由此感叹自己不幸身世,发出"拿着我比戏子给你们取笑儿"[①]种种联想,并不是完全由个人气度和多愁善感的个性导致的,就戏子这样低微的社会地位,任何人都将视作为一种人格上的侮辱。以下将主要从三个方面加以阐述。

1. 奴婢的本质

封建社会奴仆买卖合法性以及贫寒家庭无力抚养儿女等社会原因,给豢养优伶创造了必备的生存基础,相对自由的人口买卖也同时发展了优伶产生、流通的市场体系。优伶的本质,就是奴仆,她们是承担另一种精神劳动的特殊的奴仆,她们通常即优兼婢,一方面供主人声色之娱,一方面还可供差遣使唤,既然是以双重身份进入家庭的,那么她们就必须承担双重的摧残和奴役。她们满足主人娱乐的需求外，色的需求也是重要的内容，主人购买她的艺术产品外，也同时购买了对其身体的占有，就优伶的本质而言，她既不如一个纯粹意义上的奴仆，也不如一个纯粹意义上的性的玩物，她的双重身份和尴尬的处境，从她一进家门开始就丧失了人格尊严。另外，就算主人发善心放他们回家，她们也往往因为家境贫寒，或者是家破人亡不肯回去，甘心情愿在主人家为奴。所以，《红楼梦》中的十二优伶，由于老太妃的病故，官宦人家一年不得举乐的缘故，横遭遣散，一些无家可归的女优，顺利成当地变成了各房的使唤奴婢，如五十八回，优伶遭遣散，大部分不愿回家，尤氏说：这些人原也是买来的，如今不学唱了，尽可留着使唤。这种无间隙的过渡和转换，就是女优奴婢本质的不同形式的表现。

2. 低廉的身价

由于自身娱乐的需求、交际的需求、摆设的需求等多方面社会需求，使得优伶的市场需求巨大，但是卖身的价格却相当低廉。明代家乐史料珍稀稿本《玉华堂日记》中，记载着购买家乐演员的价格记录，"平均身价在7.8两，折合土地五亩"[②]。第十六回中，贾蔷奉命去姑苏采买女优，支江南甄家欠款三万，就采买女优的市场价格计算，贾蔷得的绝对是肥差，故贾琏笑问：这事虽不甚大，里头大有藏掖。贾蔷当然也知其中奥妙，主动要求给凤姐贾琏好处。那么，优伶卖身价格低廉，为何还有如此大的供量呢？其中的矛盾部分至少可以看出，一方面，当时穷人家的孩子一旦成为优伶，可保一时衣食无忧，甚至有的还可以过着锦衣玉食的寄生虫的生活，主人和观戏客人的哩头[③]，在当时还是相当丰厚的，物质上的保证是一些走投无路的穷人竞相将子女"鬻身学

戏"的原因。另一方面，当时还有一个很特殊的现象，天下优伶几乎都产于一地，曾一时盛传苏州的戏子就是当地的"土产"，可谓"姑苏声伎甲天下"④。一个文化的市场集散地一旦形成，就打造了一条从生产到流通代代相承的职业链，这些多少形成了市场的竞争价格。更何况，家优不是买来就能产出效益的，需要调教、培养，还得花大量的人力、物力、财力，买优伶只是买预期、买未来，这样的心理导致了优伶的身价不可能达到很高的限度。当然，这也不排除一些成名成家的名优，转卖过程中主人千金争求的个案，但这不代表总体趋势。

3. 无善终的归宿

优伶一生的归宿将逃不出悲惨二字。由于作为主人的娱乐的工具，充其量是一具供人声色玩弄的躯体，她们的一生注定是动荡的，如一叶浮萍随风飘荡，来也无踪，去也无痕。《红楼梦》中十二优伶，离亲别故充当家优，其实只是元春省亲程序中的一种摆设，贾府光耀门楣的一次亮相。一直到后来遭遣散，全系于主人的一念之间，主人的思想观念发生变化、家族中有亡故变故等全成了她们去留的理由。优伶还有一个年龄段的限制，一旦年老色衰，更是晚年凄惨，寂寞悲凉，由于主人声色娱乐之需或者某些主人出于女优的婚配考虑，故一般优伶从十二三岁开始，到了成年就面临着替换，所以她们的归宿往往是不固定的，生活是动荡不定的。优伶的归宿大致可分为五个方面。

第一，再入另一家。她们从一个火坑跳入另一个火坑，频繁地更换自己的主人，以求生存。

第二，转入职业戏班。从此过着颠沛流离的动荡生活，物质的享受和演出的场馆和环境都发生了巨大的变化。

第三，嫁人。由于优伶身份特殊，嫁人只得从低，平常人家很难接受一个戏子作为配偶，再说，优伶身份地位属最低层，但对物欲的追求却要比一般人要求高得多，所以，一般优伶也不太愿意嫁入寒门，不甘心过贫穷的生活，到富贵人家做妾较多，这其实又是一次声色出卖的转换。

第四，充当奴仆。优伶奴婢的本质表示，从喧闹繁华的舞台到现实的生活，她们要比一般的奴婢遭受更多的凌辱。第五十八回芳官洗头一场，受到干妈的欺凌后她哭诉："把你女儿洗剩的水给我洗，我一月的月钱都是你拿着，沾我的光，不算，反倒给我洗剩水。"她干娘恼羞成怒，便骂道："不识抬举的东西，怪不得人人都说戏子没一个好缠的，凭你什么好人，入了这一行，都弄坏了。"于是二人大吵，连晴雯听了也说：都是芳官不省事，不知狂什么，也不过会两出戏，倒像杀过贼王，擒过反叛来的。大观园就是是非地、名利场，谁没有权势没有主子靠山，谁就没有发言权。那婆子自知理亏，却绕过洗头水的事端，扯到戏子的出身上去说事，果然引得晴雯也数落芳官多事，赞同干娘说的观点，戏子没一个好缠的。可见，戏子就算当了奴婢，也因为她先前的出身地位而比一般奴婢矮了三分，她们遭受的将是更多的凌辱。再如第六十回蔷薇硝风波一节，赵姨娘在贾府根本算不上真正的主子，也是备受欺凌的可怜虫，但是，当得知儿子被芳官戏弄，上前就将茉莉粉摔在芳官脸上，手指着骂道："小娼妇养的，你是我们家银子钱买来学戏的，不过娼妇粉头之流，我家里下等奴才也比你高贵些……"芳官顶嘴道："我又不是姨奶奶家买的，梅香拜把子——都是奴才！"赵姨娘气得发怔，上前就打了两耳刮子。

一个人的修行

而一干老婆子见打了芳官,不但不劝,反而心中个个称愿,还念佛说:"也有今日",继而,藕官、蕊官、豆官等闻讯赶来,上演了众优群殴的一幕。如果说她们是出于义气打抱不平,那还不如说是她们积怨深重后的一次集体喷发,借此机会发泄心中饱受屈辱的种种不满,她们同病相怜,才义无反顾地、不计后果地站在姐妹的一边,以最简单、最愚蠢的暴力打了贾府一记耳光。

第五,遁入空门。一旦女优年老色衰失去了生存的本钱,有的失去了贞操,即非妾又非婢的尴尬身份给她们带来了很大的影响。如果生存乏术,又不甘堕落,遁入空门则是她们最后的一种选择。曾有诗云:半生歌舞恨飘零,收拾烟花到梵经,犹有檀心难尽收,东风寒食草青青[5]。真实地写照了优伶们被迫遁入道院,却心犹不死,青春年少终伴青灯黄卷凄苦一生。《红楼梦》六十回中,王夫人护犊心切,以莫须有的罪名将芳官一干优伶第二次遣散,被干娘们领出去嫁人,她们无奈只得选择遁入空门,在她们看来,遁入空门甚至是一种完美清高的精神追求,乃是一个女优最为洁净的归宿。

二、虚渺的情爱生活是悲剧命运的色彩之基调

从来,爱情没有高低贵贱,爱情没有肤色国界。爱情的魅力将伴随着人类生存繁衍直到永远。然而,优伶作为社会大众的娱乐工具,她们到底有没有完整的追求权利和完整的享受权利?回答了这样一个问题,等于回答了她们有没有一个完整的生存繁衍的权利。结果,我们看到,在《红楼梦》十二优伶中,情爱生活中的悲欢离合以及曲折荒诞,致使她们在这个情感的大泥潭中苦苦挣扎,她们是《红楼梦》荡气回肠的爱

内心深处的自我

情挽歌中几个跳跃的音符，真可谓戏如人生，人生如戏，她们在舞台上演尽了沧海桑田、海誓山盟，在生活中却尝尽了生离死别、魂飞梦断。她们大致无外乎有两种感情寄托。

1. 两个阶层之间的男女之恋

贾蔷，系宁府中正派玄孙，父母早亡，从小由贾珍抚养长大，外在风流俊俏，内在聪慧机灵。在第十九回顽童闹学堂一节中，才16岁的年龄，众人摩擦矛盾中就显示出他的心机和谋略。既要为秦钟出气，又怕得罪了薛蟠，于是假装出恭，挑唆宝玉的书童茗烟，见茗烟与金荣拳脚相向，又溜之大吉。从小在官宦人家长大，耳闻目染，将见风使舵、溜须拍马等一切虚假的手段调停得样样出色。故深得凤姐宠爱，十二回中，凤姐设相思局戏弄贾瑞，就是贾蔷当的帮凶，可见凤姐对他的信赖。他步步顺利，谋得了去姑苏采买女优的美差，从而结识了十二优伶中才貌双全的小旦龄官。

龄官不仅才貌出众，演艺出色，更是个心气极高、极有主见的女孩，她敢爱敢恨，不卑不亢，虽沦为女优，却不妄自菲薄，自甘堕落，始终保持着自己独立的人格和尊严。第十八回元春省亲观戏一节，元春独赏龄官，并要加戏二出，贾蔷为讨好主子，命演《游园》和《惊梦》，龄官执意不从，定要作《相约》和《相骂》二出，贾蔷拗她不过，而元春反而甚喜，命不要难为了这个女孩，另赏了金银、果实和绸缎等物，以示恩宠。或许也就是龄官的一身傲骨和独特的个性，才真正地打动了贾蔷的心，两人在平等的基础上拉开了痴情迷离的爱情大幕。

首先，两人之间的爱情是纯洁的、真挚的，他们的爱慕跨越了两个不同的阶级，真情换真心，迸发出一生中最绚丽的爱情光辉。第三十回

239

一个人的修行

龄官划写"蔷"字一节，宝玉见一女孩蹲在花下，悄自流泪，手拿一簪子在抠土，宝玉心想：难道也是个痴丫头，又像颦儿来葬花？再细看，那女孩眉蹙春山，眼颦秋水，面薄腰细，袅袅婷婷，大有黛玉之神韵，见她划地，反反复复在划一个"蔷"字，于是划"蔷"的早已痴了，而看人划的人也痴了。在宝玉的眼中，世间情痴唯有黛玉，哪还想到世上也有如此痴情的女子和情感，龄官划的是个"蔷"字，而宣泄的则是个"真"字。"莫到情深处，缘何痴至此"。再看贾蔷平素为人油滑势利，极具溜须拍马之能事，但是对待真爱之人，却表现出有情有义、肝胆相照。第三十六回中，贾蔷为讨龄官欢心，花了一两八钱的银子买了小雀玉顶儿，可好心却被龄官误会，被抢白一阵后，了无生趣，听龄官病了，又急着要顶着毒日巴巴地赶去请医，却被龄官赌气喝住。宝玉在贾府享受着特殊的地位和待遇，几乎是主子们的主子，平日里，贾蔷之类见他唯恭维不及，但是，这天，贾蔷一颗心全在龄官身上，宝玉要走，他竟浑然不知，全不作理会。林林总总表明，他对龄官也属痴情一片，不能自拔。

其次，两人之间的爱情是建立在平等的、尊重的基础上的。他们是主仆关系，分列两个阶层，然而龄官个性清高，从不因为自己的身份而贬低了自己，极具个性和气节，又是一个如尤三姐一般刚烈的女子，这在当时那个时代背景下，真是凤毛麟角实属难得。她往往不畏强权，坚持自己认为对的，反对自己认为错的，在身份上低于贾蔷，在精神上却高于贾蔷，她站在一个女性独立人格的立场上，对待自己的这段爱情。三十六回中宝玉进梨香院，众官笑脸相迎，唯龄官独自躺在床上不动，宝玉在身旁坐下，她忙抬身起来躲避，这是《红楼梦》中的宝玉很少碰过的软钉子。宝玉赔笑央她起来唱一套"袅晴丝",她便正色地说道:"嗓子哑了,前日娘娘传进宫里,我还没唱呢!"于是宝玉讪讪地红了脸。紧接着,贾蔷拿了小雀逗龄官,众官都笑了,独龄官冷笑两声说:"你们家把好好的人弄来,关在这牢坑里,学这劳什子不算,你这今儿又弄个雀儿来,也干这个浪事,分明是弄了来打趣形容我们的。"贾蔷听了方觉自己疏忽了,忙起身赌起誓来。好一个思辨敏捷、头脑清醒的龄官,得宠而不骄,得宠而不忘形,她时时保持着一个局外人般的清醒,冷眼查看人情世故,反省自己的处境和命运,不卑不亢地寻求自己该得到的尊严。

在三十回龄官划"蔷"一节中,就埋下伏笔,说她有几分黛玉的风姿,其实她的形似则暗含着具有黛玉般的反叛、自尊、自怜的性情和节气,她是黛玉式悲剧的又一次延伸和深化。她和黛玉一样,自卑自怜,在弱势姿态下最大限度地保持着一身傲骨,由于处处自尊,就显得处处自卑,对待宝玉和贾蔷的真情,时时怀疑,处处设防,怕对方辜负了自己,戏弄了自己,在否定自己中不断否定别人,终由于多愁善感心,得了风吹即倒身。龄官和黛玉咳嗽吐血的病根都一样,这不是一种巧合安排,而是以龄官的悲剧性的爱情结局,铺垫宝黛爱情悲剧,再以宝黛的爱情悲剧反观龄官和贾蔷,宝黛二人同一阶层的爱情尚落个如此下场,更何况他们两个完全没有可能的一段爱情。所以,贾蔷和龄官的爱情必然是虚渺的、空幻的、失败的。他们的爱情不是生离就是死别,完全走到了尽头,龄官也只有以一个死的结局来圆心中爱之梦了。

越真挚的情感、越平等的情感、越纯粹的情感,得到的却是越残忍的毁灭,通过贾蔷和龄官这个爱情悲剧,将那份毁灭的剧痛一波波地荡

漾出来，震撼人心。

  总之，女优们的爱情由于阶级的不同，社会地位卑微，使得她们的爱情都是虚无渺茫的，毫无希望的。直落得"花自飘零水自流"的悲惨结局。

  三、愚误的人生观是悲剧命运出发之基点

  社会就是最大的染缸，什么样的价值取向、道德准则都将鞭赶着人们向着某个方向前进，在这样的滚滚洪流中停下脚步进行思考，并不断拨正自己方向，甚至向主流发出挑战的人永远是极少数的。对于处于社会最底层的优伶而言，反省自我、修正自我甚至改造自我的能力显然是微乎其微的，由于所受的教育有限，以及封建文化、道德伦理等意识形态的不断侵袭，她们连独善其身都很难做到，她们一开始面对这个混浊的世界时，才刚刚开出花骨朵，人生观价值观均没有一个固定的模式，在代表着封建官僚家族的贾府中，她们熏陶了若干年，一系列的错误人生观就相继形成。所以，她们的悲剧人生，其最大的幕后操纵者便是这个社会，是当时的社会一手造就了她们愚昧不堪、自毁前程的种种行为。悲剧的路好像是她们自己走的，而推搡她们前进的便是这吃人的礼教，然而，更可悲的是她们完全不觉醒，并自以为荣，自以为乐，被毁了一生还沉浸在自我价值实现的陶醉中，沉浸在自欺欺人的遐想中。有这样三种错误的人生观尤为显现。

  1.媚上。第六十回中群官与赵姨娘厮打。赵姨娘有的话是对的，她说："一个比奴才还不如的戏子，就会看人下菜碟了，贾环就是不好，与宝玉也是手足，一样的主子。"我们试想，向芳官讨蔷薇硝的不是贾环而是宝玉,芳官怎会戏弄于他,转赠宝玉将是她的荣耀和幸福。她为宝玉吹汤是如此的小心周到,宝玉让她尝,她就是不敢,是晴雯喝出了样子,才敢小小地抿一口。醉与宝玉同睡,醒后忙羞笑着下地,直赔不是。在她心里,其实主子是有区分的,见风使舵的媚上情结在大观园花开花落间,便在她心中种下了根。

2.虚荣。第六十回小蝉不给芳官吃糕,芳官就将柳家媳妇的糕掷着逗雀儿玩,说:"谁要吃你的糕,你给我磕头,我还不吃呢!柳嫂子,你别心疼,我回头买两斤给你。"小蝉气得怔怔地瞅着:"雷公老爷也有眼睛,怎么不打这作孽的!"从奴婢间的一次小小的吵嘴看出,为撑得面子,展现怡红院出来丫头特殊的身份,芳官对粮食轻蔑到随手逗鸟的程度。她也是穷人家的孩子,不是因为穷,也不会从小被卖身为优,她应该有过挨饿的体会,也应更懂得粮食的珍贵,然而,几年的锦衣玉食的奢侈生活,已经形成了她的虚荣本性。一个地位卑微的丫头,尚存这样的虚荣奢侈的念头,那么,贾府乃至整个上层贵族官僚是如何的暴殄天物,这样的主导观念下,芳官等人怎逃得过如此的物欲诱惑?

3.愚昧。女优最终以遁入空门为人生结局,前篇已经详细阐述了其客观的原因,现不妨从她们人生观的角度进一步剖析她们心灵深处的无奈和愚昧。芳官她们自被王夫人逐出府后,几位女优"就疯了似的茶饭不吃,寻死觅活,只要铰了头发作尼姑去,开始只当小孩子出去不习惯,谁知越闹越凶,打骂着也不怕",王夫人处正有水月庵和地藏庵的两个老尼作客,听说这样,喜从天降,少不得又要骗几个丫头回去当使唤,所以说:"我佛慈悲,愿度一切众生,她们既经了富贵,从小

243

命苦,又入了风流行次,将来定终身无靠,不如苦海回头,修修来世吧。"王夫人虽同意,还是很郑重地将她们唤来再三询问,并要她们当她的面拜了师傅才放心,芳官等人主意已定,毫不犹豫地拜师,跟着老尼去了。拐人的老尼说得对,女优们经过了繁华和荣耀,享尽了物质上优越的待遇,心中便生出一种消极的清高,仿佛经过了天上神仙般的日子,就再也不甘心屈服于任何一种生活方式,也不愿过任何一种正常人的生活,说到底她们是不愿成为一名自食其力的劳动者,她们放弃了追求新生活的勇气和权利。但是,可悲的是她们却引以为豪,以为这就是她们不同于其他女优的高贵之处,自欺欺人地将遁入空门作为向主子们表忠心的最后一次机会,贾府出去的连女优也是高洁的,不容世俗沾染的。此心此念真是可悲之极。

总之,在梨香院舞台上演的一幕幕悲剧,是整个官宦家族必将走向衰败破落的映照;是整个封建社会文化、道德、传统观念下,社会人悲剧性的一个缩影。十二女优的悲剧命运,既有她们个人精神层面的愚昧和固执,但最终将她们推向这个结局的还是这个家族和社会以及几千年形成的封建礼教。

从《红楼梦》中我们可以看到,贾府大厦行将倒塌,乃至整个封建社会也将被取代替换,那么如蝼蚁般的小人物,怎能逃过悲惨命运的摆布?女优们的悲剧成因的三个层面已跃然纸上,卑微的社会地位是她们与社会之间形成的关系;虚幻的爱情结局是她们与人之间形成的关系;而愚误的人生观则是她们与自身心灵之间形成的关系。三者之间是相互影响,相互渗透的,并从内到外互为条件,她们无力左右社会对她们的歧视和界定,无力左右别人对她们的爱慕和尊重,当然,更无力纠正和完善自身的缺陷和愚昧，所以，她们就是待宰的羔羊，任由命运之神摆布，无一幸免地扮演着悲剧舞台上的一个角色，被幕后的木线操纵着，既演活了自身，又演活了别人。

2005年9月28日

一个人的修行

注脚

①原著第二十二回《听曲文宝玉悟禅机》中，黛玉语

②上海古籍出版社出版的刘水云著《明清家乐研究》中第四章第一节关于家乐的来源

③主人和观戏客人对演戏的演员的一种物质上的赏赐

④上海古籍出版社出版的刘水云著《明清家乐研究》中第四章关于家乐的研究

⑤邓汉仪著《慎墨堂诗》后集中的诗句

参考书目

①邱瑞平：《红楼撷英》，华东师范大学出版社

②方沪鸣：《红楼梦研究》，华东师范大学继续教育学院

③刘水云：《明清家乐研究》，上海古籍出版社